近・現代的想像力に見られる
アイルランド気質

風呂本　武敏　編著

溪水社

目　次

1）アイルランド短編小説の魅力 …………………… 井 勢　健 三 …*3*

2）アイルランドにおける神智学運動 …………… 赤 井　敏 夫 …*21*
　　〈A. E.（George Russell）〉

3）寓話作家による写実小説 …… Richard Kelly（三宅 伸枝訳）…*45*
　　〈Brinsley MacNamara〉

4）理想と現実の狭間で ……………………………… 吉 田　文 美 …*71*
　　〈Frank O'Connor〉

5）ベケットの〈内なる他者〉の系譜 …………… 森　　尚 也 …*87*
　　〈Samuel Beckett〉

6）ダヴラ・マーフィの『離れた場所』に見られる
　　北アイルランドのカトリックとプロテスタント
　　　〈Dervla Murphy〉……………Ralph Bosman（池田 寛子訳）…*105*

7）ジョン・マックガハーン『ポルノ作家』を巡って
　　〈John McGahern〉 ………………………………風呂本　武敏…*119*

i

8) 父と子と——ニール・ジョーダンの作品から……佐野　哲郎…*139*
　　〈Neil Jordan〉

9) 二つの世界の間で：コルム・トビーン ………伊藤　範子…*157*
　　〈Colm Tóibín〉

10) 創られた「過去」との葛藤——デァドラ・マッドンの小説
　　　〈Deirdre Madden〉……………………………虎岩　直子…*179*

　　書　　誌 ………………………………………………………*201*
　　あとがき ………………………………………………………*203*
　　執筆者一覧 ……………………………………………………*207*

近・現代的想像力に見られるアイルランド気質

1 アイルランド短編小説の魅力

井 勢 健 三

1

英語で書かれたアイルランド短編小説で、アイルランド的特質をもった作品は、ジョージ・ムーア (George Moore, 1852-1933) の『未開墾地』(*The Untilled Field,* 1903) をもって夜明けを迎える。15編の短編からなる『未開墾地』の序文においてムーアは、「自己表現のためではなく、将来の若い作家たちがモデルとしてくれたらと思い、．．．我が国の肖像画を描く」ことが執筆の動機であるとし、これを里程標としてアングロアイリッシュ文学は新しく出発するのだと述べている。[1] それまでの文学では閉ざされたままであった社会、すなわち小説の中で「おどけたユーモアの対象」であり、「意味のない人生の戯画」[2] としてしか現れなかったアイルランド農民社会が、ムーアによって深刻な文学の題材になったのである。その意味で『未開墾地』は、農民を中心に描く短編小説という点においても出発点となった作品である。

「望郷」("Home Sickness") はその中でも代表作である。アメリカのニューヨークのスラム街にバーテンとして13年在住のジェイムズ・ブライデン (James Bryden) が敗血症の養生のため故郷のアイルランドの一田舎へ帰る。幼なじみの小作農マイク・スカリー (Mike Scully) の屋根裏部屋に寄宿しながら、アイルランドの小作農の実体を見聞する。この作品は三人称の視点で語られるが、その大半がブライデンの意識に生まれてくるアイルランド

批評である。しかし、その批評的な姿勢が生まれるのは、「眺められるもの」が「眺めるもの」と利害関係を持ち始めるとき、つまりブライデンがアメリカ人旅行者ではなく、幼なじみのマーガレット・ダーケン(Margaret Dirken)との結婚が現実的になり、アイルランド人に戻ろうと考え始めるときである。批評の矛先はカトリック司祭と土地に根付く農民の意識に向けられる。ブライデンがカトリックを容認できないのは、司祭の農民に対する一方的な精神支配と介入であり、それを目にしたダンスパーティーの席では司祭に敵対姿勢をも示す。ブライデンが農民を受容できないのは、司祭に対する彼らの態度が盲従的であり、日々の送り方が後悔や無気力に満ちているからである。今こういった現実が、傍観者ではなくなったブライデンには痛感され、マーガレットの存在を白紙に戻し、祖国復帰を断念する。しかし、帰国して家庭をもち年をとったブライデンは、マーガレットとの思いと故郷の美しい自然を生涯の縁とする。ムーアがブライデンの帰国後の姿をとおしていわんとするのは、否定するべき問題が存在するのもアイルランドであるが、何人にも犯すことのできないほどの聖域が存在するのもアイルランドであるということである。

　ムーアは主人公をアメリカ人にすることによってこの啓示を示すことに成功している。地主階級に属するムーアにとっても、美しいアイルランドは賞賛の対象であるのだ。しかし、ブライデンの祖国受容には農民とカトリックの現実は含まれていない。それはムーア自身の宗教問題と関わりを持つ。当時最もラディカルなカトリック反動が見られた反教権主義のフランスへ留学と滞在を繰り返したムーアは、1903年にプロテスタント改宗宣言をしている。その反カトリックの姿勢がこの作品に影を落としているといえよう。当時フランスもアイルランドも共にカトリック国であったが、その勢力が強大になりすぎると、フランスのようにその反動として反教権主義が起こる場合と、アイルランドのように絶対服従になる場合が起こる。ムーアが惹かれたのは極端を修正するフランスの理性であり、カトリックを空気のように無意識に受容するアイルランド人の態度は容認できなかっ

たのである。その姿勢がブライデンに投影されているのである。しかし、この作品はムーアの後につづく短編作家たちに、農民社会とカトリック批判が文学の材料になりうる可能性を示した点において、アイルランド短編史上その意義は正当に評価されなくてはならない。

　ムーアとほぼ同世代に、女流作家サマービル(E. OE. Somerville, 1858-1949)とロス(Martin Ross, 1862-1915)がいる。周知のように二人は従姉妹同士で、終生共同で作品を発表した珍しい関係である。コーク州カスルタウンズヘンドの大地主の娘として生まれたエディスは、同家に同居するようになったロスと互いに良き批評家として次々に合作の作品を発表していったが、秀作は長編よりも短編にある。「四月馬鹿」("Poisson D'Avril", 1899)はその特色をよく示す作品である。語り手のシンクレア(Sinclair)がマンスター・コナハト間の車中で見聞したさまざまな様子をコミカルなタッチで語る作品である。乗客のイギリス紳士が鉄道の時間のいい加減さを声高に糾弾する場面でも、作者は「役所好みの規則など気にもしない堂々たるアイルランド魂」とアイルランド鉄道に好意的であるし、「人間的なふれあいを大切にするアイルランド気質」を随所に紹介して、その国民性の本質的な豊かさを賞賛する。途中乗り込んでくるアイルランド農民の女たちには、その素朴さを描写して、ムーアに見られた批判は見せない。

　元々画家になるべくフランスに留学もしたサマービルは、アイルランド社会を画家の目から見つめる視点も持ち合わせていた。絵画は描写の焦点をその本質に絞り込む。彼女たちはアイルランド庶民の実体を、負の要素より正の要素に見いだしている。また共にプロテスタントのアングロ・アイリッシュという立場が、カトリックのアイルランド人に対して一歩距離を置いて見ることを可能にするため、その冷静な観察眼がゆとりのあるユーモアをうまく引き出すのに成功している。その一方で、語り手のシンクレアが体現するアングロ・アイリッシュの世界がことさら美化されることもなく、抑制の利いた調子でアイルランド社会と対比されていく。その文

体は女性作家に見られる繊細さより、おそらく合作という特殊性がもたらす男性的な骨太さがある。全体として作者の出自の良さがもたらす気品のあるアイルランド文化素描となっていて、当時のアイルランドを描いた一幅の絵となっている。

　同じ農民の姿を描く短編がコーカリー(Daniel Corkery, 1878-1964)の手になると、ムーアとは違った手法による世界が見られる。コークで生まれ、生涯のほとんどをコークで過ごした典型的なコーケニアンであるコーカリーは、コーク州の農場を舞台にした代表作「ミサの岩」("Rock of the Mass", 1929)を残している。この作品は過去の残滓であるミサの岩が、貧しい小作農マイケル・ホドネット(Michael Hodnett)一家にどのような幸運をもたらしたかという思い出話を、父マイケルが成人した子供たちに聞かせる話である。聞き手は父の後を継いでいる2男のニコラス(Nicholas)、現在家事一切をまかなっている娘エレン(Ellen)、貧困から家族の元を去ってアメリカへ移民し、今はニュー・ヨークのパン屋で羽振りをきかせている3男スティーブン(Stephen)夫妻、同じく家を出てケリ州一の酪農で成功している4男のフィンバー(Finnbarr)夫妻である。父マイケルは若い頃、その豊かな体軀を駆使した数々の武勇談を聞かせたり、ケリー州とコーク州との境界にある古来からの不毛の土地で苦労に苦労を重ね、肥沃なダナリング・イーストを手に入れて成功を収めるが、その間に次々とつづいた家族の死の思い出を話す。タイトルの「ミサの岩」は作中で、'Carraig-an-Aifrinn'というゲール語で頻出する。カトリック刑罰法の形見であるこのミサのための祭壇には天使が住んでいて、そのおかげで家が隆盛へと向かったのだという。そのミサの岩は、道路拡張のために撤去されたことを息子たちは父に内緒にする。そのことを知らない父は、そのうちそれを見に行こうと楽しみにしているところで話は終わる。

　この作品にはムーアのようなアイルランド批評は一切影を潜め、その代わりに時代の移り変わりと共にかつてはイギリス地主の所有地が小作農の

手に移るまでの貧しい農民の姿と、それに伴う家族の離反とが父マイケルによって挿話風に語られる。聞き手は完全な脇役となり、強靭な父の農民像が非常に個性的に写実的に描かれていく。コーカリーはクロフォード芸術学校で学んだため、風景描写には優れた絵画的なセンスをもっていて、この作品においても画家の目による牧歌的な風景描写が思い出話の悲劇的要素を緩和するのに寄与している。しかし、「ミサの岩」をもっとも特色づけるのは、かつて多くの農民たちの炉部で聞かれた語りの伝統である。語り手の父が延々と聞かせる独演は、アイルランドの伝統である「語り」の妙を彷彿とさせる。全編の大半を占めるマイケルの話も、コーカリーならではの巧みな話術が、聞き手の耳を引きつけるのである。

　ミサの岩の存在は今日アイルランド各地に様々な形で残っており、ミサの岩に対するアイルランド人の思い入れを強く感じさせる。リメリック州アデアにあるケルティック公園(Celtic Park and Gardens)では現物がそのまま保存されているし、ケリー州ウォータービルにあるウォータービルゴルフリンクでは、ティーグラウンド横にある銅板がかつての岩の存在を説明しており、またコーク州バリナディーには草に覆われたミサの岩の上に白い十字架を立てて岩の存在を明示し、月一回巡回司祭がミサをあげにやってくる。天使とミサの岩にまつわる話は民族化した形でアイルランド人の心の片隅に残っていて、それだけいっそうコーカリーのこの作品が、その伝統の語りと共に時の風雪に耐えうる存在となっている。

　オフラハティー(Liam O'Flaherty, 1896-1984)は小説と短編の社会的背景を書き分けた作家である。小説では『密告者』(The Informer, 1925)や『暴動』(Insurrection, 1950)のような民族主義運動に関与した主人公の内面を追求した作品を書いているが、短編小説には生まれ故郷アラン島の農民と自然の営みを描く作品が多い。「離郷」("Going into Exile", 1924)は最も完成度の高い感動的な短編の一つである。作中ではインベラーラと改名されたアラン島の農夫フィーニー(Patrick Feeney)の家で、二人の子供がマサチューセッツ州のボストンに移民として出かける前夜、その送別会が他の農民家族を

招いて開かれている。家の細部から衣装、踊り、音楽といったアラン島民の風俗が詳細に描かれる。両親は二度と会えないであろう別離の悲しみを客の前では虚勢を張って隠している。岩だらけの土地といえどもそこに生きてきた父と、移民に期待と緊張を覚える21才のマイケル (Michael) の間に交わされる会話には、世代観の相違というよりも、土に対する体温の相違が伝わってくる。

「こんな土地だれが耕しても、いつもいつも貧乏で、仕事はきついし、ろくな食事もできなかったじゃないか」
「うん、そりゃおまえのいうとおりだな。だがな、あれはおまえのものなんだよ、あの土地は、そう向こうにある。おまえはまた別の人様の土地、まあそれに似たようなものに汗を流して働くことになるのだよ」

父パトリックにとって自分の土地は自分や息子の体の一部に等しい。逆境の歴史の中でアイルランドがアイルランド人によって守りつづけられてきたのは、この父パトリックに見られる本能的ともいえる土地への執着力である。

移民する二人は不安と希望を感じながら、また父と母の今までの愛情と苦労に思いを巡らすが、新しい約束の国への期待でその胸は膨らむ。母は二人の子供の養育の苦労を思い、その苦労の報酬が移民であることの不合理を一人嘆くが、客の前での母親の挙動も冷静である。虚弱児であったゆえことのほか愛おしいマイケルへの惜別感、だれもが認める19才のメアリー (Mary) の美しさに対する嫉妬と憎悪感などで母は複雑な気持ちになる。夜も更け明け方に家族8人だけの最後の朝食を取り、父はいつものように残るものに仕事を言いつけ、やがて別離の時を迎える。母から別れのキスを受け、正装した父から二人は聖水をかけてもらい、十字を切って出発する。病身の末息子トーマス (Thomas) と母を残して二人を見送る村の一行は

キルムラッジへと向かう。トーマスと二人の女と残った母は、ついに堪えきれずになって両手を空にふりあげ、絶叫する声があたりに響く。「私のとこへ帰ってきておくれ」。何の応答もない静かな 6 月の静寂の中に、二人の老女の声が聞こえる。「時と忍耐が解決してくるのだよ」と。

　「離郷」は行動に重点を置くよりも、登場人物の性格と心理状態を重視した作品である。過酷な現実に一定の距離を保ち、特に母と子供といった親子の情に焦点を絞る。作中母は Mrs. Feeney としてファーストネームなしで描かれるのは、子供との別離に際して覚えるすべての母親の象徴とする意図からである。パトリックはアイルランド農民の象徴である。それゆえこの作品はパトリック・フィーニー家の個別の問題ではなく、親子の惜別を描いたより普遍的な作品に昇華している。それゆえ、その結末の母の絶叫に多くの読者が心を動かされるのである。

　オフラハティーの農民を扱った短編に秀作が多いのは、故郷の同胞を見つめるときのあの生来の優しい眼差しが一因となっているのであろう。だから、彼の短編の特色が「ダイアモンドのように硬い文体」と抑制の利いた冷徹な写実的描写にあっても、そのまなざしの柔らかさが作品の周辺にそこはかとなく感じられ、悲劇的な作品でも独特の暖かさを醸し出している。その暖かさが感傷と一線を画すのは、全面に出ることは控えた、それでも事態の推移に誠実な関心と優しさを忘れない作者の祖国に対する慈しみの結果といえよう。

　　　. . . 言葉が簡単だからといって、思想が月並みだとは限らない。
　　　端的な表現でも複雑な哲学が伝えられるし、最も分かりやすい言葉使いで、深い細やかな感情も語ることができる。

　生前オフラハティーが送ってくれた言葉は、彼の文体と作品の特色をよく示している。
　オフェイロン (Sean O'Faolain, 1900-1991) は他のアイルランド作家たち同

様、民族闘争に深く関わり、そして彼らの矛盾と日和見主義に絶望して決別した苦い経験を持つ。しかし、短編作家としてはその体験を肥やしにした作品を経て次第に成長を遂げていく。最初の短編集『真夏の夜の狂気』(*Midsummer Night Madness*, 1932)は、アイルランドの民族闘争に関する作品が多く見られる。2番目の短編集『小銭入れ』(*A Purse of Coppers*, 1937)は、前集のロマンティックな視点から距離を置き、自由国成立後のアイルランド人がそれぞれの方向性を探求する内面世界を扱った作品が多い。

『小銭入れ』の巻頭を飾る短編「破壊された世界」("A Broken World", 1936)は、ムーアやコーカリー、オフラハティーが描いた農民像をさらに複雑な観点から描いた作品である。

　ダブリン行きの車中で乗り合わせた司祭から、語り手と老農夫は司祭の叙階後初めて赴任した教区での体験を聞かされる。「どの教区も本来一つの世界である」という語り手の言葉に、司祭はウイックロー州の山地に位置するその教区の農民が、異種族結婚や移住問題、里子問題などを抱えており、またその職業意識と土地に対する無気力感などいかに彼らが時代から立ち後れているか、その特殊性を説明する。シン・フェイン戦争で地主階級はイギリスに逃げ帰り、農民は地主への従属生活から解放されているにもかかわらず、いぜんとしてつづく隷属生活へのノスタルジアが、彼らに意識改革を遅らせている。司祭の若い頃の反動的な社会改革も奏功せず、司祭は今は諦観の人となっている。司祭が初めて赴任した教区の農民に見られたこういった負の要素は、それから20年後のこの車中における老農夫にもいぜん前進を見ないままで残存しており、その姿を目にした語り手ははたしてアイルランドのこれからの方向性は明るいものになりうるのであろうかと黙想して話は終わる。

　「破壊された世界」は、ムーアの消極的な農民批判とも、サマビル・ロスの牧歌的な農民とも、コーカリーの卓越した農民の語りの妙とも、オフラハティーの優しい農民への眼差しとも違って、地主階級との共生への郷愁から手を切ることができない農民社会への強烈な批判である。またこの

作品には発表当時のアイルランド情勢が、歴史書における解説のように問題提起されている。オフェイロンの後期の作品を特色づける皮肉や諧謔は散見できるものの、作品全体のトーンを支配するまでには至っていない。むしろこの作品は、リベラル・ヒューマニストとしてのオフェイロンが、過去の伝統のさまざまな柵に目をつぶり、より豊かなアイルランドの創造こそ先決であるとした持論が、早くもこの作品にその姿を現していると考えた方が妥当である。すなわち、『ダブリン市民』(*Dubliners,* 1914)の「死者たち」("The Dead")で、ジョイスは絶望的なアイルランドの将来像を全土に降る雪を交えることによって見せたが、2世代後のオフェイロンは同じ雪混じりの中にも、アイルランドの将来に光の射す可能性を示すことによって、豊かなアイルランドの到来を示唆するのだ。ジョイスの冷徹な写実主義に比べると、「破壊された世界」はオフェイロンの初期の作品に見られるロマンティックな色彩が見られるが、農民問題を積み残したままではアイルランドの未来はないと宣言するそのひたむきな姿勢が、そのままアイルランド短編の特色となっている。自ら創設した文芸誌『ベル』(*The Bell,* 1940-1946)で多彩な論陣を張ったオフェイロンは、短編においてもアイルランドの抱える精神的後進性を視座に置き、「破壊された世界」を皮切りにして次々に文学化していったのである。

2

同じ農民や庶民を扱った作品でも、イェイツ(W.B.Yeats, 1865-1939)とオケリー(Seumas O'Kelly, 1881-1918)は、上述の5人とも違った独特の世界を描く。イェイツの業績は詩と戯曲に多く見られるが、短編集『赤毛のハンラハン物語』(*Stories of Red Hanrahan,* 最初 *The Secret Rose,* 1897の中で出版されたが、グレゴリー婦人の助力を得て改訂され、1907年に再出版される)は、神話と民族問題を取り入れた作品であり、詩や劇作同様イェイツの特色が見られる一風趣の違った短編である。『赤毛のハンラハン物語』は「赤毛の

ハンラハン」("Red Hanrahan")、「縄綯い」("The Twisting of the Rope")、「ハンラハンとキャサリーン」("Hanrahan and Cathleen")、「赤毛のハンラハンの呪い」("Red Hanrahan's Curse")、「ハンラハンのビジョン」("Hanrahan's Vision")、「ハンラハンの死」("The Death of Hanrahan")の6編からなる。

　舞台はアイルランド西部、マンスター北部からスライゴーに至る。全編を通じて主人公赤毛のオーエン・ハンラハン青年は、カトリック刑罰法で教職を剥奪された青空教室の教師である。彼はケルト詩人中きっての大詩人であり、ウイスキーと歌とトランプに対する無類の愛好家である。1編目の「赤毛のハンラハン」で、冬の始めを祝って11月1日頃に行われる古代ケルト人のサムハイン祭りに、ハンラハンは超能力を持つ老人たちとトランプにうち興じる場面に登場する。妖精(Sidhe)の影響を受けながら6編目の［ハンラハンの死］で黄色髪のハンラハンとなって死を迎えるまでの諸国遍歴を超自然的な象徴主義を用いて描く。

　第1編目の「赤毛のハンラハン」で、学識の高く偉大な詩人のハンラハンは、真実を求める勇気と力を求めて放浪する。トランプにうち興じる中に、恋人のメアリー(Mary Lavelle)から彼女の求愛と土地相続について記したメッセージを受け、急いでそこを立とうとする。トランプ仲間と、「快楽、力、勇気、知識」と口ずさむもう一人の老人にも阻まれ、催眠術をかけられたハンラハンはトランプをつづける。老人がカードをくると、その両手に火の輪ができ、目に見えるのはその手とカードだけである。やがてカードからウサギが飛び出、数匹の犬がつづく。ハンラハンは後を追う。ある光り輝く家で、高座にいる絶世の美女と、大釜、大石、長尺の槍、刀をそれぞれ持つ四人の老女から、先に老人が口にした四つの事柄を耳にしても、ハンラハンはなにも聞き出すことができない。その弱気を非難され、エクゲ(Echtge, Daughter of the Silver Hand)は永遠の眠りから目覚めることができないといわれても、ハンラハンは応答できないまま眠ってしまう。目が覚めたハンラハンは一人一年後にサムハインの日に村に戻ってくるが、メアリーは土地を失い移民となっている。

全編に見られるハンラハン個人の放浪を通して、彼の精神的遍歴がアイルランドの歴史的苦渋と重複していることは容易に読みとれよう。イェイツは『ハンラハン物語』において、フレミングが指摘するように二つの抱負、つまり「神話の創設と自己の反面の描写」[3]を試みたことは明らかである。アイルランドの短編の中で、これほど民話と結びつきが強く、超自然の世界が描かれる作品は少ない。ロマン主義者の先導役を務めたイェイツは、知的自由と想像力の自由が短編においても作品化できるのだということを、『赤毛のハンラハン』において示したが、写実主義で厳しい現実に目を向けるアイルランド短編作家のなかにあっては、イェイツの後継者が育ちにくいことも事実である。因みに「縄綯い」は独立性の高い作品であるゆえに、1901年にダブリンで上演された初の近代ケルト戯曲、ダグラス・ハイドの *Casadh an tSugain* の元になり、その点でも重要な作品である。

オケリーの「機織りの墓」("The Weaver's Grave, A Story of Old Men", 1919)は彼の代表作で、短編というよりは中編に属する長さがある。イェイツの弟ジャック(Jack B.Yeats, 1871-1957)が8枚のユーモラスな挿し絵をつけた版[4]はこの作品の独特の世界をよく理解させてくれる。「クルーン・ナ・モラブ」("Cloon na Morab")という「死者の丘」を意味するゲール語名のついた古来からの墓地に、亡くなった機織り職人モティマー・ヘヒール(Mortimer Hehir)の埋葬場所を探すために駆り出された二人の故老、ミホール・リンシュキー(Meehaul Lynskey)という釘製造職人と、カヒール・ボウズ(Cahir Bowes)という石破砕職人が、若い未亡人と双子の墓掘りと共にやってくるところから話は始まる。二人の故老が世間の舞台に登場するのは久方ぶりで、この墓地は故老ゆえにその知識が頼りになるほど古色蒼然たる場所である。リンシュキーの埋葬に関する指示もボウズのそれも共に誤情報であることがわかり、すでに何層にもわたって先住者が眠っている。未亡人はやむなくもうひとりの故老でクルーン・ナ・モラブに埋葬される最後の資格保有者で

13

あるマラキ・ルーハン (Malachi Roohan) という樽製造職人のもとへ指示を求めに行く。しかし、その情報も無駄に終わるが、ボウズがついに場所を思い出し埋葬地が見つかる。双子のうちの一人が未亡人と抱擁しあってキスをするところで話は終わる。

　オケリーはこの作品で死という深刻な問題と墓地という暗い場所を扱うのに、独特のユーモアを駆使して新しい短編の可能性を追求した。またこの作品は民話に特有の構造と形式が目を引く。フォークナーはこの作品が、"non-literate folktale" に対する意味で "literary folktale" であるという。[5] つまり、語り継がれた民話ではなく、書かれた民話だという意味である。「新民話」がその語の訳語になるであろうか。ところで、この作品をプロップ (Vladimir Propp) がロシアの魔法民話の構造分析をした際に使用した構造に当てはめてみると、31の「機能」がほぼ全体のプロットに当てはまる。アイルランド民話は一般にフランス民話と同様に結末が欠乏の機能で終わるが、「機織りの墓」はロシアの魔法民話と同じく欠乏の解消で終わる。つまり「機織りの墓」はヨーロッパの「メルヘン」型＝ハッピー・エンディングで終わる構造をもっていることになる。それは実はこの作品の重要なメッセージともなっている。つまりこの作品の至る所に「死」に対する「生」が、「旧」に対する「新」が、「欠乏」に対する「充足」といった対比が見られる。オケリーは「負」に対して「正」を用意するときに周到な象徴を使用する。同時に深刻な問題に対する諧謔と戯画化が、一見平板に映るロマンティシズムを回避している。加えて二人の故老の昔話による「語り」の妙が至る所で聞くことができ、民話に欠くことのできない雰囲気と作品の重層性を増す。アイルランドの伝統の奥深さと縦横の想像力が作り出すユニークなアイルランド短編である。

3

　アイルランド文学の主題の一つである民族問題は、短編の中ではどのよ

うな特色を持つのであろうか。オコーナー (Frank O'Connor, 1903-1966) の「国賓」("Guests of the Nation", 1931) は最も深刻な政治問題が、彼の手になるとどのように作品化されるかを示す上で好例である。この作品は1922年にアイルランドが自由国となった後、完全独立を求める非合法武装集団アイルランド共和軍（ＩＲＡ）内部が舞台である。作者自らＩＲＡに参加した経験が作品の細部をよりリアルにしている。ＩＲＡ第二大隊から民家に引き渡されたイギリス兵ベルチャー (Belcher) とホーキンズ (Hawkins) を、語り手の私とノーブル (Noble) が監視役となって見張っている。暇を持て余した二人の英兵はトランプを通して私やノーブルと親しくなる。夕食の後になると、毎晩ホーキンズはノーブル相手にカトリック批判を含むさまざまな議論をふっかけていくが、それが一層親近感を増していき友情まで芽生えてくる。しかし、現実には彼ら英兵はイギリス軍の捕虜となっているＩＲＡ同志の人質に過ぎない。やがて同志4人がイギリス軍に射殺されたとの情報が入り、二人の英兵はその報復として沼地の射殺場に連れて行かれる。期せずして生まれた4人の友情は任務の前に無情にも霧散してしまう。監視責任者のエレミア・ドノバン (Jeremiah Donovan) による銃殺の後、語り手はそのときの異常な空虚感をその後の一生で二度と味わったことがないといって終わる。

　オコーナーの短編の量は本稿で取り上げる作家の中で他を圧倒するほど多いし、その主題の守備範囲も広い。ゲール語と英語のバイリンガリストとしてゲール語の復活に果たした貢献と、文学のみならず歴史研究における彼の貢献は忘れてはならない重要な業績である。社会の底辺に生きる人々を描く彼の短編は、その数150にも上る。文学の師コーカリーから伝授され、オコーナー作品を特色づける生き生きした日常会話は、他の追随を許さないほどの臨場感を作っていいる。「国賓」においても、登場人物が交わす会話は、イギリス兵士の英語やアイルランドの方言が行き交い、それらに耳を傾けるだけでも興味をそそられるものがある。他の作品においてもいえることだが、この作品にも主題を暗示するキーワードが会話の中に隠

されている。「相棒」(chum)である。オコナーは人間は本来「相棒」同志であるのに、それを破壊するのが社会であるのいうのだ。語り手の生涯に残る心の空洞は、「相棒」が簡単に葬り去られる世の空しさによる。オコナーの人間理解はオフラハティーの理解に通じるところがあり、問題の社会的背景にメスを入れるよりも、それに巻き込まれる人間の内面に共感を示す場合が多い。それでもオフラハティーとの違いは、オコナーにはペーソスを醸し出すときにも必ずといっていいほどユーモアを忘れないことにある。問題の悲劇的要素がユーモアによって緩和されることにより、人生の真実がもつ表裏がより顕わになり、人生をより正確に理解しうる啓示を生むといわんばかりである。オコナーが多くの読者を今日でも持つのはその辺に一因があるのかも知れないが、その一方で、アイルランド人をいぜんとして牧歌的農民ととらえる理解しか持ち合わせない読者には、アイルランド理解の点では歪曲した実体を与える可能性がなくもない。ちなみに、この作品は発表後に早くも舞台にも上がり、最近では『クライング・ゲーム』(*Crying Game*)がその前半をこの作品から翻案として借用したりしていることは、「国賓」が普遍的な人間の心理を内包している証拠であるのかも知れない。

　同じＩＲＡ問題をテーマとする作品の中で、オブライアン(Flann O'Brien, 1911-1966)の「殉教者の冠」("The Martyr's Crown", 1956)は、アイルランドの独立戦争を銃後の世界から見た作品であり、またオブライアンの特色をいかんなく発揮した作品の一つである。オブライアンはアイルランドの民話に基づく作品から、現代的な不条理の世界までその守備範囲は広いが、この作品は空想と想像、風刺とパロディが全体を支配していて、民族問題もオブライアンの手にかかると抱腹絶倒の世界に変わりうることを示す好例である。

　ツゥール(Toole)とオヒッキー(O'Hickey)の二人が朝の通りを連れだって歩いているとき、杖をついた尊大な感じの青年紳士がやってくる。ツール

には誰かと一緒の時には、羽振りのよい知らない人に挨拶をする癖がある。今も近づいてきた青年に、「やあ、ショーン、げんきかね」と挨拶をするが、完全に無視され、オヒッキーから「あれは誰だ」ということになる。ツールはそれから先の話はギネスが条件であるが、実はそのメタ・フィクションは全て口からでまかせで、ツールの小気味のいい口調で語られる想像の産物である。なぜならオヒッキーはツールがいかなる兵役の経験もなかったことを知っているからだ。時は1920年、21年の独立時、ＩＲＡ地方リーダーであるバート・コンロン(Bart Conlon Collins)の右腕ツールが、英軍によるシン・フェイン党事務所襲撃で英軍を撃退し、未亡人でアイルランド女性の鏡ともいえる信心深いクロハティー婦人(Mrs. Clougherty)の家にかくまわれる。彼女は実はコマン・ナ・マン("Cumann na mBan"＝The Woman's Company)、つまりＩＲＡを補助する女性軍兵站部隊員である。そこを若い将校に率いられた英軍が捜索に来る。婦人がその対応にでて、10分間奥の間に将校と消える。その後英軍は将校ともども立ち去る。今まで多くのアイルランド人が祖国のために「死んで」きたが、冒頭の青年はアイルランドのために「生まれてきた」ので、それゆえクロハティー婦人は聖人かつ殉教者であり、今でも殉教者の冠ををかぶっているという落ちで話は終わる。

　われわれは、冒頭に登場する横柄な若者がツールのその後の話とどんな関わりがあるのかということすら忘れて、彼の話に耳を傾けているうちに、最後の場面でその存在理由を知らされる。この作品が何度読んでも飽きないのは、われわれの文化である上方落語に通じる共通項が見られるからである。この話には至る所で見られる突っ込みのツールと呆けのオヒッキーが交わす会話の面白さがある。ツールにかかると、一面識も無い実在のＩＲＡのリーダー、マイケル・コリンズ(Michael Collins, 1890-1922)もミックになるし、同語反復や、ツールの未経験と無知による軍隊用語の誤用、漸降法などのさまざまの言葉遊びが話に一層興を添える。しかも、舞台はアイルランド文化に欠くべからざるパブであり、"in vino veritas."として

は格好の場である。しかし、この作品で看過できないことは、笑いの背後に見え隠れする作者の冷徹な歴史に対する視線である。作中ツールのほら話をよそに、作者は独立戦争にまつわる事実を正確に描写することを忘れていない。「殉教者の冠」はオコナーの「国賓」とは一味違った手法を用いながら、両作品とも過去を見つめる視線は軌を一にしている。

結　び

　アイルランド精神の三つの主要基調は土地と宗教と民族主義であるといわれて久しいが、[6]本稿はアイルランド自由国成立を一つの区切りにして、それまでに生まれた一部の作家が、結果的にこの基調とどのように直接間接に関わり、さらにこの基調から派生する様々な社会問題をどのように受け止めて作品化したかを見た極めて限られた概観に過ぎない。当然予想されたように、各作家のこの主要基調に対する関心の度合いはさまざまであったし、女性作家の場合はその基調とは無縁に近かったといえる。どの国の作家にも当てはまることであるとはいえ、アイルランドの短編は、作家一人ひとりの生い立ちやその後の体験の違いによってずいぶんと違いが生じるし、また同じ問題を取り扱っても、作家の個性の違いによってそれぞれの作品はかなりの隔たりが見られた。それでもあえていうならば、各作家に共通したのは、彼らの主題がこの基調とどこかで関わり合いをもっていたことである。

　すでに多くの研究者によって多様な研究が見られるという理由で今回は取り上げなかったジョイスは、最も深くこの基調に関心の目を注いだ一人であった。また一例として帰郷を扱った作品を「望郷」以外に求めてみたとき、ウォルシュ(Maurice Walsh, 1879-1964)の「静かなる男」("The Quiet Man, 1935)のように、文化の違いを克服してうまく祖国に復帰できる作品や、マクマホン(Bryan MacMahon, 1909-)の「エグザイルの帰還」("Exile's Return, 1955)のように、自分の不義理と不在中の妻の姦通を相殺して縒りを戻す作

品、また新しいところでは、デリー (Ita Daly, 1945-)の「赤い靴の婦人」("The Lady with the Red Shoes", 1980)のように、故郷に錦を飾ったはずの女性が故郷で受容されない作品などがあって、この問題だけでも「移民の社会学」といえる場面が描かれてきている。アイルランドの短編は、好むと好まざるとに関わらず、他国との関係で生じたこの主要基調が存続する限り、それに対する自己点検を作品化しつづけるであろうし、その点検はいよいよ懐疑的な色合いを強めていくかも知れない。

　アイルランドの短編の特色を見るためには、広範で綿密な検証が必要であるが、アイルランドが経済的に豊かさを増していく中で、この主要基調に取って代わる別の諸相が短編の題材として緩やかに顔をもたげ始めてきており、人生のエピファニーはその趣を異にしたところで発掘されていることは事実である。しかし、その場合にあっても、ダブリンやコークといった都市において、またアラン島やウイックローの過疎地においても、ジョイスやオコーナーやオフラハティーやオフェイロンが目撃した「底辺の人々」が無くなるわけではなく、彼らが抱える人生の渋面は、今後も姿を変えてアイルランド短編小説の題材となりつづけることは間違いない。時の経過と共にアイルランド短編小説がその特色を変えていく一方で、ミサの岩やクルーン・ナ・モラブといった歴史の証人がかつての姿を変えていこうとも、それらを描写したアイルランド短編小説はその姿の意味を後世に伝えるに十分な力強さをもった別の生き証人だと確信するとき、アイルランド短編小説の魅力の一端を感じ取ることができるのである。

注
1) *The Untilled Field,* William Heinemann, (London 1903, pp. ix-x)
2) *Ibid,* pp. ix-x
3) Deborah Fleming, *A Man Who does not Exist* (Michigan: The Univ. of Michigan, 1995), p.161
4) *The Weaver's Grave with Eight Illustrations by Jack B.Yeats* (Dublin: The Talbot Press, 1929)

5) B. Forkner ed., *Modern Irish Short Stories* (Harmondsworth: Penguin Books, 1985), p. 112

6) S. O'Faolain, *The Irish* (Harmondsworth: Penguin Books, 1981), p. 75

2 アイルランドにおける神智学運動

赤 井 敏 夫

序

　19世紀末のアイルランドにおける文芸復興運動が、神智学協会と呼ばれる団体の活動から一定の影響を蒙ったことは、多くの資料から確認することができるものであるが、これを評価するに際しては、ある程度慎重を期することが必要である。例えばE・ボイドの説くがごとき、「神智学協会ダブリン・ロッヂはアングロ・アイリッシュ文学の発展に当たって、スタンディッシュ・オグレディによる『アイルランドの歴史』刊行と同等の活性を果たしたものであって」、「神智学運動がここに提供したのは、運動に参加しなかった人々にすらその影響の及んだような文学的、芸術的、知的なセンターであり」、「これは種々多様な人物像の邂逅の場となって、疑いもなくこの新文学運動の規模を拡大し、かつて存在した国民的運動のどれにも増して著しい発展を促したものであった」[1]といった全面的な評価は、これを軽々に受容するべきではない。
　筆者の見るところ、ボイドの立論における瑕瑾は、神智学協会の運動を世紀末の汎西洋的な思想潮流の推移の中で位置づける作業を怠り、その結果、世紀末アイルランドにおける神智学の特異性を特定しえなかったところに起因するものである。したがって拙論の目標は、神智学運動を起源より概括しながら、それが世紀末アイルランドに及んでかの地の文化的土壌に播種されて以降、いかに独自の変質を遂げていったかを追跡することに

置かれねばならない。

　同時に、この作業にあたっては、間接的な関係も含めてダブリン・ロッヂとかかわった人物の伝記的資料を検討することが必要となってくる。いったい神智学協会の運動とは決して宗教的なそれではありえず、したがってそれがアイルランドに到来するに際して組織的な布教が介在したわけではなかった。むしろ神智学は個人的な交友関係をたどって受容されていったものであり、かかる交友関係が文芸復興運動という芸術活動の成員と大きく重複していたところに、アイルランドにおける神智学の独自性が求められねばならない。

　拙論では、最初に神智学運動の沿革を、文芸復興運動の成員との最初の接触が生ずるに至る時点までを重点的に概括したうえで、[2] それが独自の発展を遂げてゆく過程を三つの時期に分類し、おのおのの特徴を明確化してゆく。なお、以下に示す三期区分はあくまで作業仮設上のものであるが、文芸復興運動史にもある程度対応する整合性を持っていることを強調しておきたい。

1、初期、ダブリンにおけるヘルメス協会(第一次)成立から、ダブリン・ロッヂの正式認可、イェイツがエソテリック・セクションに加入し、黄金の暁(ゴールデン・ドーン)に転出するまで。
2、中期、A・Eがダブリン・ロッヂの中心的活動家となり、機関誌『アイルランド神智学徒』『インターナショナリスト』の発刊を経て、全米神智学協会との確執の結果、主要メンバーを引き連れて、ヘルメス協会(第二次)に移管するまで。
3、後期、それ以降。

1　神智学協会の沿革

　最初に強調しておく必要があるのは、のちのアイルランドでの運動との

関連からして重要な神智学の特徴が顕在化してくるのは、神智学協会が本部をニューヨークからインドのアディヤールに移管した1878年以降であることである。したがって、75年の協会設立に至る前史もふくめてここで詳述することを控えるが、図式化していうなら、創設時の神智学協会は世紀末に大西洋の両岸に数多く発生した泡沫オカルティズム結社のひとつに過ぎなかったといえよう。筆者がここでいう「オカルティズム結社」とは、次のように規定しうる。すなわち、世界のいずこかに「隠された叡智」が伝統的に存在しており、それと接触することで入門者(イニシエート)は「自己解放」を果たすことができるとの前提のもとに、かかる叡智を探求する者たちが一定の集団を形成したものである。いうまでもなく、かかるオカルティズムの伝統はルネサンス以降西洋には連綿と存続したものであり、文化史学はこれを薔薇十字主義(ロゼクルーシャニズム)の名称のもとに一括しているが、[3] 創設期の神智学もこの外延に位置したものに過ぎない。但し、ひとつ強調する必要のあるのは、19世紀末におけるオカルティズムの流行には社会ダーウィニズムが強力な因子として介在している点であり、「隠された叡智」との接触は「個としての進化」を促すための必須の前提として捉えられていたであろうことを理解しておく必要がある。換言するなら、世紀末オカルティズムは意識的にせよ無意識にせよ、さらに進化を遂げた「超人」(スーパーヒューマン)へと至る道程を拓くことを希求したものであり、そこから必然的に導き出される疑似人類学的な人種進化論は、後に神智学が教義の中心に据えたものであった。[4]

初期神智学は、創始者ブラヴァツキー夫人がとなえる「大師」(マスター)の概念を中核に徐々に教義の具体化を遂げていったものと見ることができる。神智学でいうマスターとは、「隠された叡智」の伝統を継承する秘密の導師もしくはその一団であり、神智学徒に対して「隠された叡智」を排他的に開示してゆく存在である。容易に理解できるように、神智学のマスター概念そのものも、薔薇十字主義の創始者と信じられていたクリスチャン・ローゼンクロイツ、すなわち東洋のいずこかで「隠された叡智」を伝授され、それを選ばれた弟子にのみ口伝したとされる西洋オカルティズムでの架空

の人格の一亜種に過ぎないといえる。神智学の場合、もっぱら秘儀の伝授はマスターから協会のメンバーに対する指示を記した直筆書簡が届くという形態で行われた。このマスターからの書簡は現存するだけでも膨大な量にのぼり、「マハトマ書簡」の名のもとに校訂刊行されたものは、最初期における神智学正典の中核を形成することになる。こうした書簡による協会メンバーへの秘儀伝授は、一見神智学に独自のものとみなされがちだが、方法論的に見た場合、当時新旧両世界で一大流行を誇っていた心霊主義における「奇跡〔フェノメナ〕」現象を巧みに応用したものであったと考えられる。フェノメナとは霊媒が降霊会で招来した死者の霊を参加者〔シッター〕の眼前で「物質化〔マテリアライズ〕」することを指す用語で、心霊主義の歴史にあって神智学協会の創設された19世紀末の最後の十年期は物質化霊媒が多数出現した期間に対応している。[5]創始者ブラヴァツキーは渡米以前、各地で心霊主義サークルと接触してきた経験を持ち、マスターからの書簡が突如花の芳香とともに天井から舞い落ちてくるといった初期神智学に典型的な報告には、明らかに心霊主義の物質化現象〔マテリアライゼション・フェノメナ〕と平行関係が認められるのである。

　このように、創設期の神智学協会にあっての特徴は、当時流行の心霊主義降霊会で好んで演じられた「奇跡〔フェノメナ〕」的方法論を西洋オカルティズムの秘儀伝統に、どちらかといえば折衷的に接合したものに過ぎなかった。教会といった特定の聖職者階級を介在させずに直截的に「隠された叡智」に到達する回路を約束するという神智学教義が、のちのイェイツをはじめ多くの知識人を魅了したことは否定できないが、こうしたグノーシス的接神論は薔薇十字主義以来の西洋オカルティズムに本質的要素として内在したものであり、神智学による独創とすることはできない。繰り返し指摘するように、神智学が運動体としての独自性を獲得するのは、78年に組織の中心をインドへ移して以降のことである。成程この時期には「東洋の叡智の発見」が好んで強調されるようになり、大師〔マスター〕がヒマラヤもしくはチベットの人跡未踏の奥地に隠逸する超人的な賢聖〔リシ〕とされて、ヒンドゥー=仏教的秘伝を体現する存在として人格化の方向性が決定されるのだが、これもま

た字義通りに受け取るには慎重を要する問題である。なぜならば創設期には神智学は「ルクソール兄弟団」と号するオカルティズム結社から霊統を継承したと主張していた一時期があったが、そのころはマスターは古代エジプトの秘儀を伝承する存在とされていたからである。[6]

いうまでもなく古代エジプトは、薔薇十字主義の母胎となったルネサンスのヘルメス主義にあって、秘教的叡智の源泉と考えられていた世界であり、したがって古代エジプト志向は西洋オカルティズムに長らく保持されてきたものである。[7] 例えばのちにイェイツが加入するマグレガー＝メイザーズの「黄金の暁(ゴールデン・ドーン)」は古代エジプトのヘルメス主義祭祀の復興を標榜したが、その具体的リチュアルの一端は（甚だしく戯画化されたものながら）イェイツの放棄された散文作品『斑の鳥』の描写から窺うことができる。[8]

したがって、のちの神智学の方向性を決定づけた東洋志向、ヒンドゥー＝仏教への接近は、何らかの必然性から導き出されたというより多分に場当たり的に成立したものであり、神智学協会が叡智を発見するためにインドに赴いたのではなく、むしろインドを訪れたことでその東洋的外貌を獲得したと見るべきである。むしろ神智学そのものの変質を促し、泡沫オカルティズム結社から思想的社会運動へと脱皮させていった要因としては、植民地インド社会との現実的な接触があったことに求められねばなるまい。中期神智学では明確に反帝国主義支配が標榜され、ガンジーを筆頭に多数の独立運動の闘士が協会と関係をむすぶようになるのであるが、これはアディヤール移管以降、現地インド人が多数参加し、協会そのものの規模が飛躍的に増大したことに由来している。神智学がマニフェストとして掲げた「普遍的友愛主義(ユニヴァーサル・ブラザーフッド)」が、イデオロギー上の指標として、大英帝国の搾取に対する抵抗の途を模索していたインド人知識人層を魅了したためである。協会が被支配者の伝統的宗教や慣習に対して示した尊敬と共感は、帝国主義支配のもとで産業資本サイクルに組み込まれながら、非クリスチャンという理由から社会進出を阻まれていた現地インド人の矜持に訴えかけ

ることで、かれらの献身を獲得することにさしたる困難を伴わなかった。[9]

　いったい神智学がヒンドゥー＝仏教へ傾斜していったことの背景には、明確な政治的要因が働いていたわけではなかった。なるほどインドでの布教活動にさしたる成果を挙げることのできないキリスト教の各派はこぞって神智学を非難し、その運動の背景にアフガン領有問題で英国と対立したロシアからの政治的謀略の介在を声高に叫ぶ者も少なくなかったが、現存する資料から判断するかぎり、神智学協会はあくまで本質的には「隠された叡智」への道程を模索する排他的なオカルティズム結社であり、西洋オカルティズムの伝統の中ではクリスチャン・ローゼンクロイツや古代エジプトに措定されていた秘儀の源郷を、きわめて恣意的に東洋に移し変えたものに過ぎない。しかし、かかる叡智のみなもとを従来の西洋的伝統の識閾外に求めたことは、結果的に重大な質的転換を促すこととなった。すなわち、神智学の図式のもとにあっては、文化的にも地理的にも西洋なる中心から隔たっていたがゆえにこれまで未開後進を刻印され蔑まれてきた周辺の民族文化が、実は中心においてははるか以前に忘却されて久しい叡智を連綿と保持してきたとの理由から、中心に対して絶対的な優位を獲得しうるという、倒立した価値観が成立することになる。こうした従来のものと異なった世界観は、後段で論ずるように、神智学がアイルランドに移植される際に大きな求心力を示すことになる、重要な因子となったものである。

　上述のように、初期神智学の啓示は書簡という形態を採って、大師（マスター）から主要協会員へ直接に示されるものであったが、逆にメンバーからマスターへの問いかけを唯一仲介する役割を担ったのが、創設者ブラヴァツキー夫人であった。彼女はマスターとの意思伝達の具体的方法に関しては最後までこれを秘して明かさず、このコミュニケーションの回路をあくまで排他的に独占したために、敵意のある部外者からは「大師の　口（マウスピース）」と揶揄された。たしかに彼女が神智学に占めた位置は、新興宗教の開祖としての巫女、文化史的により近似のアナロジーを求めるなら降霊会（シアンス）参加者の問いかけを

指導霊(ガイド)に伝達するヴィクトリア朝時代の典型的霊媒のそれに擬することもできよう。

しかしこのブラヴァツキーの特権的立場は、1884年、私設秘書であったクーロン夫人がアディヤール本部に設けられていた厨子(シュライン)(ここは主要会員宛のマスターによる書簡が繰り返し「奇跡(フエノメノ)」的なかたちで出現したことで知られた一室であった)に巧妙なからくりが仕掛けられていたことを暴露するにおよんで、大いに動揺する。神智学史上「クーロン事件」として悪名高いこの一大スキャンダルは、協会の急速な勢力拡張に危機感を覚えた既存キリスト教団がその失墜を図った謀略であることは疑いないが、翌年、新旧両世界でもっとも「科学的な」権威を誇ったＳＰＲ(心霊研究協会)が調査員をインドに派遣し、ブラヴァツキーの心霊能力に否定的判断を下す報告を公刊するにおよんで、「イシスの現代巫女(モダン・プリーステイス・オブ・アイシス)」と呼ばれた彼女に決定的な一撃が加えられる結果となった。[10] ブラヴァツキーは協会の役職を解かれてインドを離れ、以後数年間、87年にロンドンに居を定めるまで、ヨーロッパ各地を転々と放浪することとなる。

我々の文脈からしてことさら注目すべき点は、神智学協会そのものがクーロン事件とＳＰＲ報告とつづく一連のスキャンダルに一時的な打撃を蒙ったものの、すぐさま勢力の回復に成功し、全世界規模で以前にも増して運動を拡大していったことである。一連のスキャンダルは神智学の存立基盤を成すマハトマ書簡に重大な疑義を投ずるものであったから、創設期の協会であれば、これは即ち神智学運動そのものの崩壊に直結したに違いない。脱会者からの内部資料を駆使して、執拗な協会批判を重ねたエドモンド・ギャレットは「マハトマの存在せぬ神智学のごときは、デンマーク王子の登場しない『ハムレット』と同断である」[11] と喝破したが、事態はすでにかれの視野を越えたところで推移しつつあったのである。このときすでに神智学協会は、秘密結社的な閉じられたサークルの内部でひそやかに秘儀伝授を重ねてゆくことを旨とするオカルティズム団体の枠からはるか逸脱して、一種の社会思想運動となる質的転換を遂げつつあったためである。

むろんそれは明確に意図した路線に順じたものではなく、むしろ量的な変化から促されたもの、すなわち全世界に多くの管区を擁する大規模団体にまで成長した結果から生じたものであろうが、この変質の方向性を決定づけたのは、いっとき舞台から退場したかに見えたブラヴァツキーその人であった。彼女は数年にわたる放逐の日々を費やして著作活動に専念し、1888年、その成果を『秘めたる教義』として出版する。世紀末オカルティズムにおけるマグヌム・オプスと称されるこの大著の内容については敢えて言及を控えるが、この発表が神智学の変貌に決定的な要因となって作用したことは強調されねばならない。なぜなら、初期の神智学がその霊的なオルトドキシーを、チベットの不死の大師という存在からブラヴァツキーに個人的に委ねられた権威に仰いでいたのに対して、以降は教説の正統性の根拠じたいが、最終的に聖典である『秘めたる教義』(およびこれを補完する役割を果たす刊行されたマハトマ書簡)の内容という非人称的な教義へと収斂してゆく途を開くことになったからである。これによって、伝統的に師から弟子へと直接の口伝による伝授を基本としていた秘教的知識が、今や書物という媒体を通じて不特定多数の読者(この場合読者は必ずしもその教義への帰依を前提として要求されない)に対して広く解放される方向性が決定づけられることとなった。むろんブラヴァツキー存命中はマスターからの書簡はなお断続的に出現し、最も重要で物理的な神智学権威であることを止めなかったが、この時期以降の神智学の隆盛、殊に世界に先駆けていちはやくマス・インテリ層の成立を果たしたアメリカにおける流行は、こうした「大衆に開かれた秘儀」という神智学の質的転換を考慮することを怠るならば、容易にこれを理解することができない。そしてかかる変質を経験しつつある神智学こそ、最初にアイルランドに渡来したそれであった。

2 「東方からの光」——初期アイルランド神智学運動

　神智学がアイルランドに受容されてゆく過程を概括するにあたって、な

2 アイルランドにおける神智学運動

お資料的不足は否めないものの、この新興運動の導入にあたって、きわめて短期間ではあるが、トリニティ・コレッヂのサークル、殊に『ダブリン・ユニヴァーシティ・レヴィュー』の編集に携わった者が積極的役割を担った可能性を挙げておきたい。このジャーナルと関係したセオドア・ロールストンが、後述のチャタージー講演の際に重要な協力者となり、講演原稿を『レヴィュー』に掲載したことは、モンク・ギボンの証言から裏づけられる。[12] 最初に熱狂的な献身を見せる神智学徒となったチャールス・ジョンストンが、同時期にトリニティで東洋哲学を学んでいたことも、何らかのかたちでこれと関係していよう。またボイドによれば、初期の代表的神智学文献であるA・P・シネットの『秘伝仏教』の一読をイェイツに勧めたのは、同大学で教鞭を取っていたシェイクスピア学者エドワード・ダウデンであり、イェイツから同書を紹介されたことが、ジョンストンの熱狂に火を点ける要因となったとされる。[13] シネットはインドのおけるアングロ・ジャーナリズムの大立者で、マスターから多数の書簡を受け取り、現地における神智学の勢力拡大に多大の貢献をなした人物として知られる。

ようやく我々が複数の資料から判然と確認できるようになるのは、イェイツとジョンストンが中心となって「ヘルメス協会」なるオカルティズム研究のための団体が形成され、[14] (本論では、後にA・Eが設立する同名の団体と区別するため、作業仮設上これをヘルメス協会(第一次)、後世のものをヘルメス協会(第二次)と呼ぶこととしたい)1885年ジョンストンがシネットへの面会をもとめてロンドンへ赴いた時点からである。ジョンストンが逡巡なく協会の正式メンバーとなったのは、ブラヴァツキー夫人の圧倒的個性にたちどころに感化されたからに違いない。「私がブラヴァツキー夫人から最初に受けた印象は、力の感覚、その個性の偉大さである。例えていうなら、自然の根源的力の前に立ったかのように感じたものであった」[15] と後年の回顧にある。そこでかれは、神智学の福音をアイルランドに齎すべく講演者の派遣を要請する。こうして実現したのがブラヴァツキーの弟子であるバラモン僧モヒニ・チャタージーによるダブリン講演である。イェイツが

29

この講演の熱心な聴衆の一人であったことは疑いなく、A・Eがこれに参加したかどうか確認する資料は現存しないが、少なくとも翌年『ダブリン・ユニヴァーシティ・レヴュー』に掲載された「神智学の常識」と題する講演原稿を一読していたことは間違いない。[16] このようにチャタージー講演が当時のダブリンの若い知識人層に一定の反響を惹起したことは否定しえないものの、それが神智学に対する理解と関心に直結したかという点に関しては、大いに疑問視されねばなるまい。後世ジョージ・ムーアが皮肉をこめて回顧しているように、チャタージーは最初に「インドから渡来した宣教師」[17]であり、あくまでそのエキゾチックな神秘的雰囲気、A・Eの表現を借りるなら「はるかな異国を思わせる後光」[18]によって若いダブリナーたちを魅了したに留まったと考えるべきである。幾つかの神智学関連の文献、殊に敵対者側から著されたものには、ブラヴァツキー子飼いの側近であったこのバラモン僧が、西洋人を惹きつける独自の(恐らくは性的ニュアンスを含んだ)カリスマ的雰囲気を具えた人物であったことが強調されているが(「男性は畏怖をもってモヒニを眺め、御婦人方は熱狂をもって見つめた」[19]とは、84年にかれが最初に英国を訪問した際を描写するギャレットの言葉である)、このことはイェイツが後に「モヒニ・チャタージー」と題する詩において、東洋的輪廻を説くバラモン僧の言葉というよりその独自の雰囲気が「少年の狂おしい日々に安逸をもたらす」[20]と歌ったことからも推測される。

　翌86年、ダブリンの若き神智学徒の一団は協会から正式に認可を受け、ここにダブリン・ロッヂが発足する。既存の諸資料は例外なく、ヘルメス協会(第一次)がしごく自然の流れのままにダブリン・ロッヂに移行したことで一致しているが、この点もいささか再検討を要する問題である。少なくとも筆者の調べえた限りでは、ヘルメス協会(第一次)に所属した中でジョンストン、イェイツ、A・Eの三名以外の名を挙げている資料は皆無であり、ダブリン・ロッヂにおいて主導的な役割を果たすD・N・ダンロップやフレッド・ディックの姿があったことは確認できない。またダブリン・

ロッヂ発足直後にこれに加盟していたことが確実なのは先に挙げた三名のうちジョンストンのみで、かれは間もなくインド高等文官試験に合格してアイルランドを去るのである。ヘルメス協会(第一次)の会長となっていたイェイツの名がないことは、かれがロンドンへ転居しようとしていたことから理解できるし、A・Eがこの時期思想的理由から神智学協会への入会を逡巡していたことも伝記的資料から確認できる。したがって、トリニティ関係者から成ったであろうヘルメス協会(第一次)と、認可を受けたダブリン・ロッヂとの間には、ある程度のメンバーの重複はあったものの何らかの断絶があり、後者の母体となった集団が介在したのではないかとの可能性が考えられる。ダブリン・ロッヂの中心的活動家であり『アイルランド神智学徒』の編集長を務めたD・N・ダンロップが、神智学に転ずる以前に、アメリカの心霊主義者T・L・ハリスの創設したコミューン運動「新生命兄弟団」に属していたことからして、[21] 当時のダブリンに小規模なハリス主義者のグループが存在し、それがダブリン・ロッヂ成立を媒介する役割を果たしたのではないかとの仮説が想定しうるが、残念ながら、幾つかの傍証を除いてこれを確証できる一次資料を発見することができない。[22] この点に関しては、さらに調査の必要があろう。

　最初期のダブリン・ロッヂの活動に関しては、やはり一次資料の著しい不足からディック夫妻が提供したスティーヴンス・グリーン近くのアパー・イリイ街の一屋で定期的に集会を持っていたという事実を除けば、断片的な情報しか入手することができない。むしろ文献的資料から確実にトレースできるのは、ロンドンに去ったイェイツと神智学の関係の方である。かれは88年に協会に加盟するが、この決断を促したのはロンドンのブラヴァツキー・ロッヂ内にESとして知られるエソテリック・セクションが設置されたことにあると見るべきである。ブラヴァツキーはロンドンに定住して以降、旧来のロンドン・ロッヂからは独立した独自のロッヂを主宰し、次世代の協会指導者となるべき後身の指導にあたっていた。マスメディアからの執拗なバッシングにもかかわらず、ブラヴァツキーはロンドン社交

31

界において一定の名望を確保しており、後に第二代神智学協会会長に就任して運動をさらに拡大することになるアニー・ベサント、当時急進的無神論者としても知られた女性解放運動の闘士を神智学に転向させることに成功している。[23] こうした弟子(ケラ)たちの中から選りすぐったメンバーから組織されたのがＥＳであり、ここでは彼女が著作で展開している神智学哲学を、ヴェーダーンタ等から借用した難解な概念や用語を駆使して、ブラヴァツキー自らが説き聞かせると同時に、恐らくはハタ・ヨーガ系の実践的な修行の方法論も伝授されたものと思われる。[24] つまりＥＳは、外延では広く大衆化へと向かう神智学運動の中心にあって、改めて閉鎖された秘教化の方向へと牽き戻す機能を担ったといえよう。このように「隠された叡智」を排他的に独占しうるかに映るＥＳの活動は、疑いもなくイェイツを魅了したと考えられる。

　しかしこのときすでに、実践魔術(プラクテイカル・マジック)に惹かれるイェイツと、社会思想運動体へと変化しつつあった神智学協会との間には、亀裂の種が播かれていた。イェイツは89年のブラヴァツキー没後ほどなく、新たな導師(グル)を求めてマグレガー＝メイザーズの黄金の暁(ゴールデン・ドーン)へと去るのであるが、我々の論旨からして重要なのは、この時期かれが神智学的もしくはオカルティズム的文脈からアイルランドの妖精伝承を再解釈しようとする試みに着手していることである。出版されている唯一の業績はブラヴァツキー・ロッヂの機関誌『ルシファー』に89年に発表された「アイルランドの妖精、幽霊、魔女」であるが、[25] そもそもこれはＥＳ内に組織された超自然現象の研究を旨とする委員会の公式報告のひとつである。こうした民俗学的資料を、当時流行の疑似科学の図式のもとに読み解こうとする企ては、しかしイェイツの独創に帰することはできない。例えば現在ゲール系妖精信仰を研究するにあたっての基礎資料となっている17世紀の著作、ロバート・カークの『秘めたる領土』が人類学者アンドリュー・ラングの手によって当時二百年ぶりに復刻されているが、これはＳＰＲ会長でもあったラングがゲール系妖精信仰を心霊現象研究(サイキカル・リサーチ)の立場から解析しようとしたものであった。[26]

この時代、今日いわゆる宗教学や文化人類学は揺籃期にあって、心霊主義やオカルティズムに近接することも少なくなかったことを考慮に入れなければ、青年期のイェイツがアイルランドの口碑に示した強い興味を十全には理解することはできまい。

とはいえアイルランド口碑への関心は、この時代の神智学にあったイェイツの場合、もっとも手近に存在した資料であるという以上に重大な意義が秘められていたとは想像しにくい。これがアイルランド独自のエソテリックな国民主義運動の基礎として位置づけられるには、A・Eが主導権を握ったダブリン・ロッヂの本格的活動、すなわちアイルランド神智学の成立を俟たねばならないのである。

3　霊的民族主義の確立——中期アイルランド神智学運動

繰り返すが一次資料の不足から即断を控える必要があるのだが、ダブリン・ロッヂの本格的活動は、A・Eがこれに参加し、機関誌『アイルランド神智学徒』に積極的に関与しはじめる92年前後に定めるのがもっとも妥当であると考えられる。この機関誌が「あらゆる神智学出版物の中でも最も文学的」[27]と評されるに至るには、かれの貢献が最大の役割を担ったことは疑いえない。A・Eは後にプランケット卿の主催するIAOS(アイルランド農業組合)運動に身を投ずる97年まで、ほぼ例外なく著述のことごとくをダブリン・ロッヂの機関誌に発表しており、その数は『アイルランド神智学徒』においては95、自ら主筆となったものの短命に終わった第二次機関誌『インターナショナリスト』には5、総計100篇にもおよぶ。[28]むろんこのすべてが文学的範疇に分類されうるものではなく、神智学教義を敷衍したエッセイ類や書評なども含めるが、なかには政治的色彩を帯びた著述も見受けられ、後に主要新聞やIAOS機関誌で健筆をふるったジャーナリストとしての才能の萌芽が見出せることは注目すべきである。

A・EのESへの加入はイェイツに遅れること1年の89年であるが、ブ

ラヴァツキーのカリスマ的個性には大いに感銘を受けたものの、ＥＳでの集会に定期的に参加していたことを裏付ける資料は残されていない。ヘルメス協会(第二次)における弟子への指導の内容から推測して、かれがこの時期ＥＳでハタ・ヨーガ系の瞑想の具体的方法論を修得したことはほぼ間違いないものと考えられるが、イェイツが当初見せたような積極的な参画からは程遠い立場にあったことは確実である。何よりもまずＡ・Ｅは生来の神秘家(ミスティーク)であって、ＥＳで学習した形而上学にもとづいて自らの神秘体験を理論体系化できるようになったことは、かれを充分満足させたろう。このように、エソテリックなるものの探求において特定の導師(グル)を必要としないという点において、Ａ・Ｅは大衆化した新しい神智学の恩恵を受けるには相応しい人物であったし、これ以降のダブリン・ロッヂがブラヴァツキー没後の協会分裂(スキズム)に一時的に深く関与しながらも、かれの指導のもとに独自の途を歩むことが可能となった最大の理由と考えられる。がんらい神智学協会の各ロッヂはインドのアディヤールにあった本部から中央集権的な統括を蒙ることなく、高度の自律性を享受していたものであるが、ある意味でこれがブラヴァツキー没後のヘゲモニー争いに発する混乱に拍車をかけることとなった。ダブリン・ロッヂも当初はベサントを中心とする新体制に異を唱えることはなかったが、[29] 主導権闘争がベサントに従う欧州・インドのロッヂに対して、協会副会長であったウィリアム・ジャッジを中心とするアメリカのロッヂがこれに対立するという政治的図式として明白化するにしたがい、判然とジャッジ支持の立場を表明するようになる。[30] ダブリン・ロッヂがことさらベサントを忌避した理由は今もって明白ではないが、ジャッジがアイルランド移民であったこと、および親ジャッジを表明してＥＳを放逐されたジェイムズ・プライスがダブリンへ移り、Ａ・Ｅをはじめ中心的メンバーに多大の思想的影響をおよぼしたことが原因として想定される。しかし強調しておく必要があるのは、ダブリン・ロッヂは終始一貫してアイルランド神智学としての独自性を重んじたことで、ジャッジの死後全米神智学協会会長の座を襲ったキャサリン・ティングレーに対

しても、その強権的な思想介入を嫌って袂を分っていることからもこれが理解できる。

アイルランド独自の神智学の発展の軌跡は、ダブリン・ロッヂ機関誌に掲載された記事、就中Ａ・Ｅによる著述の変遷を辿ることで確認することができるが、これが前述のジャッジ擁護の政治的プロパガンダとほぼ平行して現れてくるのが特徴といえる。むろんこれらの記事は、神智学徒という限定された読者層を対象に著されたものであるが、結果的にその影響は、文芸復興運動におけるＡ・Ｅの交友関係をつうじて、外部にも波及していったことが確認される。機関誌に発表されたＡ・Ｅの初期作品、殊に散文によるそれは、舞台を神話時代のインドに設定したものが少なくない。「カリ・ユガの夜明けで」や「パールヴァティの瞑想」など、生硬ながら随所に詩的な煌めきを秘めた文体で著されたものがこれに相当する。[31] しかし95年に入ると、明らかに古代ゲール文献に取材した題材が作品中に散見されるようになる。これらの作品は民族的伝統文化を神智学的哲学から再解釈しようとする最初の試みとみなしてよいが、『アイルランド神智学徒』95年3月号に掲載されたエッセイ「古代エリンの伝承」はその嚆矢であり、[32] 同時にこうした新たな視点がＡ・Ｅ一人に個人的に収斂するものではなく、あるていどロッヂ全体の合意に基づくものであったことは、同号にかれが「古代アイルランドの神智学」と題する講演を行ったとの報告がなされていることからも裏づけられる。[33] つづいて「クーフリンの呪縛」と題する韻文作品の連載が開始されるが、[34] これは明らかに異教時代のゲール叙事詩を神智学的文脈のもとに再話しようとする野心的な文学的企てである。Ａ・Ｅは後年この作品に積極的評価を下さなかったように思われるが、それは文体の未熟からくる失敗であって、決して民族神話の神智学的解釈という根源的な意図を否定したものではなかろう。叙事詩的文体を駆使して神話的世界を描き出すという試みは1934年発表の「巨神の館」において結実するからである。[35]

Ａ・Ｅの作風のみならずロッヂ全体におよんだであろうこうした変化の

35

要因を、スタンディッシュ・オグレディによる『アイルランドの歴史』から触発されたものと見るボイドやサマーフィールドの指摘は、きわめて妥当なものである。[36] 同時に、やはりサマーフィールドの指摘にあるように、[37] ジェイムズ・プライスからの影響が大きいことも忘れてはならない。ここでは詳述する余裕はないが、現存するプライスの業績の大半は、聖書やグレコ・ローマン期の神話的テクストを独自の秘教的文脈のもとに読み解いたものであり、[38] こうしたプライスの方法論をA・Eがアイルランド民族神話に対して積極的に適用しようとしたことは、多くの資料から容易に裏づけられるが、ここでは次の二点を指摘しておくことで事足りよう。まずA・Eは、機関誌で前述の「クーフリンの呪縛」および「古えの魔術の詩」と題する二篇の連載においてプライスと共著しており、[39] いずれもがアイルランド古代神話の神智学的再話と関連すること、第二としては後者の連載中に「山上の垂訓」と題するプライスの秘教的聖書解釈がモデル的に掲載されていることである。[40]

　A・Eが後年『幻視のともしび』などで展開している神智学的ゲール神話解釈を、かれの用いる特殊な用語に触れないままここに概括することは不可能に近いが、[41] かれの(もしくはダブリン・ロッヂの)発想の根本に東洋との類比があったことは、指摘しておく価値があろう。そもそも神智学が世紀末において多数の人々の関心を惹いたことの背景には、急速に近代化してゆく社会にあって、圧倒的な物質主義の台頭の前になすすべなく狼狽する人々にむかって、霊的世界が物質に優越して存在することを説いたことがあった。初期神智学が「東洋」対「西洋」の図式のもとに提出してみせたのは、そうした比較的単純な霊肉二元論的世界観が根本となったものなのだが、アイルランド神智学がこの理想化された東洋像を、特殊な文脈から現実のアイルランドの上に投影した結果、この図式はアイルランド対イングランドのそれへと置換されて現れてくることとなった。そこにあっては、近代産業文明の発達により物質的繁栄をきわめるイングランドは霊的に見れば後進国であり、逆に物質文明では劣等の次元に留められている

アイルランドこそ、太古において実現されていた自然と人間の一体化をいまなお保持している、霊的な意味での先進国とみなされるのである。そしてこの自然との合一の証とされたのが、インドにおいてはヒンドゥー＝仏教的非キリスト教土着宗教の思想体系であり、その伝統的保持者として賞賛されたバラモン階級に相当するものとしては、ドルイドの名が随所に挙げられてくる。

　むろんインドのバラモンが確立した社会階層としてイスラム教の侵入や英国植民地支配を生き延びたのに対して、異教時代の文献に記録されるドルイドもしくはドルイド教は、ケルト社会においてはキリスト教の到来のまえに亡びさって久しいことを考えれば、こうした発想は不条理なものと写ることは避けられない。しかしアイルランド神智学には、これを妥当と考える根拠があった。一つは圧倒的に豊富なＡ・Ｅの幻視に現れた古代ゲールの神々の姿であり、初期文芸復興運動に携わった芸術家の中にも、こうしたＡ・Ｅの幻視体験を一概に退けられぬものと受けとる向きもあった。神智学は同様の聖なる不可視の存在を進化論の前提として容認していたため、ダブリン・ロッヂではニュー・グレンヂに代表される古代遺跡に赴いて、こうした存在を霊視もしくは触知する試み（当時のオカルティズム用語で「サイコメトライズ」と呼ばれた）も行われたが、これはかれらがこうした先史時代の遺跡を単なる墳墓ではなく古代秘儀のためのイニシエーション・センターとみなしていたためであった。[42] しかしこれ以上にアイルランド神智学が依拠するに足る根拠としたのは、農村社会の中に保持されていた妖精信仰もしくはそれに纏わる口碑である。ここでは文化史的に再検証する余裕はないが、この時代、レイディ・ワイルドやダグラス・ハイドなどの口碑採集の試みが盛んであったが、これはあくまで伝統文芸の発掘の意図を大きく逸脱するものではなかった。一方で前述のラングの例に見るように、心霊研究の立場から妖精体験を分析の対象とする動きも生じていた。アイルランド神智学は両者をともに踏まえるのみならず、さらに進んで農村社会の妖精信仰は、異教時代のドルイド教の叡智がいまなお残存

している証左と考えたのである。前述の倒立した図式がここにおいても積極的に援用される。すなわち、物質的に劣悪な環境に放置され教育の機会を収奪されてきた農民層にこそ、却って不可視の聖なる存在を目視し体験するという霊的に優れた能力が継承されてきたのだ、という。95年以降ダブリン・ロッヂ機関誌に掲載されるA・Eの著述は、大半がこうした農村社会の妖精口碑を称賛し、聖なる島としてのアイルランドの自覚に覚醒せよとの標榜にあふれたもので占められている。[43]

4 「英雄の城」と農業組合運動——アイルランド神智学運動の終焉

　ベサントの主宰するアディヤール本部と決裂したダブリン・ロッヂが、次にはティングレーとの対立から全米神智学協会から離脱する経緯に関しては、一次資料の不足もありここにはA・Eがかれから薫陶を受けた若い世代のメンバーを中心にヘルメス協会(第二次)を組織した事実だけを記すに留めよう。ヘルメス協会(第二次)の活動に関しては、断片的な資料が残存するのみで、[44] その全体像を再現するのは容易ではない。むしろこの時期になると、アイルランド神智学が独自の民族主義を深化させ、上部組織の動向とは無関係なまでに自律性を高めていたことを、強調すべきであろう。またアイルランド神智学が掲げたドルイディズムの復興は、改めてイェイツの主導した「英雄の城」設立の運動に継続されてゆく。黄金の暁(ゴールデン・ドーン)の内部組織として運営されるはずであったこの民族主義的秘教結社に関しては、すでにイェイツ研究の分野で幾つもの分析がなされているため、ここではことさら紙面を割く必要を感じないが、「古代ケルトの叡智の復興」というアイデアをイェイツが具体化するに際して、緊密に連絡を保っていたA・Eから不断の理解と支援を受け、大きな影響を蒙ったことは、我々の文脈からしても特記するべきだろう。実際イェイツはダブリンに帰省するたびにしばしばダブリン・ロッヂを訪問してその活動を熟知していたことからしても、かれの構想の中にアイルランド神智学運動との重複を許容

する意図があったと考えても、あながち根拠のない想定ではないのである。
またダブリン・ロッヂが掲げた農村部の土着文化への評価は、A・Eが IAOSに積極的に参加するにつれて変容しながらも影響を持続していったものと考えられる。むろんアイルランド神智学にとっての農村社会は、初期神智学が東洋を理想化し自らの教義に適応する像にのみに関心を払ったのと同様に、極端に現実からは乖離したものであったが、A・Eが農業組合運動のオーガナイザーとして現実の農民に直面したさいの衝撃を克服して、かれらに対する共感と理解を深化させていった過程には、アイルランド神智学運動がたどった軌跡が縮図となって反映されているとも考えられるのである。

注

1) Ernest Boyd, *Ireland's Literary Renaissance* (Barnes & Noble, 1968), pp. 214-5.
2) 神智学運動の歴史を概括するにあたっては、以下の批判的研究を中心に参照した。Bruce F. Campbell, *Ancient Wisdom Revived, A History of the Theosophical Movement* (University of California Press, 1980), Arthur H. Nethercot, *The Last Four Lives of Annie Besant* (The University of Chicago Press, 1963), 横山茂雄「影の水脈――西洋近代オカルティズム略史」近代ピラミッド協会編『オカルト・ムーヴメント』(創林社、1986年)。
3) 薔薇十字主義の成立に関する批判的研究としては、Frances Yates, *The Rosicrucian Enlightenment* (Routledge & Kegan Paul, 1972)を参照せよ。
4) 神智学に得意な人種進化論に関しては、Robert Ellwood, *Theosophy, A Modern Expression of the Wisdom of the Ages* (Quest Books, 1986), pp. 88-102の要約を参照せよ。
5) Ruth Brandon, *The Spiritualists, the Passion for the Occult in the Nineteenth and Twentieth Centuries* (Prometheus Books, 1984), p. 191.
6) この「ルクソール兄弟団」と同一のものと考えられる「ルクソールのヘルメス兄弟団」が近代オカルティズム史に果たした役割に就いては、次の資料を参照せよ。Joscelyn Godwin, et. al., *The Hermetic Brotherhood of Luxor, Initiatic and Historical Documents of an Order of Practical Occultism*

(Samuel Weiser, 1995).

7) Cf. Frances Yates, *Giordano Buruno and the Hermetic Tradition* (Routledge & Kegan Paul, 1978).

8) W. B. Yeats, *The Speckled Bird* (Caula Press, 1974), vol. II, pp. 75-7.

9) Cf. Nethercot, *The Last Four Lives of Annie Besant.*

10) クーロン事件をめぐっては、当時批判者側擁護側双方から多数の非難文書が応酬されているが、内容的には拙論の文脈と関係することが少ないため、敢えて詳細に文献を揚げることはしない。SPRによる調査に関しては、公式報告書は以下に掲載されている。Richard Hodgson, "Personal Investigations, in India, of Theosophical Phe nomena," "Appendices to Report," *Proceedings of the Society for Psychical Research* (Trübner and Co., 1885), pp. 201-381. 神智学協会側からの公式な論駁の代表的なものとしては次を参照せよ。Adlai E. Waterman, *The "Hodgson Report" on Madame Blavatsky, Re-examination Discredits the Major Charges against H. P. Blavatsky* (The Theosophical Publishing House, 1963).

11) Edmund Garrett, *Isis Very Much Unveiled, Being the Story of the Great Mahatma Hoax, Told from Sources Mainly Theosophical* (Westminster Gazette Library, Vol. II, 1894,) p. 9.

12) Monk Gibbon, "AE and the Early Days of Theosophy," *The Dublin Magazine,* July-Sept. (1957), p. 27.

13) Boyd, p. 213.

14) ボイドよれば、会の命名は当時ロンドンにあったアナ＝キングズフォードが主宰する団体から借用したとなっている。キングズフォードは心霊主義から転向して、初期の英国神智学運動で精力的に活動した人物である。Cf. Boyd, p. 214.

15) Charles Johnston, "A Memory of Madame Blavatsky," *H. P. B., In Memory of Helena Petrovna Blavatsky by Some of Her Pupils* (Theosophical Publishing Society, 1891), p. 23.

16) Gibbon, p. 27.

17) George Moore, "Salve," *Hail and Farewell* (Colin Smythe, 1976), p. 274.

18) Henry Summerfield, *That Myriad Minded Man, A Biography of G. W. Russell- A. E.* (Colin Smythe, 1975), p. 16.

19) Garrett, p. 15.

20) W. B. Yeats, "Mohini Chatterjee." *Yeats's Poems* (Macmillan, 1989), pp. 362.
21) T. H. Meyer, *D. N. Dunlop, A Man of Our Time* (Temple Lodge, 1992), pp. 34-5.
22) ハリスの伝記、およびそのコミューン運動の変遷に就いては、以下の資料を参照せよ。Emma Hardinge, *Modern American Spiritualism, A Twenty Years' Record of the Communion between Earth and the World of Spirits* (Author, 1870), Margaret W. Oliphant, *Memoirs of the Life of Laurence Oliphant and of Alice Oliphant, His Wife* (Harper & Brothers, 1891) 2 Vols., Arthur A. Cuthbert, *The Life and World-Work of Thomas Lake Harris* (C. W. Pearce & Co., 1908), Schneider & Lowton, *A Prophet and a Pilgrim. Being the Incredible History of Thomas Lake Harris and Laurence Oliphant* (Columbia Univ. Press, 1942).
23) ベザントの急進的リベラリストとしての前半生に関しては、Arthur H. Nethercot, *The First Five Lives of Annie Besant* (University of Chicago Press, 1963) を参照せよ。
24) ブラヴァツキー・ロッヂ内のESの活動に関してはなお不分明な点が少なくないが、以下の資料が参考になる。Henk L. Spierenburg, *The Inner Group Teachings of H. P. Blavatsky to her Personal Pupils* (1890-91) (Point Loma Publications, 1995), H. P. Blavatsky, *Transactions of the Blavatsky Lodge* (Theosophical University Press, 1946).
25) W. B. Yeats, "Irish Fairies, Ghosts, Witches," *Writings on Irish Folklore, Legend and Myth* (Penguin Books, 1993), pp. 19-25.
26) Cf. Andrew Lang, Introduction to Robert Kirk, *The Secret Commonwealth of Elves, Fauns, & Fairies* (David Nutt, 1893).
27) Nethercot, *The Last Four Lives*, p. 41.
28) Cf. Alan Denson, *Printed Writing by George W. Russell (AE), A Bibliography* (Northwestern University Press, 1961).
29) 『アイルランド神智学徒』掲載の記事に基づく限り、明確なベザント批判は94年末まで現れない。それ以前にはベザントによる講演の内容やインド行が好意的に紹介されている。Cf. "Our Work," *The Irish Theosophist*, Vol. I, No. 2 (1892), p. 16, "Notes by the Way," *The Irish Theosophist*, Vol. II, No. 4 (1893), pp. 59-60.

30) ダブリン・ロッヂが明白に親ジャッジの方針を打ち出したことは、94年末から支援を要請するジャッジによる書簡や論文を多数掲載しはじめることからも確認できる。最初のものとしては William Q. Judge, "The Charges against William Q. Judge," *The Irish Theosophist*, Vol. III, No. 3 (1894), pp. 47-8 を参照せよ。

31) Cf., AE, "At the Dawn of the Kaliyuga," *The Irish Theosophist*, Vol. II, No. 1 (1893), pp. 4-6, "The Meditation of Parvati," *The Irish Theosophist*, Vol. II, No. 2 (1893), pp. 151-3.

32) Cf., AE, "The Legend of Ancient Erie," *The Irish Theosophist*, Vol. III, No. 8 (1895), pp. 101-3, "The Legend of Ancient Erie, II," *The Irish Theosophist*, Vol. III, No. 9 (1895), pp. 119-22.

33) Cf. Fred J. Dick, "Dublin Lodge, T. S.," *The Irish Theosophist*, Vol. III, No. 8 (1895), p. 108.

34) 後述のようにこの作品はA・Eとプライスの共著であるが、プライスはここでは「アレタス」の筆名を用いている。Cf. AE & Aretas, "The Enchantment of Cuchullain," *The Irish Theosophist*, vol. IV, no. 2-6 (1895-1896), pp. 32-5, 50-4, 62-4, 72-5, 101-8.

35) Cf. AE, "The House of the Titans," *The House of the Titans & Other Poems* (Macmillan, 1934), pp. 3-35.

36) Boyd, p. 214, Summerfield, pp. 59-60.

37) Summerfield, pp. 60-3.

38) Cf. James Morgan Pryse, *Restored New Testament* (Author, 1914), *A New Presentation of the Prometheus Bounded by Aischylos, Wherein is Set Forth the Hidden Meaning of the Myth* (John M. Pryse, John M. Watkins, 1925).

39) AE & Aretas, "Songs of Olden Magic, " *The Irish Theosophist*, vol. III, no. 11, p. 197, no. 12, pp. 221-3, vol. IV, no. 1, pp. 5-8, no. 2, p. 29, no. 3, p. 49, no. 4, pp. 68-9 (1895-1896).

40) Cf. Aretas, "The Sermon on the Mount," *The Irish Theosophist*, Vol. III, No. 12 (1895), pp. 213-20.

41) Cf. AE, *The Candle of Vision* (Macmillan, 1919).

42) Cf. Charles J. Ryan, "Newgrange a Relic of a Great Past," *The Internationalist*, Vol. I, No. 2 (1897), pp. 31-5. A・E自身のドウス遺跡への実験的霊視調査に関しては、ジョージ・ムーアによる戯画化された記述が残さ

れている。Cf. Moore, "Salve," p. 282.
43) Cf. AE, "The Awaking of the Fires," *The Irish Theosophist,* Vol. V, No. 4 (1895), pp. 66-8, Vol. V, No. 5 (1895), pp. 85-9, "In the Shodow of the Gods," *The Internationalist,* Vol. I, No. 6 (1898), pp. 103-7.
44) ヘルメス協会(第二次)の日常的活動は、A・Eの発掘した女流詩人エラ・ヤングの回想録から断片的に窺い知ることができる。Cf. Ella Young, *The Flowering Dusk, Things Remembered Accurately and Unaccurately* (Longman, 1945). また具体的にA・Eが弟子にどのような修行を指導していたかは、かれが晩年ヘルメス協会(第二次)の事後を託したボウエンの著作からあるていど推測できる。Cf. P. G. Bowen, *The Occult Way* (E. P. Dutton & Co. 1939).

3 寓話作家による写実小説
――ブリンズレイ・マクナマラ『のぞき窓のある谷間』
の主題である共同体について――

リチャード・J・ケリー（三 宅 伸 枝訳）

　ブリンズレイ・マクナマラ（Brinsley MacNamara, 1890-1963）は、『のぞき窓のある谷間』(The Valley of the Squinting Windows, 1918)において、近く1922年に実現することになる、アイルランド自由国のもとでの、閉塞した生活を描き出した。そこでは、政治的独立が社会的、また知的自由の増大につながるどころか、狭量と偏狭[1]が染み透って行く結果を生むことに対する失望が表わされている。現実主義作家の戦略が一種の暴露であったのに対して、同時期の他の作家たちは寓話的虚構の中へ逃避するか、あるいは自由国を戯画化することを選んだ。現実主義の様式と、寓話主義の様式は、単一の文学的硬貨の表裏をなすものである。[2]自由国の現実に直面して、最上の小説家たちは、攻撃か退却に及んだ。風刺作家は、もちろん、退却と攻撃を同時にしてのけた。たいていの小説家は妥協の余地は殆どなくどちらか一方の様式に強くひかれ、現実主義か寓話主義の道をとる他なかった。しかし、いくらか少数の作家たちは両方の様式で小説を出版したし、また別の少数の作家たちは、一つの作品中で現実主義の要素と空想を織り交ぜた。ブリンズレイ・マクナマラ、エマー・オダッフィ（Eimar O'Duffy）、それにマーヴィン・ウォール（Mervyn Wall）の3人は、現実主義の小説を書いた寓話作家たちだ。このため、彼らを、何か一つの様式に厳密に分類することは難しい。この作家たちは、失望を主題とする関心に

45

よって互いに、また、同時期の他の作家たちとも、つながっている。[3] この主題を各自は何らかの型で取り扱った。このことが、20世紀半ばのアイルランド文学において、有力な小説のテーマの一つになっている。

マクナマラ、本名ジョン・ウェルドン (John Weldon) は、失望したナショナリストというのが最もふさわしい。彼は文学的経歴を現実主義者として始めたが、最上の作品を寓話の分野で書くに至った。フランク・オコナー (Frank O'Connor) は、スタンディシュ・オグレイディ (Standish O'Grady) とアイルランド文芸復興に関するイェイツ (Yeats) の言葉を思わせるような口ぶりで、マクナマラのことを、「自分自身のやり方で、近代のアイルランド現実主義を創始した作家」[4]といった。ベネディクト・カイリー (Benedict Kiely) は、これに加えて、「ショーン・オフェイロン (Sean O'Faolain) が、『エリンに帰れ』(Come back to Erin) を書く、あるいはフランク・オコナーが戦闘的熱狂を忘れてお上品ぶることに対する、新しいが、しばしば行き過ぎた攻撃を始めるずっと以前に、マクナマラにとっては、あの革命はまずい酒のように、酸っぱく変質した。彼は、たいていの同時代作家たちが熱狂的になっているという時に醒めているという独特の長所を持っていた」[5]と言った。彼の最初の小説、『のぞき窓のある谷間』は、彼の最も有名、というより、最も悪名高い小説ということになっている。事実、「この本はデルヴィンにおいて最も中世的なやり方で焚書となった」[6]。デルヴィンはアイルランド中部ウェストミース州にある、彼の生まれ故郷で、当地の人たちはデルヴィンが、彼が虚構の中で茶化したギャラドリムナのもとになったことを知っていた。

小説の筋は直線的で、どちらかというと単純である。ナン・ブレナンが、退屈でも堅実な結婚をするに先立って、裕福な人と恋愛事件をおこしたことに対する、町の人々の軽蔑を詳述するというものだ。道徳的に瑕を負った女である彼女は、希望の全てを正式な子であるジョンと、彼のカトリッ

ク神父という将来に託す。[7] 神学校が休みの期間中、家で、彼の異父兄弟で道楽者のユリック・シャノンは、伯父と共謀して、ジョンに道を踏み外させて、ついには神父になるための勉強を放棄させてしまう。彼は新任教育助手のレベッカ・カーに実らぬ恋心を抱く。彼女は結局ユリック（ナン・ブレナンの私生児）と関係し、妊娠する。結果、彼女はその地域から正式に追放される。彼女の追放に復讐するため、ジョンはユリックを殺す。20世紀初期のアイルランドでは無理からぬことだが、この本の、アイルランドの田舎の生活の、歯に衣着せぬ記述は、嵐のような抗議を呼んだ。作者の生まれた村のデルヴィン（ギャラドリムナのモデル）では、本が公衆の前で焼かれたことに加えて、彼の父親の勤めていた学校はボイコットされ、訴訟に至った。しかし、物語そのものよりさらに注目すべきは、タイトル中の、そして、古臭く、詮索好きで、小市民的な町の人々を描いたこの作品を通して繰り返される、擬人化された窓、というマクナマラの忘れ得ぬ形象化の力である。彼はナン・ブレナンについて、こう書いている。「彼女は突然、多くののぞき窓から多くの頭がのぞくのを見た。そして、彼女が道で出会った男や女が、毎日ミサに出かける聖人のようなおかかえ運転手のチャーリー・クラークの横で彼女がまっすぐ坐っているのを、じろじろ見るために、冷笑を浮かべながら振り返るのを見た。」(pp. 24-5) これで物語全体の調子が決まる。世紀の変わり目における、アイルランドの田舎での共同体生活の描写としては、相当否定的で剥き出しである。アンドリュー・E・マローンは、マクナマラのことを、「アイルランドのリアリズム小説におけるのぞき窓派の創始者」[8] といったが、このレッテルは、彼の後期作品の多様性にもかかわらず、彼について回ることになる。[9]

小説の中核になるのは新任の教育助手であるレベッカ・カーのタラハノーグの谷にある村への到着と、このことが地域社会にどのような波紋を投げかけるかということの部分である。彼女が初めて町の唯一の目抜き通りをぶらつく時、彼女は買い物やサーヴィスの品定めをするのにさまざまな

店でじろじろ品物を手に取る様子が描かれる。一番目の店は服地屋で、彼女はそれを、「虫のシミをつけた窓に去年の流行を恥ずかし気もなく飾り立てている」(p. 42)と評する。さらに通りを下って、新聞販売店では「彼女は出身地のドネゴールの人たちに手紙を書くために便箋を買うことになりそうだ。. . .そしてここでも、めったにないことではあるが、一箱の安いチョコレートを買って食べるのかもしれない。」(p. 43)彼女が最も注意したのは、郵便局と、そこの眼鏡をかけた女局員だった。レベッカはその老婦人が、「すでに部分的に失明しており、絶え間ない熱心な（宛名）探索のために背が曲がり、『ミス・カー』宛の最初の手紙を見つけるために熱中している、と同時に抜かりなく消印も確認している. . . .。そのうち彼女の人生の一部といってよい誘惑というものが抑えられなくなってきて、彼女のどんよりした目に切望の色が表れる。彼女は足を引きずりながら台所に入っていって、沸騰したやかんにそれをかざし、湯気による探索に乗り出すのであった。」(p. 42)女郵便局員はそのような村での生活とは一見そぐわない好奇心の権化であって、特に部外者に対しては目が光るのである。レベッカがギャラドリムナで得た一連の印象は、彼女が当地で送るであろう生活をはっきり彼女に気づかせるものであった。この見通しに立って、マクナマラはレベッカ・カー、ジョン・ブレナン、そしてユリック・シャノンの三人の人生を複雑に絡ませ始め、アイルランド人小説家によるアイルランドの地方の共同体を描いたものとしては、最も重要な作品の一つに仕立てていくのである。この作品は今なお精神と想像力を刺激してやまない。内容は立腹をかうとまでいかなくても、かなり衝撃的なものではある。しかし、これは決してアイルランドの地方共同体を描いた唯一の先駆的な作品というわけではない。

例えばアイルランド語で書かれた多くの作品が、この主題を扱っている。事実、これらのうち多くの作品が、構造的にはもっと革新的で、その生まれた時代を考え合わせると、実験的でさえある。マーチン・オキャドハン

(Máirtín Ó Cadhain, 1906-70) の『クレ・ナ・キル』(Cré na Cill)(『教会の墓地の土くれ』、1948) は、アイルランドの地方共同体の文化を小説として描いた作品の中では、最も重要で包括的なものの一つである。[10] これはカトリーナ・フェイドンを巡る話で、彼女はつい先頃亡くなったアイルランドの家母長だ。彼女の歴史は、新入りが地上での出来事の進展を次々に話すのを聞く度に、彼女が、墓場で眠っているさまざまな人たちと交わす会話によって、明らかになっていく。彼女の生きていたときの第一の関心事は、妹のニールを打ち負かすことであったことがわかってくる。この小説は(『のぞき窓のある谷間』とよく似て) アイルランドの地方での生活の不快な側面をとりあげていて、そこでは苦々しい思いを抱いた人々が過酷な環境のもと生きて行く姿を示している。土地、宗教、そして政治に関わるつまらぬ嫉妬や反目、そして人々の思い上がった自己評価や、たがいに余計な痛みを与え合うさまが描かれる。アイルランドの田舎をロマンティックにとらえたお決まりの型とは鋭く対立して、作品はあくまでも正直、かつ、時おり非常なおかし味(『谷間』には概して欠けている特徴)[11] をともなう。アイルランド語の保守的な批評家の非難にもかかわらず、作品はアイルランド西部、コネマラのゲール語地域で、その地方の共同体生活の興味深い自画像として、むさぼるように読まれた。[12] 同じように、小説家のジョン・ブロドリック (John Brodrick, 1927-1989) は、アイルランド中部の共同体生活を、バルザックのように刻銘に描き出した一連の作品を、英語で書いた。それらの作品はマクナマラの苦々しさを含んだ精神から出発したもので、強欲な女たち、弱い男たち、そして偽善的な神父達を次から次へと登場させる。[13] 彼はアイルランドの性観念及びアイルランドのカトリック主義の抑圧性と女嫌いの視点をあばく。[14]

「共同体」とは、「文化」、「神話」、「儀式」、「象徴」といった言葉と同じように、日常的に、毎日の発言で使い古されていて、明らかに話し手にも聞き手にも容易にわかるものである一方で、社会科学の議論では途端に

難しくなってしまう言葉の一つだ。[15] 何年もの間、この言葉は、人類学、社会学、そして文学批評の分野で満足のいく定義にたどりついていない。それはおそらく、全ての定義が理論を内包あるいは暗示するからであり、共同体に関する理論は数々の議論を巻き起こしてきたという理由からだ。本稿ではいまさら別の定義を試みようというものではない。むしろヴィトゲンシュタインのすすめにしたがって、語彙的な意味にとらわれるのではなく、用いること[16]に意義があるとしたい。わたしが『のぞき窓のある谷間』に応用してみたいと思っている、この語の妥当な解釈は、二つ考えられる。それは、小説の登場人物は、(a)たがいに共通点をもっている、ということ、さらにそのことは、(b)他の社会的なグループの構成員から重要な点で彼らをはっきり区別するということである。従って、「共同体」という言葉は、類似性と相違性を意味する。また、この言葉は、関連概念として、一つの共同体を他の共同体もしくは社会的組織と対比することを意味する。ここに至って、この小説をさらに深く掘り下げて理解するのに、この、区別の感覚を具現させる要素としてのいわゆる境界、[17]に的を絞ることがふさわしいように思われる。

定義によれば、境界とは一つの共同体の始まりと終わりを記すものだ。しかし、なぜそのような境界が必要なのだろう。単純な答えは、境界は共同体の自己同一性（アイデンティティー）を包みこみ、個人の自己同一性と同じく、社会的交流からの必要性に応じてその存在が浮上してくるから、というものだ。境界が定められるのは、共同体同士がそれぞれ現に、あるいはかくありたいと望む違いの実体をもって、何らかの方法で交流をおこすからだ。この小説の場合のように、全ての境界が客観的に明白なわけではない。境界は、むしろ、見る側の精神の内に存在すると考えてよいかもしれない。そうであるならば、境界というものは、境界をはさんで対立する人々だけでなく、同じ側にいる人々によってもいささかちがったものとして知覚されうる。これは共同体間にある境界がもつ、象徴的な様相であ

3　寓話作家による写実小説

り、人々の経験の中での共同体の重要性を理解しようとするならば、最も重要な決め手となる。断っておくが、共同体の境界が概してその性質上象徴的だというのは、単に、人によって解釈が違ってくる、というだけではない。ある人々によって知覚された境界は、他の人々にとっては全く知覚不可能かもしれない、ということだってありうるのだ。

　この共同体意識は、境界、それ自体は概して社会的交流をする人物たちによって構成される境界、を認識することによって、強められる。[18]この、境界の象徴的構築の経過が、『のぞき窓のある谷間』の中で作用する主要な社会的枠組みの一つだ。この小説の中でマクナマラは、言語が物体を示すのと同じくらいに、態度を表明しうることに、注意を呼び起こしている。象徴としての言語は、何か別のものの代わり、あるいはそのもの自身を表そうとするより以上のことをしてのける。そうでなければ言語は単に重複的なものだろう。言語はまた、言語を使う者に、意味の一部分を担わせる。[19]この試みは例外なく論争を巻き起こすし、時折は論争以上のものをまねく。しかし全くのところ、意味の広がりというものは、象徴はその支持者が象徴に彼ら自身の意味を付け加えるのを許すので、一般的に受け入れられた象徴の範囲内でおさまるものだ。その象徴を共有することは必ずしもその意味の全ての部分を共有するということではない。共同体というのは、まさに、そのような境界を表明する象徴なのである。共同体は、象徴として、その構成員によって共通のものだと思われている。しかし、その意味は、構成員の独自の志向性によって、異なってくる。この、意味の多様性に直面する際に、共同体の意識は、その象徴の扱い方を通して、常に活力をもったものにされなければならない。共同体の境界、そしてもちろん共同体そのものの現実性と有効性は、その象徴的構造及び装飾のいかんによる。この小説は、この一連の作用に最も一般的に連動してみられる特徴の幾つかを示している。その文体は、全体的に、細部の描写よりも、会話や語りを通しての、登場人物の社会的交流に主に焦点を合わせようと

51

している。マクナマラは、単に、「ギャラドリムナ」という共同体は、想定読者の目には、どのように写るのだろうか」とか、「イデオロギー的に意味するところは何なのだろうか」といった問題を提示するかわりに、「共同体の構成員にとって、その共同体の意味は何なのか」ということについての試験的な想定を詳細にわたって探求している。外部の見通しの利く地点から、構造の形式を分析的に描写するというよりも、小説家として、彼は、むしろ構造をつらぬいて核心から外部を見ようとしている。[20]

全ての村人が物語をする。過去の話、ずいぶん過去の話もある。一日が終わる前に、その日の出来事の大半を誰かが語る。物語は実際にあった話で、観察か、じかに聞いた話に基づいている。非常に鋭い観察と、いつもの、その日にあったことについての話、そして生涯にわたってのお互いの親密性などの組み合せが、いわゆる村のゴシップを作り上げていく。[21] ブレナン夫人は、過去の汚点のために、小説全体にわたって、そのようなゴシップの焦点になっている。彼女が以前にヘンリー・シャノンと恋愛事件をおこして私生児のユリックを生んだことは、多くの村人に知れわたっている事実だ。「彼女はヘンリー・シャノンとダブリンに駆け落ちしたことが、すでに村のうわさになり始めたのを知っていた。そして今、彼女の名が、事務弁護士の手紙に、紛れもなく不名誉な汚名を着せられて登場しているのを見て、彼女は恥にうなだれて、ダブリンに行ったことは彼女を破滅させることだったと思うのだった。谷の空気は、彼女が途方もないことをしでかしたのだということを彼女に告げるささやきで満ち満ちているようだった。」(p. 13) その上、教会は祭壇から公に彼女の不道徳な行いを非難した。「もうすでにこの教会の内陣の下で骨が朽ちかけている、聖なる僧侶は彼女に対してお怒りだった。神の祭壇から、彼は、彼女の父親に対する憐れみを述べ、彼女は堕落した女だと言った。」(p. 11)[22] 共同体の興味は、彼女の正式な子で、イングランドのどこかでカトリックの聖職につくべく勉強しているジョンに集中する。そのような高い地位を最終的な目

的にすることは、ナン・ブレナンにとっては過去の罪を償い、共同体の中での位置を得ることを意味した。「母としての誇りは、この谷での生活に、高く、響き渡る調子をそえた。このことは、さらに、彼女が、人々の間で確固とした位置をもつ女性として自分を主張するよりどころともなった。」（p. 9）彼女の性格は強く断固としたものとして描かれていて、彼女はたえず息子のジョンと酔っ払いで騒々しい夫のネッドの生活を規律あるものにしようとしている。彼女が正式に結婚した夫のネッドは、およそ彼女がそうあってほしくないと望む全てを兼ね備えたような男であるが、彼は、彼女に、ギャラドリムナの共同体の中でやっていくために必要な社会的地位を与えているわけで、このため、彼女は彼の「野卑で冒瀆的な物言い」にも耐えるのである。

　ナン・ブレナンはまた、ゴシップの扇動者でもある。小説の第一文で、彼女は「窓のそばのミシン」（p. 9）で仕事中である。それで彼女は村で起こっている全てのことを観察できるのだ。彼女は特に教育と、その地域の学校で起こることに関心をもっており、学校の教員たちが特異な傾向をもっているので、谷の子どもたちの教育には向かない、と、たえず批判するのであった。彼女の教育への関心は、教育が彼女の息子の聖職者としての将来に関わるとみなしている事実からきている。彼女は、教育は目的に至る手段であり、外の世界としっかりしたつながりを生むものだと思っている。この外の世界とは、彼女が、ヘンリー・シャノンと恋愛事件をおこした際に、ダブリンという大きな都市で、さらには遠くイングランドで経験したものだ。新任の女教師、レベッカ・カーは村人たちの関心とうわさの種であった。ブレナン夫人のうわさ好きを示す最適な例の一つとして、レベッカが夏の新しいブラウスを注文するために、ブレナン夫人を訪ねたときのことがある。まだ若い少女といっていいレベッカが、どんなに世間話を避けようとしても、ナン・ブレナンは学校の教員たちの、微に入り細にわたった、個人的な話をしてきかせようとするのであった。

このような話には、時として、道徳的な審判が明らかに見て取ることができるが、この審判は、正しいか正しくないかを別にして、些細な話の内にとどまる。また、話し手も聞き手も共存していく人たちに関わることであるだけに、話全体はある種の寛容をもって語られる。理想化あるいは非難のために語られる話はほとんどない。むしろ、そういった話は常に、可能だが少し驚くべきことを証言するものとしてある。毎日の出来事に関わりつつも、謎を含んでいるというわけだ。よい例として、ブレナン夫人がレベッカに、自分の若い頃と昔の恋人の写真を見せる場面がある。「この若い娘を近くで観察していると、ブレナン夫人は、自分の魂をこの少女に見せるのが彼女の運命だということを意識し始めた」(p. 81) 写真の一枚に対してレベッカが述べた、「素敵な若い男性ですわね。」(p. 81) という言葉に対する彼女の返事は、彼女の過去を隠すと同時に明らかにしている。彼女は写真の紳士を「お金持ちですばらしい若者、私のことをそれは気に入っていた」(p. 81)、そして「アイルランドを離れて」イングランドで暮らしていた時に出会った人物なのだといった。彼女は二人の関係が終わったことを、彼がプロテスタントで彼女がカトリックであるという宗教上の違いで正当化してみせた。「自分の聖なる宗教のために彼のことは全てあきらめ、ネッド・ブレナンと結婚したの。もう一方のページにのっている人よ。」(p. 81) しかし、彼女はレベッカに対して、この若いハンサムなプロテスタントの青年が、彼女の私生児であるユリックの父親であることは、明らかにしなかった。[23]

　このような話は批判を招くものである。もちろん、完全な沈黙でさえ何らかの批判とみなすことができるのだから、批判を作り出すといってもよい。評者は悪意に満ちているかもしれないし、偏屈かもしれない。しかし、そうであったところで、彼ら自身もまた、物語になり、今度は逆に批判にさらされるかもしれないのである。レベッカが「この話にはどれほどの真実が隠されているのだろう。」(p. 81) と自分の中で問いを発した際に、ま

さに、このことがおこっているのだ。より多くの場合、評言、つまり物語に対する付け足しは、その物語についてでありながら、存在の謎に対する評者の個人的な反応として意図され、また、そう受け取られる。それぞれの物語は、全ての登場人物に自らを定義させる。やがてレベッカは物語の展開に従って、ユリック・シャノンとの恋愛事件を起すに至って、全てのゴシップのうちで、最大のゴシップの頂点とも、源ともなるのである。

もちろん、そのようなゴシップ（身近で口伝えの、日々の歴史である）は、村全体をおのずと規定するものである。その物理的、地理的属性から特長的な村の生活は、おそらく、通常抑圧的な社会的及び経済的関係に加えて、村内での全ての社会的また個人的関わりの総体であろう。この関係の総体はこの村とより大きな世界（外界）を結びつける。ギャラドリムナのような村での生活を特徴付けているのは、生活が共同体自体の生き写しともなっていることだ。つまり皆が写し、写されている、一幅の、共同社会の肖像画となっているのだ。[24] コンサートの開かれた夕べの場面は好例である。毎週の教会の礼拝に出席することにも似て、ここで聴衆の銘々は、共同体の中での自分の地位を規定し、肯定する。このことは、ブレナン夫人についての著者の評言によって適切に示される。「彼女の注意は彼女が目撃しようとしている演奏よりも、その演奏を目撃しようと集まっている聴衆に向けられた。彼女にしてみれば聴衆がコンサートなのであって、また、彼女は一言も口を開いていないにもかかわらず、あの、年老いた女郵便局員のように、神経質なまでに観察の目を光らせているのであった。」(p. 87) 地方の建造物の意匠に関すると同様、示されているものとその示され方の間には同一の精神が介在する。それは正に描かれるものが意匠を作る人でもあるかのようである。しかし村の自画像ということになると、石ではなく、話され、記憶された言葉で構築され、意見、物語、目撃者の報告、伝説、評言、そしてうわさによって表現されるのである。それは継続して描かれる肖像画であり、この小説が常に自ら証言しているように、絵筆はや

むことがない。

　村とその住人にとって自らを定義するのに、主要で入手可能な材料は、彼ら自身の話した言葉である。村人たちの自画像は、物理的に完成された彼らの仕事は別として、彼らの存在の意味を唯一反映するものである。他の何事も、何人もそのような意味を承認しようとはしない。そのような肖像画や世間話（肖像画の原材料）なしでは、村は自らの存在すら疑問視せざるを得ないだろう。全ての物語と、それらに対する全ての評言（物語が目撃されたという証拠である）は肖像画作りに貢献し、村の存在を確たるものにしていく。このようなわけで村の人々にとっては、地方公会堂で時折開かれるコンサートとは別に、毎週その地域の教会で行われる、公の場での規則的な集いが必須となっている。小説全体にわたって、マクナマラは教会に通うことと、教会に関連した儀式にかなりの重点を置いている。例えば、ブレナン夫人はたえず宗教的な本を夫に読んで聞かせている。彼は、しかし、宗教に影響されるどころか宗教について聞きたがろうともしないのであって、実際、彼は、その地域の居酒屋で酔っ払っているほうが断然よいのだ。彼女の息子のジョンは、神学校から休暇で帰省中の折には、急速に懐疑論者になりつつあった様子にもかかわらず、ミサに出席するために、その地域の教会まで毎朝儀式よろしく行進する姿を目撃してもらわねば気がすまない。このような一連の動きの中で、人目につく象徴性はいかなる内部的確信や信仰よりもはるかに大切である。なぜなら、この、人目につく象徴性こそ、いかにもろくとも、うわべを支え、現状を維持しているものだからだ。作品を通してのブレナン夫人の主要な役割の一つは、共同体での生活の不可欠な構成員と人目に映ることである。彼女は、若い時に過ちを犯したものとして、おそらく登場人物の誰よりも、このことが村の活力を構成し、その存在を定義付けるものであることを認識している。

　この、継続して描かれる肖像画は、多くのその類とは異なり、高度に現

実的で、非公式で、よどみのないものだ。他の誰とも同じで、いや、彼らの生活の孤立性を考えるとなおさら、村人は因習を必要とするし、この因習は概して、今挙げたような式典や儀式によって表現される。しかし、自分たち自身の共同体を描いた肖像画の作り手として、彼らはまた、個人的になる必要がある。非公式な個人であることが、式典や儀式では部分的にしか支配できない真実に、より近いものを表出して見せることがあるからだ。全ての結婚式は似通っているが、全ての結婚は異なる。死は等しく皆にやってくるが、哀しみは一人で背負うものだ。こういったことは真実で、集団と個人の間、公私間の、緊張がもつ構造を表出している。ブレナン夫人がまさに維持しようと努力するものは、ユリック・シャノンとレベッカ・カーとの間の恋愛事件が明るみに出ることで、崩れ始める。レベッカに対するジョンの競争心に燃えてはいるが、はかない執心をもひき起こすからである。

ギャラドリムナのような村では、ある人物について、知られていることと知られていないこととの差異は小さい。厳重に保護された秘密も多かろうが、概して、偽る、ということは珍しい。不可能だからだ。ある個人についての村人の知識は、裁きにおいては異なろうが、神の知識にも等しいといってよい。それゆえ、のぞき趣味といった意味での穿鑿性はほとんどみられない。そういったことに対する大きな必要がないからだ。穿鑿が唯一なされるのは、レベッカ・カーのような外部者が共同体に入ってきた時だけだ。彼女はその地域の人たちが共有しない経験を村にもたらすために、人々は彼女に夢中になり、驚きの目を向ける。彼女の一挙手一投足が、癖までもが批判の対象となる。恋愛関係に発展しそうなことであれば、特にそうである。このような新参者の到来は、ともすれば単調で退屈な村の生活に彩りをもたらすものなのだ。

謎のまま残るのは、慎重に隠されてきたことよりむしろ、すでに指摘し

たように、起こりうることの驚くべき幅の広さである。それに対してとられる行動の余地はほとんどない。緊密な共同体の居住人たちは、都会の人物たちのような役割は演じない。これは彼らが単純で、より正直で、邪意がないというからではなく、ある人物に関して、知られていないことと、一般に知られていることとの間の空間がほとんど存在しないからだ。この空間こそが全ての演技のためのものだ。[25] このことを最もよく示しているのは、小説の終末近くで、ナン・ブレナンとマース・プレンダーガストが、ヘンリー・シャノンとの過去の不義を巡って、正直ということに関して言い争いをする場面である。「よいこと、ナン、私は自分の務めを果たしますよ。あなたが賄賂を使って私を黙らせられないときた日には、本当のことを言うしかないのだから。今晩ばかりは恐ろしいことになりそうだ。息子を母親に背かせなくてはならないのだから...。家族に何らかの大きな汚点があった場合は、息子を聖職者にしたてることは正しくないっていいますよ。それを押してするなら、悲しむべき不幸か、邪悪な呪いがふりかかるっていいますよ。あれは確かにお宅の前代未聞の、大きな汚点だった。ナン・ブレナン、聞いたことがないほどの大きな汚点だった。」(p. 213)ナン・ブレナンの反応は、泣き崩れることだ。このやりとりは、このような牧歌的な共同体の中では、個人間の友情は、しばしば嫉妬に強く影響され、ちょっとした理由によっても断ち切られる可能性があることを示している。マースが爆発したのはナンが賄賂金を支払えなかったからだ。マース・プレンダーガストは、ナン・ブレナンに対する支配を行使していくが、マースの屈服に終わる。賄賂金が支払われないという時点で、互いに堪忍袋の尾が切れて、悪意のあるゴシップに興じるということになるからである。マースはこの金銭的束縛を形式的ではあるが、有効な取引の道具として用いたのである。

村人たちが演技をする際は、少し誇張された役割を演ずる。[26] ナン・ブレナンがタクシーでジョンを迎えに駅に着いた場面は、そのような役割の

一例を示している。村の誰もが、彼女にはそのような贅沢は無理であることを知っていたにもかかわらず、彼女は新しく得た地位、つまり、息子が聖職につくために英国の大学で勉強しているということの明白な象徴として、タクシーを使った。事実、ギャラドリムナでそういった王侯のような出迎えを受けることに、彼が最も驚いているようである。「車は彼を驚かせた。このような浪費が避けられたなら、彼はむしろその方を喜んだであろう。彼は両親が過去に犯した事件について、知らないわけでも判断を欠いているのでもなかったからだ。」(p. 27) おそらく、作品中で最も誇張された役割とはジョン自身に他ならないだろう。彼は神学生になろうという敬虔な動機を持ちながら、心ではレベッカ・カーに恋しており、同じく彼女に求愛していたが、父親のわからない異父兄弟のユリックに、激しく嫉妬する。このような役割分担が意味をなさなくなり崩れると、通常、結末でジョンがユリックを殺害するような、悲劇的結果につながっていく。この殺人の動機は嫉妬であって、マクナマラの淡々と事実を述べていく筆致になると、超現実的とも言えるようになる。「さて、こちらのレベッカ・カー、彼女は——この文は決して終えられることがなかった。ジョン・ブレナンは口を開かなかったが、彼の手は二度動いた。粗野な武器を木の根元から持ち上げ、再び一撃を加えるのに．．．。それから、かつては親密な仲間であった二人の若者の間に、最後に、孤独の沈黙が残った。」事件の加害者には後悔の念はなかった。彼の心は「愛と憎しみ」の相反する感情の間でこわばり、「今、彼にはよいことを成し遂げた、という気持ちがあった」からである (p. 209)。このような地方共同体には必ず闘争が存在し、時としてそれがここでのように顕在化しても、完全な衝撃とはならない。

そういうわけで、継続して描かれる村自体の自画像は、辛らつで、率直で、時に誇張されているが、めったに理想化されたり偽善的であったりすることはない。[27] これに関連することとして、偽善と理想化は疑問を閉ざ

してしまうことが挙げられる。つまり率直さが理想化や偽善を表に出してしまう。ギャラドリムナ村の登場人物の中では、これらの両極は相反する現実としてではなく、二重の現実として共存している。レベッカ・カーがユリック・シャノンとの恋愛事件がもとで、教区牧師のオキーフ神父に教職から追放されるのも、共同体がそのような否定的な影響から自らを浄化するために、共同体の道徳的代表者を通して行うことなのだ。だから、解雇はおおいに公的な事件なのだ。公平な裁きはなされるだけではなく、その遂行を目撃されねばならない。「『娘よ、聞きなさい。あなたはここから追放されるが、あなたの思うように、元いた場所にではない。なぜなら、まさに今晩、わたしはあなたの教区司祭に、あなたがわたしたちのただ中で背徳を犯したことを警告することで、あなたが父親の家には帰れぬように、またアイルランド島のいかなる国立の学校においても教壇に立つ望みを断ち切るようにするつもりだからだ。』『それは、唯一にして公正な裁きですわ、神父様』と、ワイズ夫人が口をはさんだ。」(p. 191) ここにおいてレベッカは儀式的に社会の追放者とされ、神父の言葉は、彼がまるで何らかの宗教的儀式を行っているように、皆の耳に聖書の言葉を鳴り響かせるのである。国が無垢でカトリックとしてとどまるためには、彼女がアイルランドから立ち去らなければならないことが、明示されているのだ。[28]

どんな証人も評言や新たな一面を付け加えうる、この描かれ続ける村の肖像画の作成には、証人となる外部者もまた、ある状況の下では貢献しうる。答えの出ていない疑問に対して、外部者は何と答えるであろうか。このことに関して、神父の猛攻に対するレベッカの反応は、重要な洞察を与えてくれる。なぜなら彼女は、「聞いていなかった、さもなければ、彼の言葉が彼女に向けた苦痛の影に身震いしたのであろう。この時、彼女は彼らをはるかに超えて上昇していた．．．。彼女は、自分の悲劇を受け入れる際の、興奮した気分を経て、気持ちが昂揚してきたのだ。」(p. 192) 彼女はいまやゴシップの焦点の中心となり、共同体が自身を確認するための

手段となったのだ。それはワイズ夫人の口調にある。「3時まで行ってはなりません。子どもたちが皆、家でこの話ができるように、あなたがここで、自分を見せしめにするまでは。神は子どもたちが家に帰って、母親にこの話をするのが難しいことをご存知です。かわいそうな小さな子どもたち！」(p. 192) ここでも明らかなように、レベッカはこのような質問に対する返答を許されていない。彼女に代わってこのような質問に答えるのは、物語か、物語の装飾を通してである。事実はもはや問題ではない。問題は、それよりも、このような事実を、この、ばかばかしいゴシップにすぎないものを、自らの文化的傾向に適応させるべく、いかに解釈するかにあるのだ。

　村人たちは、村の外の世界にしばしば関心をもつ。しかし、彼らが地方共同体の不可欠な部分でありながら、同時に外へ動けるなどということは、非常にまれである。彼、あるいは彼女はどの地方に存在か、選択力をもたない。だから、彼らが生まれた場所を彼らの世界の中心とみなすことは、論理にかなっている。[29] よそ者が、この中心部に属していないという事実は、そのような人物は何らかの意味でいつも外部者としてとどまるように決定付けられていることを意味する。これに当てはまる小説中の人物は、ナン・ブレナン、ジョン・ブレナン、ユリック・シャノン（彼らは皆、ある期間村の外で生活した）、そしてレベッカ・カー（彼女は村の外からやってきた）である。外部者の利益が隣人たちの利益とかち合わない場合、ある程度まで共同体の中に組み込まれるということはあり得る。対立は、土地や財産が獲得されるか、社会的な地位が確立されるか、あるいは上昇するかした時に直ちに起こりやすい。そして、彼あるいは彼女がすでに存在している共同体の自画像を認める、という条件で村に居られるというのだ。これは、名前や顔を見覚えるという以上のことを含んでいる。彼あるいは彼女も、つつましく、しかし、彼あるいは彼女の独自のやり方で、自画像作りに参加できるのだ。この、継続される自画像作りは、虚栄でも気晴ら

しでもないことを記憶すべきである。それは村の生活の、有機的な一部なのだ。自画像作りがやめば、村は崩壊するだろう。外部者の貢献は小さいながらも、時として本質に関わる。このことが、『のぞき窓のある谷間』において、小説を機能させているのだ。

　外部者が、新参者と独立した目撃者、という二重の役割を演じるうちに、ある種の相互依存が確立されてくる。新参者に与えられた教訓は、しばしば目撃者としての認知と評言を要求するものだ。作品中、共同体が公的なものとして最後に表現されるのは、その地域の居酒屋においてだ。ジョン・ブレナンは、彼自身が酔うために、また、皆に振舞うために1ポンド金貨を使おうと入ってきた時、哀れな外部者の役割を演じる。彼は皆のあざけりと冗談の的となる。しかし、そのことは、「彼らと我ら」という定型を強固にする助けともなっているのだ。彼が意固地なまでに酔っ払いの役割を演じることは、彼の神学生としての役割といよいよそぐわないものである。村人たちの目にはこのことは明らかで、彼と彼の母親についての彼らの絶え間ない評言は、すでに確立された彼らの先入観をますます強めるものだ。ゴシップが、地域の居酒屋というその殿堂で、本領を発揮しているさまは、こうだ。「『あの、血にまみれたアホウメ』と、彼らは皆、互いに忍び笑いを交わすのだった。『いつもマックダーモットやブラナガンで一杯求めて吠えてる彼の父親のネッド・ブレナンがこのこのワールズエンドに今晩居なかったのは哀れみの極みじゃないか。こうなりゃ、世も末だ。』ジョンは浮かれ騒ぎのおこぼれの中で孤独であった。」(pp. 222-3) マクナマラは突き刺すようなリアリズムをもって小説を終えている。先の居酒屋の場面とは完全に対照的な雰囲気だ。居酒屋のけばけばしさと騒々しさから逃れたジョンは、母親の腕の中に身を沈める。彼女は息子を抱きしめる際に、こう述べる。「イエス様」と彼女は言った。「今では私たちだけよ。」(p. 224) 殺人を除いて、すべてが明らかにされ、共同体の公的・道徳的規範による弾劾は、ナン・ブレナンとその家族の崩壊をもたらしたのである。

『のぞき窓のある谷間』は、ギャラドリムナという虚構の村でおこる、農村共同体の生活にまつわるつまらない嫉妬と確執を描いている。この作品はまた、人々が自身に関して抱く思い上がった意見や、お互いにいわれもなく加え合う痛み、といったものを強調している。アイルランドの農村のロマンティックな紋切り型とは鋭く対照的で、この作品は容赦ないもので、時には感動的である。この作品では、共同体の本質は、登場人物たちのうちにたえず芽生える、支配的イデオロギーに関する同意の外観を保つ必要を、たとえそれがある個人の信用の失墜を暗示するものであっても、最優先的に意識することにある。彼らは話（「ゴシップ」）を通して象徴的に共同体を構築する。そして共同体を、意味の源と貯蔵庫、さらには、自己確認の際の対象に仕立てる。マクナマラは、暗黙の著者として、このある種の寓話的低音を保った現実主義的小説において、重要なことを成し遂げた。彼は、外部の見晴らしのきく地点から、ギャラドリムナという社会的関係の絡み具合を示すよりも、その核心から外部を見るために、絡まりを突き抜けることに成功している。彼の手法は解釈的と実験的であって、共同体を、象徴の複合体を通して表わされる厳然とした文化的実体として詳しく述べている。その象徴の様々な意味は構成員に知覚され共有されるものだ。これがこの小説の主要な成果である。この成果により、Ｊ．Ｍ．シングの『西国の道楽者』[30]よりなお激しい抗議の嵐を巻き起こしたが、彼は、この作品でアイルランドの先導的作家としての地位を確立した。アイルランドは農村を含めて、その後、特に近年は、急速な経済的発展と社会的変化により、大いに進化した。[31]にもかかわらず、この小説は、現代に先立つ時代を詳しく述べ、独自のやり方で、興味深い文化的背景を提供していることに、変りはない。

注
１）この小説は、1918年にダブリンのモーンセル社から出版された。本稿では、1965年（1997年再版）ダブリンのアンヴィル社より出版されたものに

もとづく。標準的な近代アイルランド史に関しては、フォスター (Foster, 1989) とライアンズ (Lyons, 1975) を参照されたい。さらにリビジョニスト的見直しを迫る分析としては、リー (Lee, 1989) とケリー (Kelly, 1997) がこの作品の書評を行っている。

2) これらの文学形式については、ボールドリック (Baldrick, 1990; 1992年再版) 80-1ページ、184-5ページ、チルダーとヘンツィ (Childers & Hentzi, 1995) 106-8ページ、255-7ページを参照されたい。

3) アイルランド小説の総合的概論としては、カハラン (Cahalan, 1988) を参照されたい。特にマクナマラについては、同書213、216-7、222-4、297、及び304ページを見られよ。カハラン (Cahalan, 1993) は近代アイルランド文学及び文化の総括的年表を作った。

4) オコナー (1956)、51ページ

5) カイリー (1950)、15ページ。フランシス・マクマナス (Francis MacManus, 1905-1965) という小説家の作品は熱狂的なナショナリスト作家のものとして、好例である。カハラン (1988)、198、202-4、291、232、234、及び280ページを参照されたい。ナショナリズムと文学については、ディーン (Deane, 1990) を参照されたい。

6) マクドネル (McDonnell, 1980)、418ページ。

7) アイルランドが独立した国家として急成長するのに伴って、カトリック教会は道徳的、及び文化的な主要施設として、アイルランドがイギリス（大部分はプロテスタント）とは分離したアイデンティティーを明示するのにイデオロギー的役割を獲得していく。数百年に及ぶイギリスの支配のために、アイルランドにおいて伝統的な上流支配階級が失われたことは、また、カトリック教会が、高い地位と社会的に尊敬を受ける出世の手段になるという結果につながっていった。それゆえ、神父あるいは修道女の息子や娘を持つことは、その家族にとって、その属する共同体や社会全体の中で高い地位を保証したのである。この小説で、ナン・ブレナンはそういった希望に膨らんでいく。アイルランドにおけるカトリック教会の役割についての、20世紀の最も重要な研究は、キーオー (Keogh, 1995) である。

8) マローンのこの言葉はマクドネル (McDonnell, 1980) 418ページにも引用されている。

9) マクナマラの主要作品は付録Iの通り。彼の小説の第二作目である『鎖のひびき』(The Clanking of Chains, 1920) に例をとると、閉塞した小さな

町での生活に対する彼の攻撃には、醒めた政治的視野が加わってくる。主人公のマイケル・デンプスィはシン・フェイン党の理想主義者で、社会の階層の崩れたバリカレンの町にこだわっている。シン・フェイン党は初代党首アーサー・グリフィスによって1908年に結成された。その二つの政策とは、(i)イギリスからの政治的独立、及び(ii)経済的発展である。党は変化に富んだ歴史をたどった。アイルランド自由国が1922年に宣言された後、ＩＲＡ武装勢力との結びつきを強めた結果、民主化の過程から逸脱するようになった。早くも1920年にシン・フェイン党はアイルランド新国家の構想において極端な理想主義と理論主義に走ったため、この運動に対する幻滅を急速に広めることとなった。マクナマラはこの政治小説でＩＲＡに対するこの種の無関心を公言している。シン・フェイン党の背景とイデオロギーについては、フォスター (Foster, 1989) の43-60ページ、及びリー (Lee, 1989) の特に7-8、32、38-44ページを参照されたい。エマー・オダッフィ (Eimar O'Duffy, 1893-1935) は、また別に、醒めた目で行った初期のナショナリスト批評である長い自叙伝的小説『荒れた島』(The Wasted Island, 1919) を出版し、(これはオケーシーの戯曲、『鋤と星』の６年前のことである) 1916年の復活祭蜂起に対する批判的見解を表明した。1916年の反乱の歴史的意義については、上記フォスターの特に460-93ページを参照されたい。

10) 『クレ・ナ・キル』、初版1949年は、1970年にサルセァル・アグス・ディル (Sairseal agus Dill、ダブリン) から再版された。

11) マクナマラは孤立した共同体の文化の底にしばしば見受けられるユーモアにはほとんど焦点を合わせない。これがわたしの『のぞき窓のある谷間』に対する主要な批判であるが、この、ユーモアが欠けているというのはこの作品の一つの欠点である。なぜなら、ユーモアは、このような小さな、内向的な村での田舎生活の、平凡でありきたりな側面と折り合いをつけ、うまくやっていくためには重要な装置だからだ。ユーモアは必要な喜劇的安堵感と、居住者が折にふれ自分自身を笑う機会をもたらす。一方でオキャドハンはユーモアの重要性を認識し、彼の小説の中でもユーモアを強調している。このため、わたしは、アイルランドの田舎の共同体生活を描いた二つの作品では、オキャドハンの虚構の手腕をより円熟して用いていると考える。

12) アイルランド語で書かれた文学の総体について知ることは、『谷間』など

を例とする、英語で書かれた相対する文学の知識を補い、はては、それに対する重要な洞察をもたらすものだ。最も優れた研究の一つにティトレー（Titley, 1989・1991）がある。

13) ジョン・ブロドリックの小説については、ギャラハー（Gallagher, 1976）を参照されたい。

14) アイルランドのカトリック主義と（公私にわたる）道徳観念についてはクラーク(Clarke, 1984)を参照されたい。

15) 共同体については、アレンズバーグとキムボール(Arensberg & Kimball, 1965)、バンフィールド(Banfield, 1958)、ベルとニュービィ(Bell & Newby, 1971)、ヘリアス(Helias, 1979)、そしてヒラリー(Hilery, 1955)を参照されたい。

16) ルートヴィッヒ・ヴィトゲンシュタイン(Ludwig Wittgenstein, 1889-1951)は、20世紀の最も影響力のあった哲学者の一人である。彼の有名な初期の作品、『言語哲学に関する抜書き』(Tractatus Logicio-Philosophius, 1922)は、言葉と世界の関係を論じている。彼の後期の作品、『哲学的探求』(Philosophical Investigations, 1953)では、言語機能の可能性について、さらに柔軟な見解を述べている。そこでは言語の意味は、さまざまな形式による社会的生活という公的脈絡の中で理解されなくてはならない、と主張する。

17) コーエン(Cohen, 1985) 12-4ページを参照されたい。

18) 親族関係については、レヴィ・ストラウス(Levi-Strauss, 1969)と、ストラザーン(Strathern, 1981)を参照されたい。

19) 言語と社会的交流については、トラッドギル(Trudgill, 1983) 123－40ページを参照されたい。

20) これは、特に人類学と社会学の専門語彙において、一般的に認知主義的アプローチとみなされるものだ。研究者のイデオロギーの見地からではなく、研究対象の視点からの理解を目的とする。対照的なアプローチは、イデオロギー的手法であって、これを用いたアイルランド共同体文化の研究として最もよく知られたものはブロディー(Brody, 1973)のものだ。この研究は興味深い洞察を示しているものの、その地域の人々が、彼ら自身にとって彼らの共同体文化が何を意味し、どういう意義をもつのか、という記述に大きく欠けている。ブロディーは、後に1975年版で、彼の研究対象であった人々という文脈から現象をよりよく理解するために、この発見のいくつかの再評価を行った。『谷間』でマクナマラは、登場人物と同じ文化を共有

しているので人物に自然な共感をもって、核心から外部を見ることに成功している。
21) 言語と現実についてはホスパーズ (Hospers, 1997) の1-38ページを参照されたい。
22) 20世紀の標準的なアイルランドのカトリック教会の歴史には、キーオー (Keogh, 1995) とホワイト (Whyte, 1971) がある。アイルランドの教会と国家についての哲学的論考はクラーク (Clarke, 1984) にみられる。
23) 私生児 ('love child') という言葉は、アイルランド語では Paiste Greine ('sun child'、太陽の子) と関連があり、婚外で生まれた子を指す。
24) ドーア (Dore, 1978) は、日本の田舎での共同体生活に関する彼の研究の中で、この生きた肖像画という概念に相当するいくつかの興味深い見解を述べている。
25) このような象徴性再考に関するさらなる討論に関しては、スパーバー (Sperber, 1975) を参照されたい。
26) 社会的実体としての村については、ストラザーン (Strathern, 1982) を参照されたい。
27) ストラザーン (Strathern, 1981) を参照されたい。
28) 純粋なカトリックの国家としてのアイルランドは、特に20世紀初期に広く受け入れられたイデオロギーであった。この考えの、最もよく知られた代表者の一人に、イーモン・デヴァレラ (Eamon De Valera, 1882-1975) がある。彼はアイルランド国家を、社会的構造は家族的で、政治組織的にはサンディカリストである、ゲーリック・カトリック・アイルランドの国家の反映と考えた。この考えの表明で最も有名なのは、1943年の聖パトリックの日（3月17日）に彼が行った放送であり、彼は、アイルランドの理想は、現代社会の光ともなれる、小規模の農夫たちの農村共同体であると呼びかけた。革命家、そして政治家としてのデヴァレラについてはオトゥアセイ及びリー (O Tuathaigh & Lee, 1982)、クーガン (Coogan, 1993) を参照されたい。カトリック主義とアイルランド社会については、クラーク (Clarke, 1984) とキーオー (Keogh, 1995)、それにホワイト (Whyte, 1971) に歴史的及び批判的な議論がみられる。
29) このように、村文化において、時空に関わる真実の重要性に関するさらなる分析については、コーエン (Cohen, 1982a) を参照されたい。
30) 『西国の道楽者』は1924年にダブリンのアベイ座で初演され、聴衆の暴動

を招いた。

31) 民族と国家との伝統的な区別が崩れてきている世界で、いかに国家の、法的、政治的、そして道徳的意味が変化しつつあるか、ということに関する、政治的、また社会的分野での、世界の主導的な哲学者の興味深い分析については、クラークとジョーンズ (Clarke & Jones, 1999) を参照されたい。

引用書目録

The following Abbreviations are used in this Bibliography and in the Footnotes: ed/s. (editor/s), esp. (especially), p/pp.(page/s), repr. (reprinted), Trans. (Translated), Vol/s (Volume/s). Works of general content cited in the footnotes are in the General Bibliography at the end of the volume.

ARENSBERG, Cl, & KIMBALL, S. (1965), *Culture and Community* (New York).
BALDICK, C. (1990; repr. 1992), *The Concise Oxford Dictionary of Literary Terms* (Oxford).
BANFIELD, E. C. (1958), *The Moral Basis of a Backward Society* (New York).
BELL, C., & NEWBY, H. (1971), *Community Studies* (London).
BERGER, J. (1985), *Pig Earth* (London).
BRODY, H. (1973; 1975), *Inishkillane; Change and Decline in the West of Ireland* (London).
CAERWYN WILLIAMS, J.E. (1971), ed., *Literature in Celtic Countries* (Cardiff).
CHILDERS, J., & HENTZI, G. (1995), *The Columbia Dictionary of Modern Literary and Cultural Criticism* (New York).
CLARKE, D. M. (1984), *Church State Relations in Ireland* (Cork, Ireland).
CLARKE, D. M. & JONES, C. (1999), eds., *The Rights of Nations: Nationalism in a Changing World* (London).
COHEN, A. P. (1982), *Belonging: Identity and Social Organization in British Rural Cultures* (Manchester).
COHEN, A. P. (1982a), 'A Sense of Time, A Sense of Place: The Meaning of Close Social Association in Whalsay, Scotland' in COHEN (1982), pp. 17-32.
COHEN, A.P. (1985), *The Symbolic Construction of Community* (London & New York).

COOGAN, T. P. (1993), *De Valera: Long Fellow, Long Shadow* (Dublin).
DORE, R. (1978), *Shinohata; A Portrait of a Japanese Village* (London).
FOSTER, R. (1989), *Modern Irish History* (London).
GALLAHER, M. P. (1976), 'The Novels of John Brodrick', *Cahiers Irlandaises*, Vols. 4/5, pp. 287-95.
HELIAS, P. J. (1979), *The Horse of Pride; Life in a Breton Village* (New Haven).
HILLERY, G. A. Jr. (1955), 'Definitions of Community: Areas of Agreement', *Rural Sociology*, Vol.20, pp. 12-22.
HOSPERS, J. (1997), *An Introduction to Philosophical Analysis*, Fourth Edition (London).
KELLY, R.J. (1997), 'Modern Irish History: Joseph J. Lee, *Ireland 1912-1985: Politics and Society*', *Journal of Cross-cultural Studies*, Vol.7, (Kobe University, Japan), pp. 129-32
KEOGH, D. (1995), *Ireland and the Vatican: The Politics and Diplomacy of Church-State Relations, 1922-1960* (Cork, Ireland).
LEE, J. J. (1989), *Ireland 1912-1985: Politics and Society* (Cambridge).
LÉVI-STRAUSS, C. (1969), *The Elementary Structures of Kinship* (Boston). Trans. by James Harle Bell and John Richard von Sturmer (Boston).
ÓCADHAIN, M. (1949; repr. 1970), *Cré na Cille* (Churchyard Clay)(Dublin).
ÓCADHAIN, M. (1971), 'Irish Prose in the Twentieth Century' in CAERWYN WILLIAMS (1971), pp. 139-51.
ÓTUATHAIGH, G., & LEE, J. J. (1982), *The Age of De Valera* (Dublin).
SPERBER, D. (1975), *Rethinking Symbolism* (Cambridge).
STRATHERN, A.M. (1981), Kinship at the Core (Cambridge).
STRATHERN, A.M. (1982), 'The Village as an Idea; Constructs of Villageness in Elmdon' in COHEN (1982), pp. 247-77.
TITLEY, A. (1981), Litríocht na Gaeilge, Litriocht an Bhearla, agus Irish Literature', *Scríobh*, Vol. 5, pp. 116-39.
TITLEY, A. (1991), *An tÚrsceal Gaeilge* (Baile Átha Cliath 'Dublin').
TRUDGILL, P. (1983), *Sociolinguistis: An Introduction to Language and Society*, Revised Edition (London).
WHYTE, J. H. (1971), *Church and State in Modern Ireland* (Dublin).

〈ブリンズレイ・マクナマラ作品一覧〉
The General Works of Brinsley MacNamara
Novelist, Short Story Writer, & Playwright

Novels:
The Valley of the Squinting Windows (1918)
The Clanking of Chains (1919)
In Clay and Bronze (1920)
Mirror in the Dusk (1921)
The Various Lives of Marcus Igoe (1929)
Return to Ebontheever (1930)
Michael Caravan (1946)

Novella:
The Whole Story of X. Y. Z. (1951)

Collections of Short Stories:
The Smiling Faces (1929)
Some Curious People (1945)

Plays:
The Rebellion in Ballycullion (1919)
The Glorious Uncertainity (1923)
Look at the Heffernans! (1926)
Margaret Gillan (1933)

4 理想と現実の狭間で
―― フランク・オコナーの短編における主人公の自己認識 ――

吉　田　文　美

　人が成長して周囲の社会と折り合っていくうえで、自分という存在をどのようなものと認識するかということは重要な意味をもつ。しかしながら、自分が何であるかという問いに対する答えは、簡単に得られるものではない。むしろ自分とはこのようなものであると答えようとすると、その答えが自分の実体とはかけ離れたものになってしまうこともしばしばである。パリ・フロイト派を興したジャック・ラカン (Jacques Lacan) によると、人間は神経系の機能が未発達な状態で生を受けるため、身体の統一的知覚を得るのに時間がかかる。よって、乳幼児は未統一の知覚がもたらす数々の刺激によって混乱状態にある。ところが、このような状態にある乳幼児でも鏡にうつった自分の姿を目にすることにより、内面的に自己が統一される前に自己統一像を形成するという。鏡の中の自分の姿を見ることは、内面の混乱状態にさらされている幼い子どもにとっては非常に強い体験であるがために、人間は鏡にうつった自分の姿に強い愛着を覚えるようになる。社会生活の中では、今度は他者が鏡の役割を果たし、他者に知覚された姿を人は自分と認識する。それゆえに人間は自己の根拠を自分の内部に求めることができず、外部にうつしだされた鏡像を統一的な自己として受け入れざるを得ない。[1] しかし、他者に知覚された自己は、あくまでも自分の外観をうつした影に過ぎず、人間の内面にはその中には収まりきらないものも存在する。つまり、他者の目にうつった自分の姿と自分の心が思い描

く自分の姿は必ずしも一致しておらず、人が自分という人間の全体像をとらえようとするときには、その二つの姿の間で引き裂かれるような思いをすることもある。フランク・オコナー(Frank O'Connor, 1903-1966)の短編のうち、幼い子どもや十代の若者を主人公とした作品には、そのような二つの自己像の落差の間で苦悩する人間の姿が描かれている。

　オコナーの描く幼い子どもや十代の若者の主人公には、多かれ少なかれ若き日のオコナー自身の姿が投影されていることが多い。彼らはオコナー自身がそうであったように母親に対しては深い愛情を寄せるが、父親に対しては強い反感を抱いている。主人公たちの両親もほとんどオコナー自身の両親マイケルとミニー・オドノヴァン(Michael and Minnie O'Donovan)をモデルにした人物である。オコナーの自伝『一人っ子』(An Only Child)[2]によると、ミニーは幼い頃に両親を失い、孤児院で修道女たちに養育されたのだが、彼女の生まれ育ちには不釣り合いと思われるほど品の良い穏やかな女性であった。オコナーは自伝の中で、母の欠点——虚栄心が強く頑固で、特に自分が年相応に老けて見えるのを嫌ったこと——に触れながらも、ミニーをほとんど完璧な女性として描いている。そして、自分が典型的な母親っ子であったことを公然と認めてもいる。また、オコナーの本名は父親と同名のマイケル・オドノヴァンであるが、オコナーというペンネームは母親の旧姓から取ったものである。これに対して、父親のマイケルは家庭を愛する男を自認しているが、情緒不安定の気があったようで、葬式に出かけて酒を口にすると、仕事も家庭も顧みず日頃の蓄えを使い果たし、家中のめぼしいものをすべて質入れしてしまうまで飲んだくれるという悪癖があった。幼い頃からオコナーは、母親と父親の家族は自分の魂をめぐって争う二つの対立する力であると感じ、酒浸りで小汚く暴力的な父親とその家族をひどく嫌っていた。そして、母親と話すときには父親のことを「おとうさん」と呼ぶのを避けて「彼」と呼んでいたほどである。オコナーの短編に登場する主人公とその両親の関係は、多少喜劇的な味付けがされている場合もあるが、基本的には彼自身の家族を忠実に写したものである。

4　理想と現実の狭間で

　母親に執着し、父親を敵視するというオコナーの主人公の心理は、フロイトのエディプス・コンプレックスを思い起こさせる。実際にオコナーには『僕のエディプス・コンプレックス』("My Oedipus Complex")[3]と題する作品さえある。しかし、オコナーの作品に描かれる父－母－子の三者の関係は、男の子は母親をわがものとしたい気持ちから父親をライバルとみなす反面、父親のようになりたいという同一化願望も抱く[4]というフロイトのエディプス・コンプレックスとはかみ合わない点もある。まず第一に、主人公の情緒不安定で粗野な父親が、息子にとって好ましい同一化の対象と描かれることはまずない。主人公は自分の父親を疎ましく思うだけでなく、軽蔑してもいる。主人公にとって父親はもっぱら母親の愛情をめぐって自分と争う敵であり、自分の絶対的優位を疑わない場合には哀れみの対象となることはあっても、尊敬や愛情の対象となることはほとんどない。また、フロイトでは、男の子が父親に対して愛着を抱くのは、父親が自分と同性で男根を所有する存在だからとされるが、『天才』("The Genius")[5]では、赤ん坊がどこから生まれてくるのかについて母から説明された主人公のラリー・デラニー(Larry Delaney)は、自分が母と同じように赤ん坊を育む子宮や乳房を持つことができず、父親と同じ男根を持つ存在であることに我慢するしかないと知って大いに落胆する。これは、女の子が男根がないことで自分が不利な立場に置かれていると思いこむとした説とは逆であり、フロイトの学説が前提としている父性の優位を否定している。言葉を換えると、オコナーの年若い主人公が同一化の対象として望むのは、同性である父親ではなく母親の方なのである。そして、このことも主人公の自己認識の上に大きな影響を及ぼす。

　オコナーの主人公は、母親への強い執着のためにいささか強迫観念めいた思いこみに捕らわれている場合がある。たとえば『天才』のラリー少年は、母親が天才と呼ばれる人たちについて話してくれたことから、その天才になりたいと望む。自分を天才と見なすラリーの行動は喜劇的で滑稽なものではあるが、彼は母親の目に好ましくうつる存在に自分を同化させる

ことで自分のあるべき姿を見いだしている。ラリーの父親は同じ年頃の少年たちとまともにつきあわない——けんかをしたりこづきあったりしない——息子に不満であるが、天才を息子にもってしまった哀れな男としか父親を見ないラリーには、父の不満が深刻な心理的圧力を与えることはない。そのため『天才』では、母が望むものこそ自分の姿であるという自己認識が、家庭内での父－母－子の三者の葛藤によって大きく揺らぐことはない。しかし一方で、天才を自認するラリーは、母親をはじめとした周囲の大人から天才に必要な知識を得ようとするが、必ずしもそれに応えてもらえないことに漠然とした不満を持っている。ラリーの母親は、「赤ん坊がどのように生まれるか」という息子の質問に対して、あたりさわりのない表現で真実を伝えたりはするが、ラリーの求めにいつも充分応えられるわけではない。母親の望む天才になろうとするが、自身は天才でない母親からは必要とする知識が得られないというジレンマが存在するといえよう。

　さらに母の望みと一体化した自分の姿に決定的な亀裂を生じさせるのは、家庭の外の人々との関わりである。ラリーの場合もウーナ(Una)という年上の少女との出会いが契機となって、自分の姿を見直さざるを得なくなる。彼女がラリーに関心を持つのは交通事故で亡くなった弟を思い出させるからなのだが、ラリーは彼女が自分の話を熱心に聞いてくれるのは、天才としての自分を評価しているためと思いこむ。そのうちにラリーは、ウーナの友人の女の子たちにウーナとつきあっているとからかわれる。それまでは大きくなったら母親と結婚するつもりでいたはずのラリーは、このことがきっかけとなってウーナを自分の愛の対象として意識する。このことも自分を天才と自認することと同様に、幼い少年の自分勝手な思いこみのようにとれるが、母親の目に好ましくうつる存在になることに腐心してきたラリーが、ウーナとの関わりを通じて母親以外の人々の目にうつる自分の姿をはじめて意識したのだと解釈すれば、ラリーの意識が家庭の中から外の世界へ向かって開かれはじめたと見ることもできる。母親と結婚する——母親と同化する——ことを望んでいたラリーがウーナを新たな結婚相

手と意識することは、ラリーと母親との一体関係が揺らいだ証拠と見てよいだろう。さらに、赤ん坊の誕生について母親から教わった知識を披露してウーナに笑われたことで、ラリーは母親を恥じるようになる。彼は母親がばかげたことをウーナに言わないように、ウーナと母をできるだけ近づけないようにする。母親の方も息子が自分を恥じているらしいことを悟って、深く傷つく。このように母親の心を傷つけてまでウーナに認めてもらおうとしたラリーの努力は、やがてウーナが同じ年頃の少年とつきあいはじめたことで終わりを告げる。この時点でも、ラリーは自分が天才であるという自己認識をもったままで、その点では彼が母親の望むものと一体化した状態は解消されていない。しかし、ラリーは天才と信じていた自分がウーナの関心をつなぎ止められなかったことで、深い孤独に沈む。母親はまた新しい友達ができると慰めるが、ラリーにはその言葉が信じられない。母親の望みと一体化した自分——天才である自分——は、母親以外の他人との関わりの中では、さほどの価値がないと気づいてしまったからである。

『天才』に限らず、およそ自分の実体とはかけ離れた存在になりたいという憧れは、オコナーの短編の主人公たちがとりつかれてしまう強迫観念であるが、彼らにとっては、その憧れは自分という人間に確かな形を与えたり、自分を実際の自分以上に高めたりしようとする試みのようである。『初恋』("First Love")[6] に登場する16歳のピーター・ドワイヤー（Peter Dwyer）が自分を同化させる対象として憧れるのは2歳年上の大学生ミック・ダウリング（Mick Dowling）である。しがない事務員であるピーターは、気分屋でひねくれたところがあり、自信満々かと思うと、自分を卑下して落ち込むこともある。集中力を欠く彼は、ひとかどの人間になろうと簿記やフランス語を学ぼうとするのだが、何一つ長続きしない。これと対照的に、ミックは落ちついたまじめな人物で、同年代の若者たちの中でも抜きん出た存在である。最初にミックに会ったときから自分とは正反対の彼に夢中になってしまったピーターは、勤め先でミックの身ぶりや話し方をまねるようになるのだが、彼が模倣するミックの物腰は彼自身にも勤め先の雰囲気にも

不釣り合いなため、周囲の失笑を買ってしまう。しかし、ピーターがミックを模倣するのは、彼にとってミックが自分がそうありたいと望む姿を体現している人物であるからだ。題名の「初恋」とは、もちろんピーターのミックに対する傾倒を指しているが、ピーターが本当に恋しているのはミックという人物の上に見た自分自身の理想像なのだといえよう。このような感情を作者のオコナー自身が経験していたことは、『一人っ子』で、ダニエル・コーカリー (Daniel Corkery, 1878-1964) に対する幼い頃の傾倒ぶりについて述べている部分からも明らかであろう。

　　私は昼食時コーカリーが正面入り口のわきに寄り掛かってサンドイッチを食べているときには、彼につきまとっていた。私は彼からアイルランド語の本を借り、その内容を理解できなかったが、理解できないからといって何かをやってみることをあきらめてしまうこともなかった。そして時には放課後に彼を待ち伏せて、彼が溜息をつきながら、いつも帽子を一方に傾け、片方の肩を泳ぐように前に押し出し、不自由な足を後ろに引きずりながら、ひどい坂道を勇ましく登っていくところを家までついていった。見知った女性なら誰にでも帽子を持ち上げ、わずかに会釈をする彼の古風なたしなみのまねもした。私は彼の風変わりな話し方をとても入念にまねたので、今でも本物そっくりと思えるくらいに、彼の物まねをやってみせることができるし、しばらくの間は彼の不自由な足どりをまねたことさえある。私は誰かのことを愛するときは、いつもその人の物まねをした。そして十分に満足のいく母親がいたので、女性や女の子に引きつけられることは特になかったが、自分の必要に応えてくれる父親がいなかったので、私は中年の男性に対しては激しい情熱を持つようになり、コーカリーは私の最初のそして最大の愛の対象だった。愛 (love) というのは非常に多くの不愉快な連想をさせる言葉なので、教育の専門家たちはその言葉を嫌うが、多くの子どもたちにおいては知的能力と情緒的な能力が分離でき

ないほど結びついていることは事実であり、片方なしではもう一方も発達しないのだ。何であれ私に備わっていた知的能力は、その時に狂ったように発達していった。[7]

　相手の年齢こそ違うものの、自分の「愛」の対象の関心を引こうと相手につきまとうばかりでなく、相手の姿そのものを自分のものにして、それによって自分自身を望ましいものに変えようと試みるピーターの行動は、幼い日のオコナーのそれと同種のものである。オコナーにとって「愛」というのは、自分の理想像を体現している人物に同化していこうとする自己の構築過程であるのかもしれない。しかし、ギリシャ神話のナルシスが湖面にうつった自分の姿に恋をして命を失うように、自分の理想像を体現していると思われる人物に自分を同化しようとする行為は破滅的なものにもなりうる。ピーターの場合は、あまりにもミックの物まねが過ぎたために、自分自身とミックの区別がつかなくなってしまい、ついにはミックと同じ女性に恋をするべきだと思いこんで、ミックの恋人に言い寄り、せっかく育んだミックとの友情を台無しにする。そして、ミックの内面ではなく外見を模倣しただけのピーターは、前途有望なまじめで落ちついた青年とはかけ離れた、滑稽でグロテスクな道化にしかなれない。ミックの友情を得るだけで満足できなかったピーターは、結果としてかけがえのない友情だけでなく自分の理想像をも損なってしまうことになる。
　ピーターの行為を愚かしいと笑うことは簡単である。しかし、人間が自分は何者であるかを問い続けるうえで、自分が心から心酔できる対象——自分のあるべき姿を体現したと見えるもの——を見いだし、それと自分を同化させることはよくある現象である。いかに自分の実体とかけ離れていても、自分のあるべき姿と信じるものに自分を同化させることで、自分の存在を支えようとする試みは、『公爵の子どもたち』("The Duke's Children")[8]のラリー・デラニーにもうかがえる。『天才』の主人公と同一人物であるらしい彼は、この物語ではすでに幼い子どもとはいえないまでに成長し、

鉄道会社に勤めているが、自分が実は幼い頃にさらわれて貴族の親から引き離されて育ったのだと夢想しており、貴族の子弟にふさわしいと思われる作法や教養を気取っている。これはかつて天才を気取っていた幼い彼と大差のない行動であるが、ラリーは自分が貴族の生まれであると想像することで、自分の生まれ育ちに対する不満、自分の両親に対する不満、そして現在の自分の仕事に対する不満に耐え、自分の気持ちを支えている。やがて、ラリーは中産階級出身のナンシー・ハーディング(Nancy Harding)と出会うが、彼女や彼女の家族に気に入られようとして、貴族であるかのような気取った態度をとる。飾り気がなく話し好きなラリーの父親に好感を持つナンシーは、ラリーが両親をあからさまに軽蔑するのを不快に思うが、ラリーはそれに気づきもしない。『天才』の場合と同じく、他人に認められようとする彼の努力は徒労に終わり、ナンシーの家族に無視されたと感じたラリーは苦い挫折を味わう。『天才』と異なるのは、彼がすぐに別の女性メイ・ドワイヤー(May Dwyer)と知り合い、何の気取りもなくつき合えるメイの率直さに救われること、そしてその後でナンシーと再会したとき、自分が貧しく凡庸な家族を恥じているのと同様、ナンシーが彼女の俗物的な家族を深く恥じていたことを知って衝撃を受ける点である。

　　僕はとても驚いて気が動転してしまったので、その夜はメイに会うはずだったのだが、行かなかった。そのかわりに、丘を越えて川のところまでひとりぼっちで孤独な散歩に出かけ、このことについて自分が何をすべきかを考えた。もちろん、結局のところ僕は何もしなかった。自分に何ができるかを教えてくれるような経験がなかったのだ。そして、何年も後になってから、僕がナンシーにそれほど惹かれた理由がやっとわかった。彼女は、僕自身と同じような公爵の子どもたちの1人、失われた祖国から放逐されて自分自身以上のものになろうとしながら生きている人間の1人で、人間が根源的にもっている憧れを具象化したような存在だったのだ。[9]

『公爵の子どもたち』のラリーに見られるような、自分の出自を想像の上で改変するのは、「ファミリー・ロマンス」と呼ばれる一般的な心理現象である。これは生まれ落ちたときの記憶を持たないために、自分の存在の起源を他者の言葉に頼らざるを得ない主体が、家族や家系という形で現れた「他者の語らい」の中で自分の位置を見定めようとする努力の現れであるとされる。[10] 他者の言葉によって成立する自己は、自分の現実の姿をうつしているもののように見えるが、自分の内から生まれたものではない。ラリーが実際の自分とは違うものになりたいという願望を抱くのは、他者が与えてくれる自分の姿とは違う本当の自分を見いだそうとする努力の現れなのであるが、ラリーはこの短編の最後で、他者が自分に与えてくれる自己の姿に違和感を抱いて、そのような自己を越える存在になりたいという願望をもつのが自分に限ったことではないことを悟るのである。

　すでに述べたとおり、オコナーの主人公たちの体験は、作者自身の体験を素材としているが、オコナーが繰り返し若い頃の体験を作品の素材として取り上げるのは、『公爵の子どもたち』のラリーが最後に悟るように、自分自身の個人的な体験の中に人間全体に通ずるものがあると理解しているからであろう。オコナーは彼の描く若者たちと同じく貧しい労働者階級に生まれ育ったが、母親の影響で有産階級の人々の生活、特に読み物を通じて知った英国のパブリック・スクールの少年たちの生活に憧れた。そのため、オコナーは独学で外国語を学び、英国の有産階級の少年たちが受ける教育を我が身の上にも実現しようと試みた。ところが1916年、12歳の時にイースター蜂起が起こったことで、アイルランド人としての自分の立場と英国の有産階級に憧れる気持ちとの間で思い悩むことになる。しかしながら、イースター蜂起の首謀者の1人であるパトリック・ピアース (Patrick Pearse, 1879-1916) の詩を読んだことが彼に転機をもたらす。オコナーはこの数年前にコーカリーからアイルランド語の初歩を学んでいたが、外国語の習得を重視してアイルランド語の学習を打ち捨ててしまっていた。しかしピアースの主な作品がアイルランド語で書かれていたため、再びアイル

ランド語の習得を志したのである。母親とともにイースター蜂起の首謀者たちのためのミサに出席した帰りに、たまたまコーカリーと再会したことで、オコナーはゲール語連盟(the Gaelic League)でアイルランド語を学ぶようになるが、そこで自分が英国軍に所属したことのある父親と叔父を持つ、アイルランド人としては胡散臭い存在であることを思い知らされる。しかし、かえってそのことがきっかけとなって、オコナーはアイルランド人としての自分を確かなものにすることに熱中しはじめた。キルトを着た少年の愛国心が揺るぎないものと見なされることを知った彼は、キルトの作り方を知らない母親にせがんで、キルトを作ってもらったりもしている。さらに、エリナー・ハル(Eleanor Hull, 1860-1935)が子供向けに書き下ろしたクーフリン(Cu Chulainn)の物語を読んだことで、オコナーの憧れの対象は英国のパブリック・スクールの少年たちからクーフリンその人へと変わっていく。

　憧れの対象は変化していったが、教育を受ける機会に恵まれない貧しい少年である現実の自分の姿と、自分の心の中の憧れを実現しようとする試みの間で、オコナーは常に引き裂かれていた。『公爵の子どもたち』のラリーと同じく、十代のオコナーも鉄道会社に勤めていたことがある。そこでアイルランド語を多少とも使えるのはオコナーただ一人であったが、キルトを身につけた英国人が英語ではなくアイルランド語で苦情を申し立てるという事件をきっかけに、自分がいわば「二重の生活」を送っていることを自覚する。

　　それは私がおくっている異常な二重の生活——あまりに大きく引き裂かれていたので、今では記憶と言うよりもむしろ幻覚のように思い起こされる生活——を明らかにするものでもあった。…(中略)…片方の生活——単調な重労働と屈辱の生活——は英語でおくっていた。もう一方の生活はアイルランド語で、または満足に文法も知らないまま何とか習い覚えた断片的な外国語を片っ端から使っておくっており、

分別のある人なら、それを白昼夢と説明することだろう…。[11]

鉄道会社での仕事はオコナーの肌には合わず、当時の彼は自分が望んでいるような「頭の切れる若者」になれないことに強い劣等感を抱いていた。アイルランド語や外国語を学ぶことは、オコナーにとっては現実の自分から逃避する手段でもあったのだろう。しかし、興味深いことに、彼にとって現実の世界(the real world)で屈辱感にまみれていた自分は、実は本当の自分(my real self)ではなかったのである。

> 毎朝、早朝の光の中で旅客駅から線路を横切って行くとき、私は本当の自分(my real self)に別れを告げ、そしてその晩の7時に暗くなった鉄道操車場を横切り、ちゃんと明かりのついた旅客駅に立ち寄って鉄道の書籍売場で新しい本や新聞を眺めているときに、彼——どんな経験にもへこまされたり傷つけられたりしたことがないという以外は私と全く同じ少年——は再び私と合流し、暗闇の中でマホーニーズ通を進みながら、私たちは時折ドイツ語やフランス語、スペイン語の引用文をまじえてアイルランド語でおしゃべりをし、よく知っていると言わんばかりにイタリアやライン地方、その地で出会える美しい女たちのことについて話をした…。[12]

『公爵の子どもたち』におけるラリーが持っているような、現実の世界の自分は本当の自分ではないという自己認識、つまり自分の実体であると人が認めている姿よりも、自分が真実と信じる姿の方が自分の本質を体現していると感じる心理を若い頃のオコナーは実体験していたのである。

　また、オコナーは自分の想像の世界を支える言語の一つとしてアイルランド語を学んで、アイルランド人としての自分を意識するようになっていったが、そのことによって、当時独立に向かっていたアイルランドの政情不安と自分の心の中で起きている葛藤を同種のものと見なすようになった。

そして、オコナーは分不相応な教育を身につけようともがく自分の姿を、勝ち得るのが不可能とみえた独立を求めてあえぐアイルランドの姿とダブらせたのである。

　　それは政情不安な時代であり、ある意味では、このことは慰めでもあった。というのは、それが私自身の怒りの感情に対する安全弁として働いたからだ。実際に、アイルランドという国と私自身は両方とも、間に合わせのものをでっち上げるという手の込んだ工程に没頭していたというのが真実に近いであろう。私は自分にはふさわしくない教育をでっち上げようとしていたし、アイルランドはふさわしくない革命をでっち上げようとしていた。1916年にアイルランドは軍服とライフル銃を身につけて、小さな本当の革命に立ち上がったが、英国人たちは大砲を持ってきてダブリンの中心部をきれいに吹き飛ばし、軍服を着た男たちを撃ち殺してしまった。私自身とキリスト教学校修道士会[13]も全く同じような目にあった。その後では、アイルランドは革命の真似事で満足しなければならなかったし、私は教育の真似事で満足しなければならなかった。奇妙なことにこの真似事がうまくいったのだ。[14]

オコナーは独立運動に深く関わっていくようになるが、アイルランドには独立を勝ち取る可能性はないと悲観していた。しかし彼の予想に反して、国際世論に屈した英国は独立推進派との武力闘争に対して停戦を宣言し、アイルランド独立の道が開かれることになる。アイルランドの独立運動に関して「真似事がうまくいった」というのは、このことを指すのであろう。オコナーが想像の世界で作り上げた理想の自分によって、現実の自分に対する失意から救われたのと同様に、アイルランドも多くの人々の夢に支えられて独立への道を切り開いたのである。
　しかし、理想や夢にこだわり続けることが、良くない結果を生むことも

オコナーは経験する。特に理想の姿に近づいたと思われるときこそが、本当の苦難の始まりであることを、その後のアイルランド独立運動の経過からオコナーは学ぶことになった。停戦後に結ばれることになった英国との条約は、アイルランドに完全な独立を認めるものではなく、その上、北アイルランドは英国領にとどまることになっていた。ここでアイルランドの独立を夢見た人々は、勝ち目がないと思われた戦いから何とか手に入れたもので我慢するか、どこまでも自分たちが理想とするアイルランドの姿を追い求めるかの選択を迫られた。同じ頃に、オコナーは自分の著作を発表する機会を得て、コーカリーのもとで文学修行を積みながら彼のもとに集まる人々とも親交を深めていったが、当時のジャック・ヘンドリック（Jack Hendrick）という若者との友情を次のように振り返っている。

　しかし、このこと（ヘンドリックに自転車の乗り方を教わったこと）さえも、自分のガス灯[15]から離れたところで友人を持ちはじめたという事実に比べれば、私にとってはさほど重要なことではなかった。愚者が自らの愚行をやり通しさえすれば賢者となるであろうとブレイクが言ったときに、彼の考えていたのはたぶんこのようなことだったのだろう。というのも、遅かれ早かれ、想像上のでっち上げは現実の世界に出しゃばってくるからだ。しかし、本当の苦悩がはじまるのはまさにその時で、その時こそ想像上のものが出しゃばりすぎるのを抑えることを学ばねばならないし、これまで否定してきた常識を少しばかり身につけなければならないのだ。私が思うに、アイルランド独立運動が挫折したのは、まさにその点においてであった。想像力というのは冷蔵庫であって、孵化器ではない。想像力は、災難が続く間は人間を傷つけないよう守ってくれるが、全世界が変わってしまった時でさえ、それ自体は何も変わらないまま、年齢は食っているが経験は積んでいないリップ・ヴァン・ウィンクルのようなものとして、姿を現わすのである。これは、本当には克服できない時間のズレをつくりだす。

友情によって、私は賢明にも幸福にもなれなかった。というのも、何年にもわたる孤独な空想癖のせいで、私は精神的には10歳のままだったからだ…。[16]

　ヘンドリックに出会うまでは同年代の友人に恵まれず友情に飢えていたオコナーにとって、ヘンドリックはどうしても必要な友であった。しかし当時のオコナーは、自分の想像の世界を離れて現実の世界で友人を得ることで自分の精神的な幼さを痛感し、心の平安を得るどころか、むしろ苦悩を味わったのである。後にオコナーは、自分を理解してくれる友人のいない孤独に耐えていた時期には自分の心を支えてくれた想像の世界が、いざ生身の友人と良好な関係を築こうとする際には大きな妨げとなり、自分の心を傷つけることになった皮肉な巡り合わせを冷静に振り返り、そしてヘンドリックとの友情がもたらしたこの苦悩を、英国との条約をめぐって条約賛成派と反対派に分裂したアイルランド独立運動と重ね合わせたのである。
　賛成派と反対派の争いがアイルランド内戦に発展した当時、まだ十代の若者だったオコナーは条約反対派の地方新聞記者として内戦に関わった。空想癖が強く、まだ現実を見ることができない若者であった当時のオコナーにとっては、あくまでも自分の理想のアイルランドを追求することが正義と思えたのであろう。だが、同胞との血で血を洗う争いは、次第に若いオコナーの心に条約反対派の主張に対する疑問を植えつけていった。そのうちにオコナーは捕えられて収容所生活を余儀なくされるが、このことがオコナーに様々な恩恵をもたらした。捕えられたことでそれまでの張りつめた生活から解放され、ゲール語や外国語の基礎学習をやり直したり、自分を見つめ直す時間を持てたからである。また、この期間にオコナーの条約反対派への疑問ははっきりとした形を取る。反対派の多くがアイルランドの理想の姿の実現にこだわるあまり、国のために勇ましく死ぬことのみに価値を認めていることに憤りを感じたオコナーは、収容所仲間と激しい

口論をする。そして自分の中に、国のために死ぬよりも生きていたいという強い衝動があることに気づくのである。

> 明らかに、生きていることの唯一の証は、できるだけ早く死のうと覚悟することであった。死んでいるということが偉大なことなのであり、格好よく死ねる可能性が無数にあるということを別にすると、生きていることが良しとされる理由は全くなかった。私は死にたくなかった。私は生きのびて本を読み、音楽を聴き、母も私も見たことがないあらゆる場所に母を連れていってやりたかった。そして、そんなことの方がどのような殉死よりも重要だと感じた。[17]

オコナーは、収容所の捕虜たちによってハンガー・ストライキが行われたときもそれには参加せず、理想を実現するためには死をも辞さないという人々とは一線を画する態度をとった。

　内戦の時代、オコナーは一方では自分の想像の世界と現実の世界の相克に悩み、他方ではアイルランド独立運動が自分の夢見た理想とはかけ離れたものへと変質していくのを目撃した。これは、オコナーにとっては思い出すのもつらい苦難の時代であったが、彼はこの時代を経ることで、想像の世界に囚われすぎると人は極端な行動に走ることを知り、現実の世界と自分の想像の世界を折り合わせていくことが重要だと考えるようになった。しかし、現実を見失うことで多くの人々が狂気に駆り立てられた時代を経験し、「想像上のものが出しゃばりすぎるのを抑えることを学び、これまで否定してきた常識を少しばかり身につける」ことが生き抜いていく上で必要だと認識する一方で、人間は想像の世界での自分の「本当の」姿に近づこうとすることで自分を支えるものだということもオコナーは知っていた。貧しい家庭に生まれ育ち、ろくに学校にも通えなかったオコナーが作家として世に出ることができたのは、そのような気持ちをもっていたおかげである。だからこそオコナーは、かつての自分と同じように、自分の理

想の姿を追い求めたすえに、かえって自分を見失ってしまう夢見がちな若者の苦悩から目をそらすことができず、そのような若者の挫折の物語を繰り返し描かずにはいられなかったのであろう。

注
1）ジャック・ラカンの鏡像段階論については、特に新宮一成『ラカンの精神分析』(講談社現代新書、1995年)168-186頁を参考にした。
2）Frank O'Connor, *An Only Child and My Father's Son,* London: Pan Books, 1988, pp. 9-191.
3）Frank O'Connor, *My Oedipus Complex and Other Stories,* Penguin, 1986, pp. 20-31.
4）今村仁司編『現代思想を読む事典』(講談社現代新書、1988年)92-93頁参照。
5）*My Oedipus Complex and Other Stories,* pp. 7-19.
6）*My Oedipus Complex and Other Stories,* pp. 63-76.
7）*An Only Child,* pp. 104-105.
8）*My Oedipus Complex and Other Stories,* pp. 52-62.
9）"The Duke's Children", p. 62.
10）『ラカンの精神分析』124頁。
11）*An Only Child,* p. 124.
12）同書、126頁。
13）貧しい家庭の児童の教育を目的とする修道士会。分不相応の教育を得ようとする自分の行動をオコナーが自嘲した表現であろう。
14）*An Only Child,* pp. 129-30.
15）「ガス灯」とは、オコナーが独学で身につけた文学の素養およびアイルランド語や外国語の知識を暗示するものであろう。すでに引用された箇所にも見られるように、これらの知識は彼の想像の世界の糧であった。
16）*An Only Child,* p. 141.
17）同書、177頁。

5　ベケットの〈内なる他者〉の系譜

森　尚　也

1　最後の短編

1929年に「被昇天」"Assumption"という短編を発表して以来、ベケット（Samuel Beckett, 1906-89）はたえず新たな物語の形式をもとめ、みずから見いだしたばかりの形式を壊し続けてきた。そして晩年を迎えたベケットは自ら最後の作品と覚悟して、ある作品の創作に向き合った。語数は二千語にも満たない小品ではあったが、ベケットはこの作品に膨大な推敲を重ねている。さらに英語とフランス語、散文と戯曲という異なる表現媒体、異なるジャンルを揺れ動きながら言葉を構築していくベケットの苦渋の軌跡がノートには残っている。結果としてたまたま短編となったとも言えるこの作品ではあるが、晩年のベケットのみが表現し得たであろう独自の言語世界を実現してもいる。最初期の三枚ほどに綴られたフランス語の草稿には「1983年6月27日」とあるが、「バーニー・ロセットのための断片」として形を為していくのは、1984年4月頃からであり、87年6月に完成し、最終的には『まだもぞもぞ』(Sirrings Still)と名付けられた。そうしたベケットの苦渋と最後の作品への覚悟は、当時の書簡にも吐露されている。

この老いた頭には死滅してゆく（解放されてゆく？）細胞のため息だけです。ようやく最後の機会に挑もうとしています。「両腕に顔をうずめたまま腰掛けているとやつは自分自身が立ち上がり消えて行くのを

見た。」言葉にできない書き出し。だが言葉にするしかないのです。
(ベケットのアリカ夫妻への書簡、1984年4月27日)[1]

こうして試みられた第一部冒頭の一節を見てみよう。

ある夜やつが机に向かって腰をおろし両腕に顔をうずめていると自分が立ちあがって行くのをみた。ある夜か昼。というのもやつの光が消え失せたときにもやつは暗闇にとり残されなかったのだ。そのときなにか光のようなものが高い窓から射し込んだ。その下には空を見ようとよく登っていた椅子がまだあったがそれもいまやかなわず登ろうともしない。その下に何が横たわっていたのか首を外にのばして見ようとしなかったのはおそらく窓が開くように作られていなかったか開けることができなかったか開けようともしなかったかだろう。たぶん下に横たわっていたものをよく知っていたのでもう二度と見たくなかったのだ。そこで地上高く立ち上がって曇った窓から雲のない空をただ見ていたものだった。やつが思いだすことができたのはどんな光ともちがうあのあわい変わらぬ光、昼がようやく夜につぎ夜がようやく昼についでいった昼と夜の日々。やつの光が消えてしまったときこの外の光がただひとつの光となりやがてこんどはそれも消えやつを暗闇に残した。やがてこんどはそれも消え。(ベケット『まだもぞもぞ』)[2]

全体の構成をみておこう。

第一部は暗い部屋の中。机に顔をうずめた瀕死の老人は自分自身が立ち上がろうとするのをみる。あるいは死んだ老人が自分の魂が離れていくのを目撃するのかも知れない。分身は部屋の外に出ようと必死で机にしがみついて立ち上がり、暗い部屋のなかを移動する。何度も何度も消えてはまた現れた後、第二部、彼は草原にいる。正気かどうかもわからぬまま深い靄の中をさまよい続ける。第三部、さまよったあげくふと立ち止まるとそ

の時、ある声を聞く。それは内からの声で「ああ、なんと...」と消えゆく言葉だった。どうしても聞き取れないその後の言葉 (missing word) は、再び彼の内に虚しく響く。恐怖と錯乱のなか彼は祈る、「時と哀しみと自己と呼ばれるものよ、ああすべて終わらんことを。」[3]

問題は最初の机に顔を埋めたままの老人と彼が見たという「立ちあがってゆく」自分自身との関係であり、さらに最後の「ああ、なんと…」という声の主の正体である。その内なる声は一体誰のものなのか？ これらの疑問を念頭に置きつつ、『まだもぞもぞ』の解読を試みることにする。

2　内的体験

『まだもぞもぞ』の主人公はあたかも『勝負の終わり』でクロブが出ていった後の一人とり残されたハム、あるいはハム亡き後の年老いたクロブの姿を想わせるかのような孤独な老人である。この暗闇のなかで机の上の両腕に顔をうずめる憔悴した老人が自分の分身を見るという設定は、テレビ作品『夜と夢』とも共通したものである。老人はこうした闇のなかで、両腕に顔を埋めたまま、自らの分身が机にしがみついて立ち上がっては腰がくずれ落ち、立ち上がっては腰がくずれ落ちるのを見る。現われては消え、消えては現われるのを見る。分身は出口をさがしているらしい。闇のなかで聞こえる時計の時報とどこからか風に運ばれてくる叫び声が老人の耳につきまとって離れない。そうした中、老人は死んで行った友人たち、とりわけ「ダーリー」のことを思いだす。

「ダーリー」だけでなく、このテクストにはもう一つの固有名詞「ヴァルター」が使われている。こうした固有名詞の使用はベケット後期の散文作品には珍しいのだが、どちらも個人的な体験と結びついている。前者について言えば、第二次大戦終結直前の1945年8月7日、ベケットは前年のドイツ軍による空襲で壊滅していたノルマンディー地方のサン・ローへのアイルランド赤十字病院建設活動に自ら志願して参加し、通訳兼物資補給

係として活発に働いた。その時の病院の内科医の一人がアーサー・ダーリー(Arthur Darley)であり、草稿にはベケット作品の朗読等で有名な俳優「マギー」(Patrick Magee)の名前も見られるが、やはり同じ病院の外科医「マッケー」(Frederick McKee)の名前もある。だがベケットにはとりわけダーリーの事が印象深かったようである。ダーリーはベケットと同じくダブリンのトリニティ・カレッジ出身で、患者には献身的で毎夜聖者伝を読みふけるほど信仰が篤かった。が、酒を飲むと豹変し肉欲の前に屈するのだった。1948年12月、すでにアイルランドにおいて感染していたらしい結核により彼は35歳でこの世を去る。[4]

執筆に際して、ベケットが死というものを見据えたとき思い出されるのが故郷ダブリンのことではなく、約四十年も昔にノルマンディー地方のアイルランド赤十字病院で出会った親友ダーリーであったことは興味深い。そして老人のいる部屋を「ダーリーが死んで彼をとり残していった時と同じ場所と机」と表現し、時の流れをこえ、ダーリーと共有したあの戦争直後の時間と空間へ自らを導くのだった。[5]

もう一つの固有名詞「ヴァルター」は第二部にある。幽霊のように出没を繰り返した後、何とか部屋のなかから「外の世界」(the outer world)に出ることができた老人は自分が正気かどうか分からぬまま、靄の中、草原をさまよい続ける。その後の「ヴァルターのように腰をおろして足を組める石がないので仕方なく木石のようにじっと立ちつくし」という一節である。これはドイツ中世最大の詩人と言われる、ヴァルター・フォン・デア・フォーゲルヴァイデ(Walther von der Vogelweide, 1170-1230年頃)への言及である。ベケットは「石の上に坐りて」というヴァルターの詩を読んでいただけでなく、ヴァルターが石の上に腰を降ろして瞑想する肖像画を愛していたと思われる。[6] その言及は短編「鎮静剤」にもなされている。そのヴァルターと切り離せないのがベケットの父親ウィリアムの死である。1933年6月父ウィリアムが心臓発作で亡くなった後、ベケットはヴァルターの詩の一節を引用した「ヤガテ夜明ケトナリヌ」という詩を捧げてい

る。[7] つまり二つの固有名詞「ダーリー」「ヴァルター」はどちらも親友や肉親の死の思い出と強く結びついているのである。

3　引用の織物

　E・ブレイター（Enoch Brator）は『まだもぞもぞ』冒頭の一節に聖書やW・B・イェイツの影響を読み取っている。[8] ちなみにベケットが愛読していた『欽定訳聖書』には「起きあがり行く」(arise and go)を用いた表現は十一箇所もあり、この表現によってベケットがイェイツのみならず、聖書をも引用の織物としてこのテクストに折り込もうとしていたとしてもおかしくない。文学的遺産への言及という観点からすれば、ベケットは戯曲形式でこのテクストに取り組んでいた時に、シェイクスピアの二つのソネットについてもその断片を折り込もうとしていた。[9] さらにはノートには、セネカやサミュエル・ジョンソンの引用のメモも見られ、小品とは言えベケットが西洋文学の雄大な眺望のなかで自らを位置づけようとしたその野心が垣間見られる。『伴侶』や『見ちがい言いちがい』をはじめとするベケット自身のテクストからの引用も数多いのだが、なかでも注目すべきはやはりダンテである。しかもその引用はテクストの背後に深く秘められている。

　憔悴しきって両腕に顔をうずめたままの老人が瀕死の状態なのか、すでに死んでいるのかは微妙な問題である。第一部の草稿には老人の世界が死後の世界であることをベケットが想定していたことを示唆する「この死後の世界」(this after life)という表現もあるが、[10] 第一部の終わりを締めくくるのは「だから一回きりの本当の最後が時と哀しみと自己とやつ自身の第二の自己に訪れるまでは我慢だ」であった。ベケットにおいては死後の世界であっても、まだ本当の最後(the one true end)ではないのである。本当の最後とは何だろう？ 奇妙に思えるかも知れないが、それはちょうど「鎮静剤」(サン・ロー体験後、1946、フランス語で執筆)という短編の冒頭の文が

「わたしがいくつのときに死んだかは忘れた。どう考えてみても年とってから死んだことはまちがいなさそうだ」(高橋訳)というのと似ている。その語り手は死後、さらに進行していく老化＝肉体の腐敗に耐えられず、自分自身に一つの物語を語ることによって気を静めようと試みるのである。つまり「鎮静剤」とはそうした気晴らしのための物語のことである。この「鎮静剤」と『まだもぞもぞ』には共通点がいくつもある。その中でベケトは次のような記述をしている。

　　わたしの前に一人の少年が山羊の角をつかまえて立っているのに気がついた。わたしはまたすわった。彼は黙っていた。…(中略)…わたしは彼に言葉をかける決心をした。そこでわたしは文章を準備し、口を開いた、自分の声が聞こえてくるものと思って。ところが聞こえたものは一種のしゃがれ声、言わんとすることをすでに知っているわたしの耳にすら判然としないしゃがれ声にすぎなかった。しかしなんでもないのだ、長い沈黙のせいで起こる単なる失声症なのだ、地獄が口を開けている暗い森のなかでのように、覚えておられるかな、わたしはかろうじてなんとか覚えている。(ベケット「鎮静剤」、傍線筆者)[11]

それはダンテの『神曲』「地獄篇」第一歌におけるシーンである。地獄の入口に踏み迷い、狼から逃げ、暗い森のなかに倒れていたダンテのもとへある人影が現われる。その人影とはベアトリーチェの使いとしてダンテを導きに来たウェルギリウス(70-19B. C.)であった。ダンテはその影に向かって「憐れみたまえ」と助けを求める。ここでベケットが引用しているのはウェルギリウスについての「長い沈黙のために声が細くなっていると思われる者」という形容である。キリスト生誕以前に死んだこの大詩人は、キリスト教を知らなかったがゆえに、地獄の「辺獄」(リンボ)の闇の沈黙のなかに一人いたとダンテは考えたのだろうか。そのせいでウェルギリウスの声は細くしわがれていたとダンテは表現する。それをベケットが「長

い沈黙のせいで起こる単なる失声症なのだ」と表現したのである。

　『まだもぞもぞ』のダンテに言及する前に、物語の展開をつかんでおく必要がある。第二部、どこにいるのか、どうやってそこに来たのか、どこに行こうとしているのか、分からぬまま、丈の高い冬枯れした草むらのなか、老人は彷徨を続ける。

> 何も分からず何も知りたいとも願わずいかなる望みも持たず　したがっていかなる悲しみもなく　ただあの時報と叫び声が永遠に止むことを願っていただけだろうがそれもかなわず。音は時にはかすかに時にははっきりと風に運ばれてきたかのよう　だがそよぎもなく　叫び声は時にはかすかに時にははっきりと。(『まだもぞもぞ』)

　第三部はこのように自己を包む諸々の想念から解き放たれてしまったかのような自失の状態から始まらなければならない。

> そうこうしてやがて立ち止まるとそのときやつの耳に深い内から　ああなんと…　聞き取れぬ言葉　終わらんことを　いまだ知らぬ場所で。そして途切れ　しばしの時がかくも長い時へとまた過ぎゆき　ついにはもしかするともう二度とないのでは　とそのときまたもや深い内からかすかに　ああなんと…　またもや聞き取れぬ言葉　終わらんことを　いまだ知らぬ場所で。(『まだもぞもぞ』)

この深い内なる声の正体も内容もつかめぬまま、何度も何度も聞こえてくる、しかも聞こえない言葉に、為す術もなく老人はただその声が消えることを願う。

> かくなるざわめきさらなるおたけびがやつの心なるもののなかにこだまして　やがて深い内からのよりかすかになりゆく声以外何も残るこ

となく　ああ終わらんことを。どうなろうとどこであろうと。時と哀しみと自己と呼ばれるものよ。ああすべて終わらんことを。(『まだもぞもぞ』)[12]

　この嘆きとも祈りとも区別できないこの一節がベケット散文作品の幕引きとなった。この章のなかで読者の興味を引かずにはおかないのが、これまでもそうであったとは言え、それ以上に文法をほとんど無視したかのような独自の統語法とリズムと繰り返しであり、どこまでも音楽に近い響きを実現しているその言語である。誰も使ったことのない、つまりしゃべり言葉でもなく書き言葉でもない音楽に限りなく近いその言語である。ベケット自身がそのことを意識していたことは「語られたものから書かれたものへの不可能な通路」(impossible passage du dit à écrit)という同じノートのメモからも分かる。

　冒頭でも触れたが、最も読者の注意を引くのは、「ああなんと…」という意味ありげな消えた言葉（missing word）であろう。深い内から繰り返し響き、老人を恐怖におののかせた聞き取れない言葉とは何だろうか？ベケットによってかき消された創作ノートの書き込みが手がかりとなるだろう。それは先の「憐れみたまえ」というダンテの叫びと同じ一節にある。

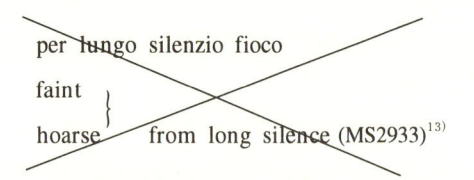

```
　　　per lungo silenzio fioco
　　　faint      ⎫
　　　hoarse     ⎬   from long silence (MS2933)[13]
```

　この "faint from long silence" という言葉を第三部の第一文の後に挿入しようとした形跡がある。これは「鎮静剤」でも引用していた「地獄篇」の第一歌からのものであり、またしてもウェルギリウスの「長い沈黙のためにしわがれたような声」への言及である。ベケットはイタリア語でそらんじることができるほどダンテを愛読していたと言われ、死の床において

もダンテを離さなかったと伝えられるほどである。ここでもベケットはダンテの一節を記憶していたと思われる。(そのせいか原典にある 'parea'(＝seem)という言葉が抜け落ちている。) 'fioco' の英訳も 'faint' 'hoarse' の二つを列記しているところからすれば、誰かの訳を借りたのではないことが推測できる。

　だがベケットはダンテが地獄の入口で出会った敬愛する詩人ウェルギリウスのことを踏まえつつも、それを大きく変奏している。つまりベケットにおいては天国からの使者が老人のさまよえる魂を導きに来ることはなく、老人のもとを訪れたのは長い沈黙の後にしわがれ、しかも終わりまで聞き取れない言葉、自己の内なる他者の声であった。もしベケットが久しく沈黙の世界にいたというウェルギリウスの設定のみならず、ダンテがウェルギリウスに発した言葉の意味内容までも、引用しようとしたと仮定するならば、その消えた言葉は「憐れみたまえ」(miserere di me＝Have mercy upon me!)という言葉を誘うようなものでなければならない。なぜなら『まだもぞもぞ』において言葉を発するのは老人ではなく彼の〈内なる他者＝分身〉の方である。その分身の方が、死の世界の入口でさまよう老人の魂を見て、「長い沈黙の後に」言葉を発するのだ。とすれば、「ああなんとあわれな」(Oh how pitiful/piteous)あたりも考えられるが、あくまでもその言葉は秘められている。[14] しかもそれが同情、憐れみの言葉なのか、ののしりなのか、魂の救済を仄めかすものなのか、拒絶するものなのかは不明である。だからこそ老人の魂は「真の終り」を渇望しつつも「すべて終わらんことを」という嘆きの言葉を吐くしかないのである。これはダーリンら死んだ友人たちだけでなく、むしろベケットが自らに捧げるミゼレーレであり、哀歌、鎮魂歌でもあるだろう。

4　内なる他者の系譜

　ダンテと違って『まだもぞもぞ』において、死の世界の入口で老人を待っ

ていたのは、身震いするような内なる他者の声だった。その他者性とは映画『フィルム』(1965)における分身の他者性と似ており、自己との和解、合一が不可能な存在としてある。遡れば、1960年前後に書かれた短編集『また終わるために』にもそうした表現が繰り返し見いだされる。

　　おれは生まれるまえからおりていた、そうにきまってる、ただ生まれないわけにはいかなかった、それがあいつだった、おれは内側にいた。
　　　（ベケット「遠くに鳥が」[15]）

この短編では「内側にいた」方が主体であり、「生まれないわけにはいかなかった」方が分身であるかのように主客が逆転している。仮に同じ視点で『まだもぞもぞ』を見るならば、「長い沈黙」の後に「ああなんと…」という声を発した「深い内なる声」の主こそ真の主体であり、その彼が自分の分身を見ているという図式も成立しよう。さらに初期の仏語詩「リュテシア競技場」(1937-9)にも「わたしは思わず身震いする、わたしがわたしに追いつくのだ」とある。もっと遡れば、何とこの〈内なる他者〉の系譜は「被昇天」にまでたどりついてしまう。それはベケット最初の批評「ダンテ・・・ブルーノ・ヴィーコ・・ジョイス」と同じ雑誌に掲載されたベケット最初の物語作品(1929)である。
　「叫ぼうと思えば叫べるはずなのに、彼は叫べなかった。屋根裏の道化は悠然とステッキをついて行きつ戻りつしていたし、オルガン弾きは手をポケットに入れてぽかんとすわったままだった。彼は無口であった…」(高橋訳)という書き出しで始まる物語の主人公は、自分の部屋のなかで沈黙していながら恐怖におびえていた。「彼(自己)のなかに監禁されているそいつが脱出するのではないか」と同時に「そいつが脱出できますように」という祈りの間で彼は分裂症的に引き裂かれる。日夜高まる恐怖のなか、一人の女性が彼のもとを訪れる。毎晩、女は現われ、彼を見つめ、彼の生気を吸い取る。彼は恍惚の体験に力尽き「かくして彼は夜な夜な死に、神

となった、夜な夜なよみがえり引き裂かれた。」そして「永遠の光」に飲み込まれることを狂おしく求めるなか、彼は大音響を発し、その響きは「森の吐く息と溶けあい、脈打つ海原のどよめきとまざりあった」という。「駆けつけた人々は、彼の死せる乱れ髪を愛撫している彼女を見いだした」のである。[16]

「被昇天」の訳者高橋康也は『また終わるために』の後書きのなかで、「被昇天」に言及し、「屋根裏」を頭蓋骨、「道化」を主人公の内なる「他者」、すなわち「もう一人の自己」と仮定した上で、ベケットの分裂した自己について論じている。[17]

この仮説は唐突に聞こえるかも知れないが、きわめて刺激的な「被昇天」の読解である。それに限らずたとえば「誕生は彼の死だった」(『モノローグ一片』)というような台詞もこの視点から読めるのである。そして『伴侶』の語り手についても。その視点は先に論じたように『まだもぞもぞ』にも有効であるように思える。つまり、『まだもぞもぞ』の「深い内からの」声の主こそ「屋根裏の道化」の約60年後の姿というか姿なき声なのである。

5　永遠回帰の願望

「被昇天」においては、自らの存在を否定、抹消しようとする意図が「永遠の光のなかに不可逆的に飲みこまれること」という願望で表現されている。さらにそのイメージをベケットが「鳥もいない、雲もない、色もない空と合体して、終わりなき本望成就に到達することを、狂おしく求めた」とも補足している。この何もない「空」が何を意味しているのか分からないが、このイメージはベケットの後のテクストに繰り返し現われることになる。1932年の『トランジション』3月号(21巻)に掲載された「沈思静座のうちに」(後に『並には勝る女たちの夢』に所収[18])、さらに1936年に完成した『マーフィー』[19]といった初期作品でも関連したイメージが反復

されている。『並には勝る女たちの夢』での「鳥も雲も色も無い空」という表現が「一と無限」(唯一者、無限者)として言い換えられていることからすれば、この〈何もない空〉のイメージとはキリスト教的神=絶対者のメタファーであると言えるだろう。さらに『マーフィー』における「便宜的に、〈無〉と呼ばれる〈唯一者〉」という表現からも推測されるように「無限」「無」「唯一者」といった言葉がすべて「絶対者」=神を示しており、それらと一体になる願望が「被昇天」を始めとするこれら初期の作品群に見られるのである。

　面白いことに最後の短編『まだもぞもぞ』にもその残骸らしきイメージが盛り込まれている。先に見た「そこでただ地上高く立ち曇った窓から雲のない空を見ていたものだった。やつが思いだすことができたのはどんな光ともちがうあのあわい変わらぬ光、昼がようやく夜につぎ夜がようやく昼についでいった昼と夜の日々。」というくだりである。『まだもぞもぞ』の「雲のない空」、「どんな光ともちがうあのあわい変わらぬ光」と初期作品における「鳥もいない、雲もない、色もない空」のイメージ表象が60年の歳月の隔りにもかかわらず連続していることに気がつくだろう。ただ「被昇天」ではベアトリーチェならぬ一人の若い女がこの世とも思えない世界から訪れ、男の苦悩を爆発死により解放してやったが、『まだもぞもぞ』においては救済は最後まで拒まれている。それは先送りされているのかも知れないが、老人にとっては身震いするような自己の内なる他者との対峙が最後に待っていて、救いのなさが強調されている。

　「被昇天」において「創造的な芸術家はある意味で奇術師でなければならぬ」と記したベケットは、安易な救済は拒んでいるにしても、芸術による救済は拒んでいないようである。それは最後の作品であることを決意して書かれた『まだもぞもぞ』のテクストデータが示唆している。三部構成のそれぞれの文は、第一部90、第二部20、第三部10で計120の文からなる。しかも興味深いことに題名、作者名を含めた語数は1906となり、ベケット

の生まれた年に一致する。[20]「誕生は彼の死だった」(『モノローグ一片』)と言い、「終りは初めのうちにある」(『勝負の終わり』)とも言うベケットは数遊びによって己の最後を最初に結びつけた。高橋康也の言う「ウロボロス」である。[21] 形式的にはベケットの円環はこれで閉じられる。だがベケットはそれでも前進を続けるというのだろうか。『まだもぞもぞ』の第三章を書き終えた後のノートの余白には「行き果てよ」という命令文で始まる六行の詩「あさき夢」("Brief Dream") と題する詩が書きつけられている。[22] さらに他者の系譜は『まだもぞもぞ』の後にベケットが病気に倒れた中で書かれた最後の詩、「なんと言えば」[23]にも続くのである。

つまりベケットがこだわり続けた〈内なる他者〉は和解することもなく、正体が判明することもなく、最後まで他者であり続けた。というよりもそれは自己と他者の区別を根底から揺さぶる存在であり続けたという方が近いかも知れない。この表現不可能性（名付けえぬもの）の探求こそ、あらゆる表現形式や表現媒体を超えてベケット文学を貫く終始変わらぬ主題であった。そして初期作品に見られた究極の他者としての神との一体化の願望は、『まだもぞもぞ』においては「曇った窓から雲のない空」を見ていたという表現のなかに残滓としてあるものの、それはすでに忘れ去られた記憶として表現されている。その忘却の彼方にある〈神〉と老人を恐怖におののかせる〈内なる他者〉の関係については、ベケットは黙して語らないが、何らかの関係性を想定していたのもと考えられる。

注

1) James Knowlson, *Damned to Fame: The Life of Samuel Beckett,* London: Bloomsbury, 1996, 697（筆者訳）. タイトルの "Stirrings Still" という表現はベケットは『伴侶』においても使っているし、『しあわせな日々』にも *"Still stirrings to be still"* というように見られる。静止する前の微かな震えやもがきを意図した表現であろう。作者自らによるフランス語訳は *"soubresauts"* であり、最後の震え、跳躍の意である。

2) *Stirrings Still* の部分訳はすべて筆者による。なお、本論校正中、*Stirrings*

Still の邦訳が「なおのうごめき」として出版されている。(『いざ最悪の方へ』所収、長島確訳、書肆山田、1999年)

3) 森尚也、作品解題『まだもぞもぞ』、高橋康也監修『ベケット大全』、白水社、1999, 261頁。

4) ベケットがダーリーの死を詠った「A・D・の死」と題するフランス語詩には次のような一節が見られる。

　　身をかがめ　死にゆく時間の告白を聴く
　　わたしは彼と同じものであった　彼がしたことをわたしはした
　　わたしの告白　昨日死んだわたしの友の告白を
　　輝く目　飢え　髭のなかであえぐ口
　　聖者列伝をむさぼり食い　一日に一つの生涯
　　夜の闇に　暗い罪業をふたたび生きて
　　死んだのは昨日　そのときわたしは生きていた
　　そしてここにいる　許しがたい時間の罪を
　　　ベケット「A・D・の死」、『詩・評論・小品』、高橋康也訳、白水社、1972年、84-85頁。

5) 「アーサー・ダーリー」の綴りは Arthur Darley であったが、ベケットは『まだもぞもぞ』の中では "Darly" としている。これが綴りの間違いではないことは草稿の推敲の過程で "Darley" の "e" を削っていることからも明らかである (MS2933)。

6) 「石の上に坐りて」("Ich saz ûf eime steine")

石の上に坐りて／脛に脛をかさね／膝に肘を置き／あごと片頬を／掌につつみこむ。暗澹、荒涼たる思い／いかに生くべきか／その答えを知らぬ。(部分訳筆者)

(ヴァルター・フォン・デア・フォーゲルヴァイデ像)

7) かりそめのさようならのかずかずをいま贖え
　　もはや陸に用のないきみ
　　きみの手に布片をなびかせて
　　そしてきみの目の上でガラスを曇らせることもなく

ベケット「ヤガテ夜明ケトナリヌ」、ベケット『詩・評論・小品』、高橋康也訳、54頁。ちなみにベケットが他界する直前の1991年12月9日にアイルランドのジョン・モンタギューの仕事を兼ねた見舞いの際、ベケットが震える手で書いた最後の詩がやはりこの詩であった。

8) *Stirrings Still* の冒頭の英文はこうである。"One night as he sat at this table head on hands he saw himself rise and go." Samuel Beckett, *The Complete Short Prose: 1929-89*. Ed. S. E. Gontarski, New York: Grove Press, 1995, 259.

I will arise and go now, for always night and day
I hear lake water lapping with low sounds by the shore;
While I stand on the roadway, or on the pavements grey,
I hear it in the deep heart's core
　W. B. Yeats, "The Lake Isle Of Innisfree," Enoch Brater, *The Drama in the Text: Beckett's Late Fiction,* New York: Oxford UP, 1994, 148-9.

　I will arise and go to my father, and will say unto him, Father, I have sinned against heaven, . . . (Luke,15).

9) 以下の二つのシェイクスピアのソネットである。(MS2933)
Sonnet 114, Let me not to the marriage of true minds...
Sonnet 71, No longer mourn for me when I am dead...

10) "long last period. To his ears too throughout this after life a clock afar striking the hours and half hours. Its strokes now clear as if carried by a wind & now faint in the still air. Cries too now faint now clear." (Reading University Library, MS2935/1).

11) ベケット『短編集』、高橋訳、白水社、1972、39-40頁。原文は以下の通り。
". . . I resolved to speak to him. So I marshalled the words and opened my mouth, thinking I would hear them. But all I heard was a kind of rattle, unintelligible even to me who knew what was intended. But it was nothing, mere speechlessness due to long silence, as in the wood that darkens the mouth of hell, do you remember, I only just." ("The Calmative," *Samuel Beckett: The Complete Short Prose, 1929-89*).

12) OEDによればこの「おたけび」(the hubbub)とはきわめてアイルランド的

101

な語彙である。古代アイルランド人の鬨(とき)の声である abu! に起源をもち、ゲール語で嫌悪や不平を意味する間投詞（ub! ub! ubub!）に由来するという。もっともアイルランドから遠いところを目指したとも言えるこの「ケルトの末裔」が、こうした語彙を最後と自覚した作品に盛り込むのは興味深い。

13) Mentre ch'i' rovinava in basso loco,
　　　dinanzi a li occhi mi si fu offerto
　　　chi per lungo silenzio parea fioco.
　　　Quando vidi costui nel gran diserto,
　　　〈Miserere di me〉gridai a lui,
　　　〈qual che tu sii, od ombra od omo certo!〉

　　Dante Alighieri, *La Divina Commedia*. Ed. Natalino Sapegno, Firenze: La Nuova Italia, 1987. "Inferno," Canto 1, 61-66.

　　（英訳）
　　　While to the lower space with backward step
　　　I fell, my ken discern'd the form of one
　　　Whose voice see'd faint through long disuse of speech.
　　　When him in that great desert I espeid,
　　　"Have mercy on me," cried I out aloud,
　　　"Spirit! or living man! whate'er thou be,"

　　The Divine Comedy. Trans. Francis Cary, London: International Publishing GmbH, Munchen, 1988.

　さらにベケットのダンテへのオマージュは同時にイェイツへと接続されているかも知れない。「長い沈黙」という言葉がイェイツの "After Long Silence" という詩とも響き合うかも知れない。

　　　Speech after long silence; it is right
　　　All other lovers being estranged or dead,
　　　Unfriendly lamplight hid under its shade,
　　　The curtains drawn upon unfriendly night,
　　　That we descant and yet again descant
　　　Upon the supreme theme of Art and Song:
　　　Bodily decrepitude is wisdom; young
　　　We loved each other and were ignorant.

W. B. Yeats, "After Long Silence," from *Words for Music Perhaps. Yeats's Poems.* Ed. by A. Norman Jeffarres. Dublin: Gill & Mcmillan, 1989, 380.

14) 筆者はかつてこの「消えた言葉」について「ああなんとあわれな」(Oh how piteous) と特定しようと試みたが、「花」は秘められたところにあるとすれば、それは無用な詮索である。Naoya Mori, "Beckett's Brief Dream: Dante in *Mal vu mal dit* and *Stirrings Still*," *International Aspects of Irish Literature*, Gerrards Cross: Colin Smythe, 1996, 283-91. 草稿には「一音節の言葉」（可能性としては sad, bad, end なども考えられよう）という表現もあるものの、あくまでその言葉自体は秘められている。

15) ベケット『また終わるために』、高橋康也、宇野邦一訳、書肆山田、1997、39頁。

16) ベケット「被昇天」、『詩・評論・小品』、高橋康也訳、255-261頁。

17) 高橋康也「『また終わるために』のために」、『また終わるために』、203頁。

18) 糸杉の暗い炎で暗い
　　乱れた魂のなかで、僕はついに
　　確かめる、僕には全体性も
　　完全性も究極的達成もない

　　僕が彼女の悲しい有限な本質の
　　白熱のなかに溶けこんで
　　何者も僕たちを引き裂けなくなる以外には
　　そのとき僕たちはついに完全で、永遠に、絶対的に一つだ

　　鳥も雲も色もない空と一つ
　　(One with the birdless, cloudless, colourless skies,)
　　炎の明るい純粋さと一つ
　　僕たちはそれらからできているし
　　それらのために歓喜にみちた奇妙な死を迎えて永遠に生きるのだ

　　星が一直線に連なったようにまばゆく輝き
　　一と無限に結合するのだ！(Conjoined in the One and in the Infinite!)
　（ベケット『並には勝る女たちの夢』、田尻芳樹訳、白水社、1995、85-6頁。）

19)「マーフィーはなにも見えなくなりはじめ、生誕以来のかくもまれな思い

もかけぬ喜びとしての無色性(colourlessness)は、《感知すること》の不在ではなく《感知されること》の不在であった。彼の他の諸感覚も平和の状態にあって、この予期せざる悦楽にひたっていた。感覚そのものの中絶による麻痺した平和ではなく、なにものかが《無》に屈伏するか、あるいは単に《無》に付け加えられたときに生じるしろものであった。時間が静止したわけではなかった、まさかそんな途方もないことを要求するわけにはいかなかった、だが巡回と休息の歯車は停止し、軍隊の間に頭をつっこんだマーフィーは、ひからびた魂の後部一面から、偶有性のない《唯一無二のもの》、便宜上《無》と呼ばれているもの(One-and-Only conveniently called Nothing)を吸い取り続けていた。」ベケット、『マーフィー』、川口喬一訳、白水社、1972、251-2頁。

20) 1989年3月3日付けのガーディアン紙に掲載された *Stirrings Still* については、テクスト自体に誤植もいくつかあり、それをもとにしていた筆者の考察(Naoya Mori, "Beckett's Brief Dream")は若干訂正しなければならない。本稿ではその後出版された次のテクストをもとにデータを抽出している。

Samuel Beckett: *The Complete Short Prose, 1929-89.* Ed. S. E. Gontarski, New York: Grove Press, 1995.

21) 高橋康也『ウロボロス――文学的想像力の系譜』、晶文社、1980。

22) Go end there
　　One fine day
　　where never till then
　　till as much as to say
　　no matter where
　　no matter when (RUL. MS2933, "BRIEF DREAM")

23) Samuel Beckett, *Comment dire,* Paris: Librairie Compagnie, 1989.

6　ダヴラ・マーフィの『離れた場所』に見られる北アイルランドのカトリックとプロテスタント

ラルフ・ボスマン（池田寛子訳）

　この本のために誰か私の好きなアイルランドの作家について書くように頼まれ、私は五分もたたないうちにダヴラ・マーフィを選んだ。私に彼女の作品を紹介してくれた友人とは北アイルランドの状況について議論していたのだが、この地域をよりよく理解できるようになったのはその友人のおかげである。
　幸いにもマーフィさんはまだ我々と共に生きている。（だから私は彼女を単に「マーフィ（Murphy）」ではなく「マーフィさん（Ms Murphy）」と呼ぶことにする。）そして私はこれを失礼に当たらないように書く必要があると思っている。このことは難しくないだろう、なぜなら私は彼女のどの本を読んでも否定的な印象を抱いたことは一度もないのだから。この分野では初心者なので、私には何が「文学」で何がそうでないかの判断を下すだけの用意はない。マーフィさんの『離れた場所』が1978年にクリストファー・イーワート・ビッグズ記念賞（Christopher Ewart-Biggs Memorial Prize）を、1975年にアメリカン・アイリッシュ財団文学賞（American Irish Foundation's Literary Award）を獲得したこと、彼女の本がペンギン社をはじめとする定評のある出版社から出ていることを言えば十分だろう。そして何よりも作品の文学的価値はそれが読者にどれだけ深い喜びを与えるかで量るべきだと私は思うし、この作品の場合、私が得た喜びはたいへん大きなものなのだ。

北アイルランドで紛争が再発し始めた頃私は十代の始めで、最初はそれが一体何を意味しているのか理解できなかった。それ以来私は、その根底にあるのが宗教なのか政治なのか両方が絡んでいるのかについての議論を聞いてきた。最初私が『離れた場所』を手にした時、私は北アイルランドが邪悪な英国帝国主義の最後のとりでの一つであるという見方をとって、なぜこの土地は独立できないのだろう、ケニアなどはできたのに、と思い始めた。私は宗教を抗争の基盤ではなく触媒であるとみなしていた。

　マーフィさんによれば、紛争が何についてのものかを直接その目で確かめようと決意するまで、彼女は私と同様無知だったそうだ。[1] 彼女が「北」[2]を訪れた結果、宗教、政治、社会一般などについてのさまざまの観点がおりなす魅力あふれる万華鏡ができた。質問にはただ一つの正答があるという条件で歴史のような科目を教えることが正しいと思っている教育者にとってこれは衝撃ではないだろうか。日本を含めどこでもそんな人は多い。

　私にとってマーフィさんは、「いかなる種類の偏見も持っていない作家」として知られてきた。ほんの束の間にせよ偏見を抱いたとて不思議はないかもしれないが、間違いなくどの作品をとっても彼女の偏見を発見するのは難しい。『輪の中にある輪』(*Wheels within Wheels*)[3]は、彼女が生まれてからの三十年間を自伝的に追ったもので、そこにその理由のひとつが見つかる。八歳のダヴラは彼女の母親の友人の一人がプロテスタントの店で買い物するのを拒否したという話を聞いてショックを受ける。「そんなばかな！　お店の宗教がどうして問題になるの。」彼女の母親はこう答えた。「全然ならないわ、でもたくさんのアイルランド人はなると思っているの。」翌日ダヴラはその問題をさらに深く考えた。「なぜ人々に偏見をもたないようにと誰かが教えられないのだろう。」[4]さまざまな形をとった偏見が後に「アイルランドだけの正気でない第四世界」[5]と彼女に言わせるまでになった。

　マーフィさんは語る。「怒りに満ちた嫌悪感が私を圧倒するのを感じた。

それはおそらく、正統とされる宗教からの私の最初の離脱の一歩であった。」[6]『輪の中にある輪』と『離れた場所』の両方で彼女はさらに（同じ言葉で）ローマカトリック教会から次第に離れていったことを説明する。彼女が示す理由はさまざまで、時折彼女は決別は完全なものではないとほのめかす。（これが最もよく分かるのは彼女がイアン・ペイズリ（Ian Paisley）[7]との出会いを経験した後である。）「どの宗派の聖職者たちとも、隣りの修道院の修道女たちともうまくやっている。」[8]とも彼女は言う。マーフィさんは「既成の宗教」と距離を置くという決意をしているので、さまざまな「神に仕える人達」に率直な姿勢で接することがずっと簡単なのだという印象をこの作品で一度ならず受ける。彼女は「神に仕える人達」には丸々一章を費やしている。[9]マーフィさんが二十代の頃は、彼女によればアイルランドでもそのほかの国でも、そのような態度が取れることはまれであったそうだ。人々が逸脱することを恐れ、恥じたからだという。今日1999年において逸脱はよくあることだが、その多くは完全ではない。悲しいことだが、周縁へと向かってそっと歩いている仲間を引きずり戻せと信者たちに促すような種類の狂信の存在は、事実上すべての宗教において相変わらず共通なのだ。

　『離れた場所』を読んだことのない人のため、そこに描かれる旅の簡単な説明をしておく。マーフィさんはウォーターフォード（Waterford）のリズモア（Lismore）から北アイルランドへとたった一年ほどの間に四度出向いた。忠実な自転車「ロズ（Roz）」に乗って1976年の夏から秋にかけて二度、翌年の冬に一度、それから同じ年の七月に「十二日記念日（The Twalfth）」[10]を直接に体験しようともう一度。[11] 彼女はすべての時間をそこに住む人々と話すのに費やした。カトリックとプロテスタント、若者と老人、男性と女性、そしてあらゆる地位職業の人々と。もとからそうだったのだが、当然ながら彼女はどちらを敵とする立場も取れなくなった。いずれにせよ、政治に関わっているわけではないのだから彼女も我々も誰かと敵対する必要などない。もっと的確に言うと、マーフィさんは北アイルランドの人々

を人として個人として、我々の注意を引く個々の事情を抱えた個人として見ることができるように導いてくれる。我々の中にはそういう助けが必要な人たちがいるし、あえて言えば私もその一人だ。いわゆる「ふつうの」カトリックやプロテスタント（アイルランド教会、[12] 長老派、その他）だけでなく、マーフィさんは両側のありとあらゆる闘争グループのメンバーたちと会った。アイルランド共和国軍（ＩＲＡ）とその分派の数々、アルスター防衛同盟（ＵＤＡ）、[13] まだまだ挙げられる。どちらに加担するわけでもないのだが、彼女は英国軍が北アイルランドであまり役に立っていないと考え、兵士たちでなく「軍事官僚たち」を責める。[14]

『離れた場所』における試みは、北アイルランドでの抗争が政治的なものか宗教的なものか決めることではない。正しいのはカトリックかプロテスタントか、代々そこに住むアイルランド人かイギリスからの移住者か、そんなことを判断することでもない。その四つの「タイプ」その他のそれぞれが持つ観点を吟味しているだけである。（多くの人達の言葉が引用され、もちろんのことそれぞれ自分たちが正しいのだと主張する。）このため当然起こってくるのは、マーフィさんも人なので、しばしばあるグループについての考えを変えてしまうことだ。いつもちょうど会ったばかりの人から、（通常おだやかな）影響を受けている。この方がいい。これは紀行文では単に普通のことだ。「どちらかに加担する」必要などない。

マーフィさんはいくつかの組織に対して妥協のない姿勢をとり続けているが「南の」カトリック教会はその一つである。[15] もっと厳密にいうとこの司教に対してであり、彼女は彼等が「北の悲劇に対してひどい無神経さ」を見せているとし、さらには「ローマ法皇よりいっそうカトリック的であるという評判に値する。」[16] と言う。（この文脈でいくとプロテスタントは「よほど筋が通っている。」[17] ということになる。）彼女の批判の矛先は神父たちには向けられない。多くの神父に対しては褒め言葉を連ねる。間違いなく彼女が信じているのは、神父たちは自分たちが時折皮肉っぽく言及されるのを気にはしないだろうということで、おそらくそう信じて正解なの

だ。[18] 彼女の批判は教会の教えのうちのいくつか特定の側面にまで向かう。とりわけ1909年のネ・テメレ法令（Ne Temere decree）（ほとんど全ての人にとって幸せなように、以来これは修正を見ている。）[19] をはじめ避妊や婚外交渉のような問題に対し絶えずローマ法皇庁に従う立場を取り続けていることに批判が向けられる。こういった理由で彼女は「私はカトリック教が視野を広げるような影響を持つと考えることに慣れていない。」と述べる。[20]

お話ししたようにマーフィさんは神父たちに関しては褒めることがたくさんある。（そのうちの幾人かは今では司教になったが。）彼女の指摘によれば、カトリックの聖職者はプロテスタントの聖職者と違ってプロテスタントの聖職者たちを人間として非難することはしない。（このあとすぐにイングランドのヒースフィールド（Heathfield）の教区司祭がプロテスタントの聖職者を「我々のカトリックでない友人たち」として言及した。少し後で彼女は、カトリック教徒は俗人でさえ個々のプロテスタント教徒のみならずプロテスタント教会そのものを批判することはない［下線はマーフィさん］と書いている。）[21] 彼女の結論は、偏見が関わってくるところでは、あらゆる評判（評判と言えるかは疑わしいが）はプロテスタントのもとに、もっと厳密には長老派のプロテスタントへと向かうというものだ。我々はいくつかの驚くような例にお目にかかる。「数ある恐ろしいものの中でも」よりによってローマカトリック教会の修道女にフランス話会話の試験をされるくらいならと試験の場所から逃げ出した小学生。慈善活動のために自分の美しい庭を一般公開し、「主日」である日曜日にそのような娯楽を提供したとして長老派から非難された英国国教会の女性。ペイズリの持ついくつかの教会で（そしてほんの数年前には偶然ルルド［Lourdes］でも）見られた、女性がズボンをはくと即時に罪とみなされるような奇妙な時代錯誤。[22]

いうまでもなく最高潮に達するのはマーフィさんが「その人が現われれば見まがいようもないような邪悪な権力者の一人を見つけた」時で、[23] それは「いわゆる議員イアン・ペイズリ（Ian Paisley）師」[24] の行う礼拝に参

109

列していた折であった。「キリスト教会礼拝の恐るべき戯画の全貌」[25]に「取らねばならぬメモ」[26]を書きつける手のふるえさえ読者には感じられよう。ペイズリは「正真正銘の悪」「悪魔的」「発狂した」[27]と描写され、彼は会衆に「善良なプロテスタントは暴力に従事すべきだ」と思わせようとし、その理由の一つは「キリストは暴力を使う方であり…やわで女々しい感傷家ではなかった」[28]からだと訴えていた。興味深いことにマーフィさんはペイズリの「我々の戦いの相手は組織ではない、それを支持する人々なのだ！」[29]という宣言に対してその時は何のコメントもしないが、別のところで彼女はカトリックの聖職者はこれとまったく正反対のことを言う傾向があると述べている。[30]

　しかしマーフィさんは多くのプロテスタントのことを良く言っているし、それも生き生きと真に迫った書きぶりだ。いわゆる「いい生活」というものが大好きな私のような人間にとって極度にプロテスタント的な生活の仕方は受け入れ難い。マーフィさんは多くの点で私と同意見なのだが、ある時自らをたしなめて言うには、「私は自分が個人的な偏見に左右されることを許してはならない。」[31]

　こんな人達が登場する。「マーフィという名の南の人間を心の底から手助けしたいと思っている」片目の男。「偏見を持たない」プロテスタント「ジョージ」、「こんな人にはよく会うが話題にされることはほとんどない男。」さらには三人の「プロテスタントらしい顔をした昔ながらの長老派たち」、マーフィさんが大好きになった連中。[32]時にはオレンジ会のメンバーさえ肯定的にとらえられる。不幸にも挑発的な七月中旬の祭りの文化としての魅力はさておき、[33]（この本にはこの祭りの素晴らしい描写がある）、オレンジ会員たち（Orangemen）は集団的に真面目で法に忠実な市民としてとらえられ、結局のところ「北アイルランドは権利上ユニオニスト（Unionist）の祖国である」[34]ことや、「少数者としての不安」[35]は当然であるという点でもっともな言い分のある市民だとされる。「私が北アイルランドを去る頃には、最も仲の良い友人の何人かはオレンジ会員だった。」とマ

ーフィさんは書いている。[36)] しかしオレンジイズム（Orangeism）それ自体を賛えているわけではない。「最も洗練を欠いたプロテスタンティズム」[37)]なのである。さまざまなゲットーにいる人々も含めてほとんどの北のプロテスタントたちは、概して「ゲットーのカトリックたちにはない法と秩序への生来の敬意をもっている」様子である。[38)]

それにもかかわらず、マーフィさんは組織としてのオレンジ会にはきわめて批判的であり、これは単にその興ざめな態度のせいだけではない。デリーでは彼女は「重苦しいオレンジの雲」[39)]からの解放感を描き、後にベルファストではオレンジ会を「公共の脅威」[40)]と呼ぶ。『離れた場所』に満ちているのは、「テイグ（Taig）たち」[41)]に対してオレンジ会員が浴びせる敵意に満ちた発言の数々で、その中には本当にぞっとするような歌もある。[42)] マーフィさんは自分たちの会に属さない人を全て敵とみなすオレンジ会員（女性についての話はない）の姿を浮き彫りにする。（これは集合的に見た話で、個人としてのオレンジ会員はその卓越したもてなしの精神においてどのアイルランド人にも匹敵する。）ありとあらゆるところに敵意と敵の存在がある。おそらくもっと忌まわしいのはオレンジ会執行部とその他一般の会員たちの間に真の結びつきが存在しないという彼女の発見だろう。どちらかが敵に歩み寄るような姿勢を見せると、もう一方は直ちに反発する。[43)]

どの旅人も好き嫌いを言う余地はない、食べ物であれ、人々であれ、もちろん宗教についても。マーフィさんのプロテスタントとカトリック対称画は、彼女自身の次の言葉で要約できる。

> 私にとってプロテスタンティズムは勤勉、真面目、熱心、正直で、簡素な身なりをしたいくぶん陰気な自作農のように思える。他方カトリシズムのほうは傲慢、無慈悲、明敏で、洗練された格好のよい貴族で、持ち逃げするのに慣れている。なぜならそうする権利があると疑わないからだ。当然ながら健全な農民を尊敬するが、だらしない貴族のほ

うはずっと魅力的で興味をそそる。[44]

　内向的な旅人は本当の旅人ではない。マーフィさんはこの本とその他の多くの本において私たちに旅の最中は目と心を開きなさいと教えてきた。自由主義的なカトリックの家庭に育ったということが、彼女をより望ましい旅人にしたのだろうという印象も受ける。また、宗教的タブーであろうと楽しいものは当然楽しむべきだという主張がこの本の少なからぬ魅力の側面である。だからアルコールを飲む楽しさに何度か言及してもあるし（もっと多くの女性に会えるようにと「禁欲的」にお茶を飲むことはそんなに悪くない次善策、とマーフィさんは愛敬のある判断もしている。）[45] 生真面目なオレンジ会員たちは賛成しないであろうユーモアあふれる余談もある。これらの上出来なものの中から二つを披露しよう。

　　プロテスタント教徒がカトリック教徒の病気の牛に薬を持ってきた。カトリック教徒はプロテスタント教徒の壊れたトラクターのために予備の部品を一つ持ってきた。[46]

　　ベルファストでは長いこと憂鬱でいることはできない。かなり気が滅入っていたある午後のこと、私が角を曲がって切り妻屋根の端に見たのは「法皇お断り」という見慣れたサイン。その下には別の色のペンキで「年老いた法皇にとって幸運なことだ。」[47]

　世慣れぬ旅人へのもう一つの忠告にも注意を向けてみよう。なんとか巧妙に隠してはあるが、オレンジ会員なら嫌悪感を抱くであろうことは保証できる。マーフィさんいわく「1690年以来世界は少し前進した。」古いものがすっかり消え去ってしまう必要はないが、近代は歓迎だというのである。[48]（この特定の言葉は世界中で男性より女性により熱心に歓迎されるだろうと思わずにはいられない。）この本のまさに最後の部分でマーフィさんはこ

の点をさらに強く押し進める。「伝統的なもの」を批判し「新しいもの」を賞揚するのだ。[49]

　男性と女性といえば、この論を準備しながら私は男性の現地調査者でも同じ結果が得られただろうかとしばしば自問した。(全ての本は違うのだからこんな質問にはおそらく答えられないが。) もちろんこの質問には同じ結果が得られたと答えたいものだ。性差には関係がないのだ、と。しかし同時にアシュリー・モンタギュ (Ashley Montagu) の有名な言葉を思い出さずにはいられない。「女性は人類を愛する。だがたいてい男性は人類と敵対しているかのようにふるまう。」[50] ほとんどの人はモンタギュの言葉は大げさだと思うだろう。しかし私はマーフィさんの作品を読んでいるとあの言葉を幾度も幾度も思い出す。後の作品『エグバート号と共にカメルーンを巡る』 (Cameroon with Egbert)[51] においてマーフィさんは多くのカメルーン人は彼女が男だと確信していたと書いている。しかしどの本においても目にするものに対する彼女の反応は明らかに女性のものである。世界中の多くの男たちが死に物狂いで権力、威光、「面子」にすがっているように見える一方で (女性の間でははるかに珍しい傾向だ) マーフィさんはそのようなものを守る必要を少しも見せない。だからマーフィさんと彼女が出会う全ての人々との間にはずっと冷静で、それゆえ心温まる交流がある。彼女を通して我々もその人達と同じような交流ができる。

　これを書きながら、私はマーフィさんの北アイルランド問題に対する解決案を示すつもりはなかった。(1999年の今となってそんなことをしても役に立たない、『離れた場所』は1978年に出版されているのだから。) またその状況の彼女の評価を吟味しようともしなかった。(そんなことをしたら当然マーフィさんは侮辱されたと感じるだろう。) 私が示したかったのはあらゆる側面、良い面、悪い面、両方の入り交じった面から人々を見ることによって、マーフィさんが一つの問題をどのように見ているかということである。これは世界中、文学においてだけでなく社会でも行われているべきなのだが、それほど行われていない。マーフィさんがさまざまなメディアが私たちに

思い込ませているよりもずっと魅力ある場所として北アイルランドを描くことに成功しているのは何よりもこの態度の故である。「北アイルランド人には人を病みつきにさせるようなところがある。」[52]とマーフィさんは結論づけるが、北アイルランド人を描くこの本にも同じことが言えるように思えるのだ。

注

1）『離れた場所』（*A Place Apart*）p. 11. 以下 APA として表わす。ページ数はペンギン版による。
2）pp. 44-49 で用語を扱っている。（これは非常に複雑である。マーフィさんの選択では、「北」は北アイルランド、「南」はアイルランドのその他の地域をさす。）
3）（訳注）輪の意味の一つとしてマーフィさんの自転車の車輪があげられるという。
4）『輪の中にある輪』（*Wheels within Wheels*）pp. 56-7. 以下 WWW として表わす。ページ数はペンギン版による。
5）APA, p. 20.
6）WWW, p. 56.
7）（訳注）北アイルランドの強硬なユニオニスト。
8）WWW, p. 185. APA, p. 25. さらに p. 26 でマーフィさんが言うには、「私はあらゆる偉大な宗教に、また我慢し難いような少し風変わりな宗教にさえ、深い敬意を抱いている。」
9）APA, 第五章。
10）APA, p. 16.「英語の執筆者がこのような言い回しを使うとステージアイリッシュ的であると非難されることがあるが、その批判は間違っている。」とマーフィさんは書いている。APA にはアイルランド的な発音を反映した綴りがいたるところにある。
11）（訳注）七月十二日は北アイルランドのプロテスタントたちが1690年のオレンジ公ウィリアムの勝利を祝う日。オレンジ会はこれと関係する武装集団。
12）（訳注）アイルランドにおける英国国教会。
13）Ulster Defence Association. プロテスタント側の武装集団の一つ。
14）批判は直接的なものではなく暗示になっている。APA, p. 233.

15) 注2参照。
16) APA, p. 104.
17) APA, p. 114.
18) 少なくともこのうちの二つは引用の価値あり。「私があるプロボの指導者を訪ねた時、ドアを開けたのはそこの教区司祭であった。しかしこのプロボは極端な無神論者であった。この教区司祭は彼の魂を悪魔から取り戻すために来ているのだと寛大に受けとめることもできよう。」(APA, p. 107.)「教区司祭の家政婦が主人のためにスパイを働いていた。もし何かあればこの司祭はローマ教会の名のもとにたちどころに恐ろしい秘密の罰を加えるのだ。」(APA, p. 174.) (訳注) プロボとはＩＲＡ暫定派 (provisional) のことで、ひたすら南北統一を主張して正統派 (official) から分裂した。
19) ネ・テメレ法令によると、カトリック教徒がプロテスタント教徒と結婚するためには、双方がその結婚により生まれた子供たちをカトリックとして育てるという神聖な誓いをたてねばならなかった。
20) APA, p. 112.
21) 聖職者について APA, p. 109 参照。聖職者でない信者については p. 111.「法皇」という名をつけたフットボールを蹴り回すというオレンジ会の習慣について p. 101 に言及があり、カトリック教徒たちは「エリザベス女王」という名のフットボールで同じようなことをするほど自分たちを堕落させない、とマーフィさんは指摘する。p. 111 にはエキュメニズム (Ecumenism) (カトリック教会とプロテスタント教会の親善回復) について述べた個所があり、カトリックの聖職者はそれに反対しているようではなかった、と述べる。実際反対者はいるのだが、おそらくアイルランドではない。ここに登場するヒースフィールドの司祭とはジョン・ギレスピィ師のことで、1970年代の始め私は喜ばしくも彼の教会の信者の一人であった。
22) フランス語の口述試験について APA, p. 114 参照。庭については p. 109. 庭を訪れた人々は「罪に溺れている」と責められたようだ。ズボンについては p. 170 を参照。「ご婦人方」はズボンをはかないものという考えは、まったく別の文脈、異なった意味合いで APA の別のところにも出てくる。以下の二行は p. 19 からの引用。

　　若い女性：言葉に気をつけなさい、婦人の前よ。
　　老人：ここにはご婦人なんていねぇ、ズボンをはいた粗野な女がいるだけさ。

女性がスカートをはくことを奨励する掲示はつい最近、1972年までルルドにあった。その掲示物が今もそこにあるのか、それともパンツスーツは今では許容されているのか私は知らない。

23) APA, p. 156.
24) APA, p. 148. ペイズリにさえ褒めるべきところがあると分かる。彼はよく働くといって評判なのだ。(p. 161.)
25) APA, p. 160.
26) 同上。
27) APA, pp. 157, 159, 160.
28) APA, p. 158.
29) 同上。
30) APA, p. 109.
31) APA, pp. 105, 106. 長老派が禁じるにもかかわらず、ここでマーフィさんは自分が日曜日に一パイント飲む権利の正当性を主張する。面白いことに、従来からカトリック教会は決して節制の必要がないのは日曜日であると教えてきた。
32) 片目の男について APA, p. 147 参照。ジョージについては p. 174. 三人の長老派たちについては p. 70.
33) マーフィさんは「ヨーロッパ屈指の民族祭」と呼ばれてきたこの祭の詳細に十分立ち入る余地がないのを残念がり、オレンジ会が政治的勢力として崩壊しても、この祭りが民族の伝統として同じ道をたどらないようにと願っている。(pp. 288, 291.)
34) APA, p. 59.
35) APA, p. 105.
36) APA, p. 100.
37) 同上。
38) APA, p. 146.
39) APA, p. 98.
40) APA, p. 116.
41) (訳注) ローマカトリック教徒に対する蔑称。
42) APA, p. 117. それらの歌の一つには「テイグにお目にかかるなら、背中を銃弾で射抜かれている奴が一番」という一行が見受けられる。

116

43) オレンジ会の聖職者が自ら進んで行動すると、いかに自分たちの信徒を怒らせるようなことをするかという例がでてくる。APA, p. 111 参照。
44) APA, p. 100. さらに前の部分では p. 70. これらのページでマーフィさんはプロテスタントとカトリックをいかにして顔つきで見分けようとしたかを語る。カトリック教徒の顔は「よりユーモアがあり、より幸せそうだが、より規制されていない」と描写される。
45) APA, p. 69.
46) APA, p. 64.
47) APA, p. 163.
48) APA, p. 116.
49) APA, p. 297.
50) Ashley Montagu, The Natural Superiority of Women, Collier Books, p. 190.
51) (訳注) カメルーンは国名、エグバートはマーフィさんの荷物を運んだ馬の名。
52) APA, p. 300.

〈ダヴラ・マーフィ作品一覧〉
The Waiting Land: A Spell in Nepal (Murray, 1967. Transatlantic, 1968. Overlook Press, 1987)
Tibetan Foothold (Pan Books, 1969)
On a Shoestring to Coorg: An Experience of South India (Murray, 1976)
Where the Indus is Young: A Winter in Baltistan (Murray, 1977)
Ireland to India with a Bicycle (Pan Books, 1967. Overlook Press, 1986)
A Place Apart (Murray, 1978)
Wheels within Wheels: Autobiography (Murray, 1979)
Wheels within Wheels (Ticknor & Field, 1980)
In Ethiopia with a Mule (Murray, 1968)
Race to the Finish?: The Nuclear Stakes (Murray, 1981)
Nuclear Stakes, Race to the Finish (Ticknor & Field, 1982)
Eight Feet in the Andes (Murray, 1983. Overlook Press, 1986)
Muddling through in Madagascar (Murray, 1985. Overlook Press, 1989)
On a Shoestring to Coorg: An Experience of South India: A Travel Memoir (Overlook Press, 1989)

Changing the Problem: Post-Forum Reflections (Lilliput Press, 1984)
Embassy to Constantinople: The Travels of Lady Mary Wortley Montagu, introduced by Dervla Murphy. Ed. Christopher Pick (New Amsterdam, 1988. Century, 1988)
Grandmother and Wolfe Tone, with a foreword by Dervla Murphy. Hubert Butler (Lilliput Press, 1990)
Cameroon with Egbert (Overlook Press, 1990)
Tales from Two Cities: Travel of another Sort (Murray, 1987)
Transylvania and Beyond (Murray, 1992)
Transylvania and Beyond: A Travel Memoir (Overlook Press, 1993)
The Ukimwi Road: From Kenya to Zimbabwe (Murray, 1993)
Visiting Rwanda (Lilliput Press, 1998)
South from the Limpopo: Travels through South Africa (Murray, 1997. Overlook Press, 1999)

7　ジョン・マックガハーン『ポルノ作家』[1]を巡って

風呂本　武敏

　アイルランドの民話伝統には卑猥で下品なものはないと主張したのはダグラス・ハイド[2]である。それは詩的な精神に気高さ・孤高・崇高性などを見るアーノルドの「ケルトの薄明」[3]以来のロマン派的詩人観とアイルランド民族主義の理想の結合の結果かもしれない。こうした思い込みはシングやイェイツやオケイシの芝居を見て過剰な反対運動を起こした、あるいはそのように仕向けられた民衆の素朴な民族意識の土台でもある。[4] 土台と言えばそれはアイルランド・ルネッサンスのような一時期のイデオロギーの結果というよりも数百年にわたる教会の教えの方が責めを負うべきかもしれない。いずれにせよそのような意識的に創られた理念やイメージを突き破ってもう少しリアルなアイルランドを見れば彼らが性的関心にことさら乏しいなどとは決して言えない姿が現れてくる。確かに経済的・物質的・歴史的条件が、こうした万国共通の人間的興味にある種の歪みを与えているのは確かである。離婚・避妊・堕胎、ホモ・レズ・自慰などがことさら罪の意識と結び付けて説かれるとき、その教育の影響下に育つ人間の意識が健康な性をすら避けて通ろうとする傾向を生み易いのは道理である。
　ギラルドウス・カンブレンシスの描くアイルランドの特異な地誌の中に異種間性交が登場する。それは必ずしもアイルランド人への偏見とのみ言い切れない。先に上げたある種の歪みが他民族の間に増幅した反応を呼び起こすことも考えられる。勿論「異種間性交」の話は決してアイルランド

特有のものでなく、世界の民衆の間に広く偏在する興味であるし、日本でも既になじみのものである。

  髭があり背中に鬣のある女、
  半分が雄牛の人間と半分が人である雄牛（「男と雌牛の交尾で生まれる」）、
  半ば雄鹿の雌牛、
  女と交わった雄山羊、
  女を愛した獅子

などの項目が並ぶ。[5]

 さらにアイルランド人の性的興味を示す文学的工夫にリメリック詩[6]がある。戯れ歌は庶民の大きな楽しみの一つであるのは言うまでもないが、その一つにことさら性的ほのめかしを趣旨にしたものがあるのが興味深い。それは宗教的戒律や禁忌が強すぎるときの反発と抵抗の現れとも考えられるが、そうでなくとも大らかな性を明けっ広げだけでなく、一ひねりして楽しむのはよく見られる現象である。

  若い生娘生まれはドウヴァーから
  森で犯されたは牛飼いから、
   入れるのちょっと固かった
   男は娘にラードを塗った
  それで具合がよくなって二人はも一度最初から。
  There was a young virgin of Dover
  Who was raped in the woods by a drover.
   When the going got hard
   He greased her with lard,
  Which felt nice, so they started all over.[7]

7　ジョン・マックガハーン『ポルノ作家』を巡って

　これらは明け透けの露骨で下品な糞尿譚もどきから上品振りのヴェールのかかったヒューモラスなものまで多岐にわたっているが、基本は肉体の生理にあくなき興味を抱いていることである。
　さらに中世以来の彫像にことさら女性性器を強調したシーラ・ナ・ギグがある。[8] この像をアイルランド人の性意識とどう結び付けるかいまだはっきりした結論は出ていない。しかし中世の教会の教えとして女性に性の恐ろしさを教えてそれを謹むように仕向けるか、あるいはもっと古い地母神として生命原理を教えるにしても、そこには性を隠すものではなくその存在を強烈に意識させずにはおかない意志が感じられる。
　再び文学作品に戻れば、性を歌う二つの重要な詩が思い出される。メリマンの「真夜中の法廷」であり、カヴァナの「大いなる飢え」である。前者は貧困からふさわしい相手を見つけ得ぬままに年を取る女の悲哀、後者は同じ貧困と母の世話を余儀なくされて未婚のままに年を取る男の鬱積した性的飢餓の歌である。

　　　男らの一人が血潮のたぎるときに
　　　やっと口ひげ生えかけどきに嫁取りするとて
　　　相手は似合いの年頃の見目よく
　　　優しく訓練された女ではなく
　　　信心深い年上のお澄まし屋か陰気な口悪女
　　　恥知らずにも二斗もの汗っかき。
　　　And if one of them weds in the heat of youth
　　　When the first down is on his mouth
　　　It isn't some woman of his own sort,
　　　Well-shaped, well-mannered or well-taught;...
　　　But some pious old prude or dour defamer
　　　Who sweated the couple of pounds that shame her.'
　　　　　Brian Merryman: The Midnight Court[9]

121

挑発するよにアグネスはスカートうえまでたくしあげた
　　　草が露にぬれてたわけじゃない
　　　男が見つめていたわけさ、マグワイアが。
　　　彼女は色恋に溺れるのが好きだった。
　　　男を待つ子宮の発する炎は
　　　濡れた草では冷やせなかった、
　　　あの国土、あの観念の土地、
　　　肉体は星の音楽よりも遠い想念に過ぎず
　　　百姓などには手も届かぬ土地では。
　　　‥‥

　　　And Agnes held her skirts sensationally up,
　　　And not because the grass was wet either.
　　　A man was watching, Patrick Maguire.
　　　She was in love with passion and its weakness
　　　And the wet grass could never cool the fire
　　　That radiated from her unwanted womb
　　　In that country, in that metaphysical land
　　　Where flesh was a thought more spiritual than music
　　　Among the stars—out of reach of the peasant's hand.
　　　　　　Patrick Kavanagh: The Great Hunger[10]

　それらは不当に人生の重要な祭典から疎外された男女の呪詛である。先のハイドの上品振りの範疇にはおよそ収まり切れない人生の実際がそこにはある。
　本稿ではマックガハーンの『ポルノ作家』に見られるアイルランドの今日的性意識の問題を見てみたい。
　この作品は野坂昭如『エロ事師たち』[11]同様、主人公はエロ話作者である。しかし野坂氏の場合に比べて書き手の生活ぶりがはるかにまともであ

7 ジョン・マックガハーン『ポルノ作家』を巡って

る。野坂氏の場合、タイトル自体に既にある突き放した冷ややかさがあり、パロディ的距離感を暗示する文体の妙ばかりか、描かれるポルノ関連の一種のアングラ世界も興味を倍加する。そして「エロ事師たち」自身がエロ本の作中人物と一体化を遂げている印象が強い。彼らは単に書くだけでなく、その興業を演じ成立させている。が、『ポルノ作家』にそのような印象はない。まして話そのものも、エロ話のストック・キャラクターであるグリムショウ大尉と遊び友達メイヴィス・カーマイケル嬢はともかくとして、主人公マイケルは非常に「真面目に」描かれている。「真面目に」と書いた意味はやがて明らかにして行くが、彼とその雇い主の雑誌社長マロニの半ば合作が先の人物たちである。

マイケルはマロニの要求する舞台の中で濃厚な性描写を考え出すに過ぎない。ポルノか文学かを決めるのは難しいところもあるが、一つの別れ道はそうした定められた設定の中で泳ぎつつ読者の期待通りの性的刺激を満たすことにある。マイケル自身がそうした自作の話のひとつ、マジョルカの休日を先の二人にもう一組を加えた4人の乱痴気騒ぎにする話を語るところがある。「四人はともども心地よい果てのない乱痴気にひたった——ほと、ベロ、ちち、一物、精液と。」(p.60) 人物もそうなら、反応もストック的なもので、「港、雨、涙、女」の演歌的道具立てと同じく four－letters word やその類いを期待通りに羅列するのである。

しかしマイケル自身は自分の書いたものへの反応はやや我々の予想と違った考えのようである。

> 僕は書きたいものを全部仕上げるまではどの話も読まないんだ。読むときは気合を入れて読むんだ、時には言葉が僕に歌わせたり、咳き込ませたり、呻かせたりするまで語順を入れ替えたりする。また時には勝手な味付けをするんだ。これがないと不信感が拭えないんだ。ああ眠くなるか欲情が生まれるまで自分の黒い手でゆりかごを揺するんだ。」(p.202)

つまり我々の常識的感覚ではポルノ作家は半ば必然のように戯作者的態度を採るように考えがちであるのに対し、マイケルは自分の書いたものにもっと本格的作者並の態度をとる。ここでも真面目なマイケルが顔を出すのである。[12]

　先のストック・キャラクターたちの最もポルノ的な描写を見てみよう。これはマイケルとそのセックスパートナーがシャノン川のヨット旅行を楽しんだ後、その舞台をポルノに使う事をマロニに提案したものである。そして二人の半ば中途半端な情事——と言うのはそのとき既に女はマイケルの意志に反して子を宿し結婚したがっている——とは違い、作中でグリムショウとメイヴィスはたらふく性を楽しんだうえ、ボートの管理人を性的にいたぶる楽しみにふける。トリプルセックスの誘いをかけられて逃げようとする管理人をグリムショウは殴って気絶させ裸にしてシーツで縛り上げる。そして息を吹き返した男の前で性器を見せびらかせながら様々な体位で性行為を行う。その後メイヴィスはいきり立った一物を受け入れて男を犯すのである。

　　メイヴィスはマイケルが顔を背け呻いている間にその柔らかな両手で彼を抱いた。「あたしたち優しいからあんたは助かったのよ。」と彼女は言った。「こんな姿でずっと放ったらかしにしてもよかったのよ。」それから彼女は火照った体を屈めて、マイケルを引き寄せたので彼は彼女の方に腰を前後し始めた。「まるで雄牛の乳搾りだわ。」精液が迸り始め、彼は精液が何年も無駄に貯まって居たものとして、ドクドクと落ちるときに呻いた。(p. 161)

この後メイヴィスは「寝ている子を起こしてしまって手に負えないかもね。この人、国中を跳ね回るかもよ。」と言うのに対し、グリムショウは大丈夫として、ウイスキーに眠り薬を交ぜて飲まし彼は目が覚めたらきっとあれは夢だったと思うだろうと言う。これがこの本の中で最もポルノ的な箇

所であるが、そこにはカヴァナのマグワイアーと同じく性的な夢と自慰でしか欲望を処理できないアイルランドのある階級の男の実態がある。問題はその悲惨さよりも、それを嘲笑の対象とする男女、とりわけメイヴィスに見られる或る憎悪で、それは一体何に起因しているのであろうか。単にからかうだけとか、性的つまみ食いとかの軽い気持ち以上の何かが働いているように思える。それはメリマンの描く恨みをもった女の遠い血縁のせいだろうか。あるいは語り手マイケル（名前も同じ）の自虐的自画像であろうか。

　この作品についてひとつおもしろいのは先の作られた人物の方だけでなく、作る側のマイケルと最初のセックスパートナーにも或るステロタイプ化された言葉遣いが見られることである。

　この女性はまず「罪悪感はない」と言うことを繰り返す。(p. 41, 42, 57, 72, 183)。そのとき多少の変化を伴うのは次の形容詞である。not guilty － dirty, sinful, ugly。これは裏返せば、普通はこのような婚外性交をもつ女性は罪悪感や汚れや醜さという後悔に苛まれるという前提があり、それを吾と吾が身にそうではないと言い聞かせている。（もちろん直接にはマイケルを安心させるためではあろうが。）だからこそ、自分たちの関係はきっとうまく行くわ、「だってわたしたちは二人ともよい人なんですもの」と理由付けを行う。これも多少の変化は伴われるがほぼ同じ言葉が以下のように繰り返される。(p. 118、138、148、183)。あるいは「わたしは勝ち馬にかけたわ」(p. 101, 136)、よい運をつかんだわと言う。

　かと思えば別のときには「あなたは何だってお見通しね」(figured it out)、ちゃんと計算づくなんだわとなじる。(p. 96、115、123)。この冷淡さ、計算高さは彼女に云わせれば、ポルノを書くことで人の気持ちを忘れるほど堕落した結果なのだと云う。

「．．．あんなポルノなんか書くから愛についてなんでも歪めてものが見えなくなり、愛を全く皮肉にしか考えられなくなるんだわ」(p. 81)

「あなたをそんなに歪んで不自然な考えにしたのは今書いて居るあの嫌な文章のせいだわ。」(p. 96)

　マイケルが子供がほしくない事についても、「よく分からないけど、あなたはどこかおかしいわ、何か欠けて居るわ。ポルノなんか書くからそんな考えを拾ったのかどうかは分からない、でも気の毒に思うほどあなたは感情に欠けたところがあるわ。幾度も心から気の毒に思うことがあるわよ。」(p. 136)

　以上の言葉から分かるように彼女のポルノ観は世間の常識やしきたりの範囲以上を出ない。いやポルノ自体がそうした日陰者扱いをする慣行の中で作り出されるジャンルと言えるかもしれない。ただこうした型にはまった言葉は一方で彼女自身がそう信じたい意志を露呈すると同時に、その繰り返しそのものが男の気持ちをさらに遠くに押しやっていることに気が付かない。それはマイケルには重荷以外の何物でもない。ステロタイプという言葉自体が或る精神の強ばりを示していて、その人物の貧しさを象徴しているのかもしれない。これだけ繰り返されると、フォースターの言う flat と round の区別によるある種の喜劇性すら生じかねない。[13] 皮肉なことだが、こうした言葉に比べて、マイケルの肉体賛美は正直である。最初の関係を持ったときに女性が自分が年上でもう若くは無いことを気にすると、そういう会話を避けて彼女を階段で抱擁する。

　この美しい肉体を抱いて、その中に入り、それを味わい、その味わいの中で絶頂を感じることは無限の時間であった、いや不滅の身になるように思えた。僕の欲情を察して彼女はじっと見つめ、私たちは口づけした。(p. 37)

　それからマイケルの家に戻って、肉体関係を結ぶのであるが、その時も、マイケルは注意深く幾度もいやならやめてもよいことを繰り返す。そのう

えでこの女性が自分から体を開くように仕向けるのである。ずるいと云えばずるいのだが、欲望に導かれたときの男の心理を正確に描いている。

　彼女の体内にはあの安らぎの瞬間、絶頂と畏敬があった、それは人の身で目一杯神秘の世界に近寄ってなお生きて居るような瞬間、めくるめく光の中に解き放たれようとして居る直前の全くの安らぎの瞬間にある篭の鳥のようなものがあった。それから肉体が荒々しい健康な本能でもって叫び出した。『これが欲しかったの、これが　欲し　かった　の。』それから一緒に家に戻ってきたときよりもずっと遠い気持ちになった、急に責任の重荷が部屋に溢れ、それを動かし、転化し、取り除くにも当てがなかった。」(p. 39)

　性行為の前の一種の聖なる神秘への拝跪は女性の側のものであっても、それに感染するだけの感度はマイケルの側にもある。それが最中の淫声によって鼻白んだとは思えない。それよりもマイケルの方で急に責任の重さに目覚めたことが楽しみを損なったと見る方が妥当であろう。情事の前後でのこの急変は二人の関係が長続きしないことを暗示している。しかし関係を結ぶまでの女性の肉体の魅力についてマイケルは奇しくも同じ glory（絶頂の瞬間）と云う言葉を繰り返す。この言葉はイェイツも「レダと白鳥」の中で使っているもので、半ば神性を暗示する。だからこそ畏敬 the awe なのであろう。rest, the glory, the awe はもちろん女性の方の充足した性に対する反応をマイケルが描いているのである。しかしそれをマイケルがその時点では共有していることは間違いない。

　おののき不確かに震える指は自分の緩みかける
　太ももから羽を生やした神を押しのけることなど出来ようか。
　How can those terrified vague fingers push
　The feathered glory from her loosening thighs ?[14]

ここでゼウスの白鳥と交わることでレダは神の力と知識をも引き継いだであろうかとイェイツは問いかける。この有名な詩をマクガハーンは知らないはずは無いので、ここで女性の肉体的魅力、特にそれとの交わりという文脈にその言葉を使ったのは、その魅力自体に力と知識も含めた抗い難さを認めていたことであろう。
　「黒髪の」看護婦との情事も以下のとおりである。

> この肉体は自我の避難所であった。すべての城壁や避難所同様これも古びて壊れ敵を受け入れるかもしれない。しかし今それを保持していることは絶頂の瞬間を保持して居るのと似て居る、そして一度でもそれを保持したということはこぼたれ征服されることになってもそれをいつも絶頂状態でしかも前にもまして激しい優しさで保持することであった。(p. 177)

このようにマイケルの方も明らかにある一つのパターン化された性格や反応を見せることがある。
　もう一つの例は「性交にもかかわらず魂の純潔が残ること」と云う言葉である。最初は編集者のマロニが重なるマイケルの性遍歴を皮肉るのである(p. 165)。そして二度目はマイケルが「黒髪の」看護婦を自分の部屋に連れてきたときに、そこで先の情事やその他が繰り返されたのでしょうと云われて、この言葉を苦笑しながら思い出すのである。

> 「...なにがおかしいの？」
> 「馬鹿げたせりふの事さ。性交にもかかわらず魂の純潔は続くことを語るせりふのことさ。伯母を見に芝生を越えて歩いて行ったあの最初の夜にもかかわらず僕たちの純潔は充分回復されたようだね。」(p. 215)

最初の夜、眠っている伯母を見に芝生を横切って夜の病棟に忍び込んで後、

7 ジョン・マックガハーン『ポルノ作家』を巡って

彼らは彼女の寮で関係を結ぶ。ここではそれから今日までの間に既に魂の潔白は回復していると述べているのであろうし、それが可能ならこれに先行するあまたの情事の汚れも十分に浄化されていることを暗示するものでもある。マイケルがこれを本気で信じているかどうかは別にして、半ばあこがれのように殆どのアイルランド人の心に巣くっている心理ではないか。肉欲の魅力と恐れ、多くの自伝的文章の中で自慰の後悔、売春の汚れが繰り返し描かれる。ジョイスのスティーヴンにも似て、マックガハーンの『闇』(The Dark, Faber 1965)の主人公は聖職者になる訓練期間中の告白にほかの何よりもこの自慰の魅力の虜になったことに大きな罪悪感を感じる。そしてそうした俗世の快楽を捨てる将来の不可能性に絶望して聖職者の経歴を断念するのである。[15] 後に述べる精神と肉体の分離へのこだわりはその意味でも再生の可能性を確かめる大きな魅力を持つ考えである。

　以上のように部分として見ればポルノ的特性を備えつつも、この小説全体は語り手マイケルの変貌を語る本格的な小説と言える。初恋に破れていささか人生を斜めに見るようになっていたのが、彼を取り巻く女性の間の遍歴（と言っても描かれるのは妊娠させた年上の女と、伯母の看護に当たる看護婦の二人）と親代わりに育ててくれた瀕死の床にある伯母の見舞いによってあらためて人生に積極的に立ち向かう必要を回復する話である。

　彼の伯母と伯父はどうやら正式の結婚では無かったようで伯母は新しい恋人と一緒に住んでいて、今までのパートナーの伯父を軽んじているようである。もっともその恋人シリルの方はいささか態度があいまいで、彼なりに伯母との関係に決着をつけたがっているようにも思える。従って伯母の方も結局は夫(?)を頼り入院の送り迎えなどは彼にさせ、ひいてはマイケルに責任がかぶさってくる。ガンの痛みを抑えるには薬よりブランディというのでマイケルの見舞いは欠かせない。そのような中でマイケルは気晴らしを求めて出掛けたダンスホールで一人の女性（先の）と出会う。

　彼女は美貌でマイケルの欲望を刺激するが結婚相手ではなく遊び相手と

129

してである。最初からベッドに誘われたときも彼女は多少のためらいはあるが、結局は応ずる。そのときの言葉は自分はもう若くは無い、37歳だと言う(マイケルの方は30歳)。その条件で始まった関係であるが、女性の方が一途にマイケルにのめり込んで行き、マイケルが避妊の用心を持ち出すときも、自分は非常に規則的だから大丈夫と言って、コンドームの不快さを避ける。マイケルは自分はかってある女性を愛したが、愛と情欲とは別だと、つまり愛無き肉体関係でも楽しめることを主張して譲らない。その原則を認めないなら、早手回しに別れた方がよいと言う。

「前にある女性を愛したことがあった、でも愛はこの行為と何の関係もない。今では愛なんて重要とは思わない。愛は盲目だった。それだけさ。」(p. 42)

「僕は君と寝るのが好きだ、一緒に居るのが好きだ。でも君を愛しては居ない。もし君が言うようにきみが僕を愛して居るならこのまま関係を続けて行くと君は余計傷つくだけだよ。愛なんて結局は壊れなくっちゃならないなら、今壊した方が誰にもいいのかもしれない。」(pp. 67-8)

一方女性の方は自分はもはや処女ではなく一度男と関係したが、ベッドを共にした直後の男の態度にショックを受けずっと男を避けてきたと言う。そのショックとは情事の後で男がトランジスターにより競馬の結果をメモして三連賭の勝を逃したと悔しがったことをいうのである。にもかかわらず彼女が去った後のシーツには血痕が残っていたというのは、この女性が性的にウブで、それだけマイケルの責任が重いということを暗示するためであろうか。

いずれにせよマイケルの方は結婚ではなく遊びだという自分の立場は一貫して最初から少なくとも言葉のうえでは明白にしていたので妊娠という事態についての直接の責任は負わせられない。女性の方は繰り返し、マイケルのいたわり(のような別離の誘い?)に対して「...大丈夫よ。悪いな

7　ジョン・マックガハーン『ポルノ作家』を巡って

んてちっとも考えないわ。」(p. 41)「とてもすてきよ。ちっとも悪いなんて考えないわ。ただだんだんあなたが好きになってゆくようなの。あなたも私を好きになるように思う？」(p. 42)と答える。この最後のせりふに対するマイケルの返事は「僕には分からない。愛なんて問題に計画など建てられないと思う。」と言う。マイケルの反応は一種の「あつものに懲りて膾を吹く」の類いかもしれないが、本格的な人生への参与には懐疑的である。問題は愛と肉体的快楽の関係が先後は別として直線的に結び付いていると考えるかどうかである。マイケルのかたくななまでのそれの否定は肉と霊の関係がどこまで断ち切れるかを我と我が身に実験している気配すらある。そのように感じさせる一つの理由は伯母に対する献身と思いやりの深さに対して、この女性への態度が異常に冷淡であるからだ。もちろん、先に「愛なんて問題に計画など建てられないと思う」と言ったのは一種のアイロニで、この女性の態度は結果として男を自分の世界に引きずりこむ策略と取れる節もある。マイケルは結婚しないので子供を堕胎するか庶子として生むか、生んでからは里子に出すか未婚の母として育てるか、その節々で結婚以外の一応の責任は取ろうとする。そしてそのことはマイケルが大学時代の友人の医師に処置を相談するときにも、次のようなコメントを引き出すのである。

　　「僕は毎日病院でこの問題に出くわして居る。時間がなくなってくる。妊娠すると赤ん坊は面倒を見てもらえる。人生に退屈した。妊娠すれば刺激が得られる。かまってもらえない。妊娠すれば嫌と言うほどかまってもらえる。赤ん坊を抱えた私をぶてるものならぶってご覧というわけさ」とあざけるように彼は笑った。(pp. 112-3)

老いて行くこと（それには老いの孤独と出産可能年齢を越えることの両方を含む）、人生に退屈して何か刺激がほしい、人の注意を引きたい、そうした解決に妊娠する女性が多いとこの医者は言う。フェミニストの側から

これは男の身勝手だとする糾弾は百も承知である。しかし子供を作らないで性を楽しむと言うのが昨今の男女両方の若者の風潮であるのを表しているのは明らかであろう。
　ところでこの最中に彼はもう一人の女性、伯母の看護婦とも関係する。そして伯母の最後を看取ったあと、ついに結婚する決心をする相手はこの後者の女性の方である。先の女性に比べて看護婦の方は美貌というより印象的な容貌の持ち主であるが、最初から双方が相手を「意識」し、比較的簡単に肉体関係を結ぶ。また作者の描き方も先の女性に比べて看護婦の方は男兄弟の中で育ったゆえの強い性格の持ち主だと生い立ちを語る部分はあるが、読者の心に残る印象性はそう強くない。にもかかわらず、マイケルが最後の選択をするのは彼女の方であるのは、もちろん先のような裏切り的策略(?)はなかったにしても、その決心の理由は彼女の側よりはマイケルの変化にあると見るべきである。
　それは伯母の死に方に人生とのある種の和解を見たこと、それと関連して自分が人生を避け続けてきたことを自覚したことにある。伯母は死期を自覚したとき、次のように言う。

　「お薬も充分信用して居るよ、しなくちゃならないことだから。飲んだって別に気分が悪くなるわけじゃなし。もうここに戻ってくることもあるまいし。もう充分長いこと充分一生懸命頑張ったわ。でももうくたびれたよ。もうたくさん。」伯母は笑ってさえ居た。
　「そんなこといっちゃいけないよ。」
　「かまうもんかね、つらいけど本当なんだし、その資格はあるさ。悲しんじゃいないよ。今考えて居るのは一生で親しくなった連中は今じゃこの世よりあっちのほうがずっと多くなったてことさ。今じゃあの連中に話してやるおもしろい話もたっぷりできた。この話の大方については連中と大笑いしなくっちゃならんさ。」(p. 223)

誰でもこのような瞬間には一瞬襟を正すことを迫られる。しかし通例以上に有無を言わせずそうさせる何かがそこにはある。それはこのときまで様々に我が侭や夫への不義理を重ねてきたこの身勝手な女性が思いがけない勇気と人を悲しませない思いやりを見せるからである。これはマイケル自身にも予想のつかなかったことであった。

これより先に「黒髪の」看護婦と情事を重ねた後のマイケルは既に自分の人生についての反省の兆しはあった。

「あのこそこそした夜からいったい僕は何を学んだというのだろう。身を落として自分自身や哀れな他者の人生から何かを学ぼうとしていつも学ぶものは取るに足らぬこと、己の恥知らずな浅薄さだ。他人から学べるなんて、他人の死をどうしてやることもできないし向こうがこちらの死をどうにもできないのと同じだ。奥地に行くのは一人で行くしかない、それは苦痛であるが喜びでもある．．．我々が居なくなったってその冒険がなくなる訳じゃない。それはずっと続いてゆくだろう、それが我々に手渡された以前にも続いて居たと同じように。そしてあの黒髪の女も、ロンドンの子ずれの女も、僕が今そばに立っていた瀕死の女も．．．彼女らがどうしたというのだ。答えはそう問うことの卑俗性そのものにある。おまえ自身がどうだというのだ。(p. 203)

自分とかかわった人々はどうなるのだろうと問うことは人の死をどうにもし得ないのと同じ無力を示すに過ぎない。どうにも出来ないことを問うのは、その儀式を免罪に利用しようとしていることだ。そのような問い自体が一種の不遜の現れかもしれない。とすれば自分をどうするか、自分の行く末を考えるのがまだしも何かできることではないか。あるいはすべての人がそれぞれに自分の運命を開拓して居るときに、自分が何かを付け加えうると考えること自体が思い上がりというのであろうか。「おまえ自身はどうなんだ」と言う問いには反省と同時に自分を特殊化したある部分が

ある。人生から学ぶものはせいぜい「己の浅薄さ」についての苦い思いでしかないとしたら、そのような後悔は根本的に人を変えることは無く、むしろ積極的な関わりで自らも傷つく方が同じ過ちを繰り返すのを避けられるかもしれない。

　しかし伯母の死に立ち会うことでマイケルはどのような生き方も同じと言う考えの誤りに気づく。どう生きても同じに思えるのは自己中心的に生きている裏返しに過ぎない。人は周りになにがしかの波紋を広げ、なにがしかの変化を及ぼし、同時にそれによって自らも変えられて行く。「黒髪の」看護婦の言葉が伯母の死に重なって改めて重みをもってくるのはこの時である。

　　「もし注意して居たら、私が分かったはずよ」と彼女は私に言ったことがあったが、あれはメトロポール・クラブの床を横切って私の方にやってきた夜のことだった。注意を払わないことで、何をしてもおんなじだと考えることで、同意する相手なら誰とでも寝ることで、私は自分で積極的にそれを始めたのと同じに多くの苦痛や混乱や悪の原因となった。私は正しい注意を払ってこなかった。私は選択するエネルギーはひどく骨が折れると思ったのだ。恋に破れ、回れ右し、想像の光をほとんど消してしまった。今や私の両手は氷のように冷たかった。」(p. 251)

彼女の言葉はもちろん最初からその重い響きを持っていたわけではない。しかしそれが心に残っていたことでマイケルの変化に呼応する。何も積極的にしないこと、それが既に他人に苦痛・混乱・悪の原因となる、それを避けるには正しい選択、正しい行為を心掛けるしかない。しかし正しい(properly)選択はいかにして可能であろうか。

　　「私の言いたかったことは祈る必要を強く感じた事だった、自分のた

7 ジョン・マックガハーン『ポルノ作家』を巡って

めに、マロニのために、伯父のために、あの女のために、みんなのために祈る必要を。祈りは答えは返ってこない、でも答えのない祈りでもそれだけよりいっそう言葉に出さねばならないのだ、それが終わりであると同時に始まりなのだから。」(p. 252)

この女(the girl)は「黒髪の」看護婦であって、先の子供を産んだ女は見事に排除されている。この最初の祈りの必要は人知を越えた正しさへの欲求の必然の結果である。しかしその前に人知の範囲内での言葉としての、意識としての、祈りの内実化が要求される。そしてその果てにある答えは人間の言葉としては帰ってこない。このような結論は信仰小説と言えるかもしれない。しかしマックガハーンが検閲に掛かった理由はもっと世俗的なものであろう。つまり、教会の権威を冒瀆する、性をあからさまに描写する、などなど。そしてそうした理由が幅を利かす社会とは決して成熟した社会とは言えない。しかしその未成熟と結び付いた形で祈りの対象となる「聖なるもの」を留めているとしたら、その社会の否定面と有効性の両方に目配りする必要が有る。

この作品が論じられるのはそう多くは無いが、ジョン・クローニン(John Cronin)は『女達の間で』(Among the Women)を論じる中で、一般的にマックガハーンの小説は対比的な主題が必ずしも十分に融合されていないことを指摘している。[16] 『ポルノ作家』も例外ではなく、いくつかの層での対比的主題が組合わさっている。一つはマイケルの住んでいる世界と書く世界(ポルノ)の対比であり、書くものの哲学がマイケルを犯しているというあの恋人のような見方があるが、総じて云えばポルノの中の世界は末梢的である。もう一つはマイケルの恋人たちの世界と伯母の世界、それは生と死、快楽と苦痛の対比で、マイケルは両者を見通す立場にいるので、一層生と快楽の方に身をゆだねる。クローニンの指摘にもあるが、この作品もやはり、その対比の融合の不十分さは残っているので、最初のポルノ

135

の世界とマイケルの生活部分との関連は必ずしも明確ではない。極端に云えば、マイケルの職業は教師であっても、弁護士、医師、サラリーマンであってもよかったのではないか。ただひとつもし主人公をポルノ作家にした利点があるとすれば、それはアイルランド社会の因習や慣行から比較的自由で時には批判的でもあり得ること、そのような立場が現実味を帯びた職種であることかもしれない。

マックガハーンの功績は検閲のような不利益を背負いながらアイルランド人の伝統を単純に捨てるのではなく、与えられた生存の条件の中でアイルランド的な倫理の模索を続けていることにあるのでは無かろうか。

注
1) John McGahern: *The Pornographer* (Faber 1979)
以下の頁数はこの版による。
2) Douglas Hyde ed. : *Legends of Saints & Sinners* (Talbot 1915) Pref.
3) Arnold: The Celtic Twilight の中でイギリス人の中にローマ的実用の精神とケルト的詩人(芸術)の精神が流れ込んでいることを指摘した。
4) いわゆる mob censorship の事で、観客が暴れて上演を妨害した。理由は下着姿の女、飲んだくれ、犯罪人などの登場で民族の名誉を汚したからと主張。
5) Gerald of Wales: *The History and Topography of Ireland* translated by John J. O'Meara (Penguin 1951)
稚拙ではあるが絵入りが楽しい。有光秀行訳『アイルランド地誌』(青土社、1996年)
6) limerick アイルランドの同名の町に由来すると言われるが不明。通例(弱弱強)調5行の俗謡。1、2、5行は3詩脚で互いに押韻、3、4行は2詩脚で押韻。
7) G. Legman ed. : *The Limerick* (The Bell Publishing Co. 1964) p. 171
8) シーラ・ナ・ギグ
風呂本編『ケルトの名残とアイルランド文化』(渓水社)314-24頁参照
9) Frank O'Connor: *Kings, Lords, and Commons* (New York 1959)
10) Patrick Kavanagh: *Collected Poems* (The Devin-Adair 1964) p. 42

11)『エロ事師たち』(新潮文庫、昭和45年)
12) 野坂氏にも自分のかいたものに興奮するカキヤ(作者)が登場する。
「カキヤはんは、はじめエロ本書いて、それがようでけたら興奮してはった。それがしまいに、興奮するために、かきたいために書かはったんとちゃうか。誰でもオナニーの時は、自分のいっちゃん気に入ったシーンを考えるやろ、いちばん気の乗るよう想像するもんやさかい、……」同書、159-60頁
　文体の卑俗性の度合いは別にして、想像力と書き手の関係は両者とも真実をついている。
13) E. M. Forster: *The Aspects of the Novel* の有名な区別であるが、「平板型」の代表にベッキー・シャープを挙げて、彼女の言葉は話の初めから終わりまでコインのように確かな同一性を保っていると述べたのは印象的。マックガハーンはここではこの女性にそれほど批判的とは思えないが、これほど繰り返される言わば私的常套句は作品における人物としての成長を阻害されている。
14) Yeats: *Collected Poems* p. 241
15) *The Dark* (Faber 1965) 順に告解を待って居るときの主人公の心に去来する罪を列挙して居る。「自分は記憶の中でもう一度自分の罪を理解しようとした。——嘘が4度、腹を立てたのが3度、お祈りを忘れたのが5度、6度いや8度かまあたいしたことはない。心の中でこの3ケ月女を求めて欲情した罪、自慰に耽溺したこと、心はその正確な数を 認めるのにしりごみした、200回いやもっとだ。」(40頁)
16) Irtish Univ Rev. vol. 22 no. 1 (1992)
John Cronin: John McGahern's *Amongst Women*: Retrenchment and Renewal
cf. Roger McHugh & Maurice Harmon: *Short History of Anglo-Irish Literature* (Wolfhound Press 1982) pp. 307-8
James M. Cahalan: *The Irish Novel: A Critical History* (Gill & Macmillan 1988) pp. 271-5
Christina Hunt Mahony: *Contemporary Irish Literature* (Macmillan 1998)
The Dark と *A Portrait of the Artist. .* の類似を指摘して居る。p. 227
Alan Warner: *A Guide to Anglo-Irish Literature* (Gill & Macmillan 1981)
　マックガハーンの小説がどちらかと言えば人生の暗いつらい真実を描くけれども人生を否定するのではなく時たまに訪れる喜びによって肯定と否定の釣り合いを取ろうとして居ることを指摘。その釣り合いのまた別の工

夫の一つは 'humour and irony'(p. 252) であることを暗示。それはまた次の水之江氏のテーマでもある。

Ikuko Mizunoe: 'Irony in John McGahern' Kyouritu Kokusaibunka no. 2 (1992)

〈ジョン・マックガハーン作品一覧〉
・小説

The Barracks	Faber 1963,	US Macmillan '64
The Dark	Faber 1965,	Knopf '66
Nightlines	Faber 1970,	Penguin '83
改題 Nihgtlines: stories		Little Brown '75
The Leavetaking	Faber 1974	Little Brown '75
Getting Through	Faber 1978	Harper & Row '80
The Pornographer	Faber 1979,	Penguin '83
High Ground	Faber 1985,	Viking '87
Amongst Women	Faber 1990,	
The Dolmen Book of Irish Christmas Stories ed. by Dermot Bolger		Dolmen 1986
The Collected Stories		Knopf '93
		Vintage International '94

・芝居

The Power of Darkness	Faber 1991

・翻訳

The Manila Rope tr. from the Finnish by McGahern & Annikki Laaksi	Knopf '67

8 父と子と——ニール・ジョーダンの作品から

佐 野 哲 郎

　ニール・ジョーダン（Neil Jordan, 1951- ）が作家として名を挙げたのは、短編集『チュニジアの夜』（*Night in Tunisia,* 1976）によってである。これは彼の初めての出版で、79年にはガーディアン小説賞と、サマセット・モーム賞を受けた。出版元はその2年前に仲間たちと作った「アイルランド作家協同組合」（Irish Writers' Co-operative）であった。後に再版されたとき、ショーン・オフェイロン（Sean O'Faolain, 1990-1991）が序文を寄せた。

　これはきわめて独創的で、個人的で、個性的で、興味深い書物である。いかなる本であれ、読者が作者に望むのは何か。作者が言葉、イメージ、感情、感受性においてもすぐれているということ以上に何があろう。ニール・ジョーダンはこれらすべての資質を示している。もし彼がこれらの根源的な才能を保持し、発展させるなら——彼はきわめて若い。この最初の作品集が出たとき、25歳になるかならずだった——彼は傑出した作家となるだろう。今のところ彼は心と魂の問題に専念していて、私たちの大部分の者が忙しく過ごしている社会には、あまり目を向けていない。しかし、彼は若い自分に影響を与えたすべてのもの、人びと、環境、力などにも、途方もなく敏感なのである——それはまさに『若き日の芸術家の肖像』におけるジョイスと世界との関係にも言えることなのだ。[1]

『アイルランド文学事典』(*Dictionary of Irish Literature*) の増補改訂版 (1996) には、初版 (1979) にはなかったジョーダンの名があるが、編者ロバート・ホーガン (Robert Hogan) の評はかなり辛辣である。要するにこの短編集は、文章が未熟で、誤りが多いというのだ。些細なものであっても、誤りやあいまいな文章が1頁に6箇所から1ダースもあり、全体で数百に及ぶようでは困るというわけである。これは後に映画の世界へ進んだジョーダンの性向を暗示しているようだ。しかし、そういう欠点のためにこれらの作品の持つ新しさと衝迫力を見落とすとすれば、それはあまりにも惜しい。オフェイロンの洞察の後半の部分は、後にジョーダンが20年代初めのアイルランドの紛争を中心とした小説や映画を発表したことで、実証された。本稿では、この短編集の表題作である「チュニジアの夜」("Night in Tunisia") と、18年後に発表した長編『夜釣り』(*Nightlines,* 1994) とを取り上げることにする。その理由は、両者ともにアイルランド文学の伝統である「父と子」の関係を主題としながら、その扱い方に独自の新しさがあり、そこに現代アイルランド文学の重要な問題が表れていると思うからである。力点は後者に置かれるだろう。

　アイルランドは1930年代から50年代にかけて、短編小説の全盛時代を迎え、傑作が次々に生まれた。この時期の作品の特徴は、オフェイロンやフランク・オコナー (Frank O'Connor, 1903-66) の作品が代表するように、親密な人間関係であり、土地の感覚であり、意外な事件が起こっても、結局は落ち着くべき所へ落ち着くという収まりのよさである。読者は最後に「これが人生だ」、いやむしろ「これがアイルランドだ」と感じて、納得する。これは1922年に自由国を発足させ、イギリスの支配から半ば抜け出したアイルランドが、そのアイデンティティをわかりやすく魅力的な形で世界に示す必要があったということが、大きな要因となっている。その上、1929年からきびしい検閲制度が施行され、わいせつ、犯罪、避妊や中絶などに結びつく作品は一切閉め出されたことも、短編小説の隆盛に寄与した。

　『チュニジアの夜』は、今挙げたアイルランド短編小説の特徴のすべて

を否定してはいないが、それらはすでに本質的な属性ではなくなっている。狭い世界を扱っていることにおいては変わりはないが、誰もが誰をも知っているという親密な雰囲気ではなく、疎外感が支配している。ロンドンを舞台にした「最後の儀式」("Last Rites")では、6月のある金曜日に、若いアイルランド出身の建築労働者が、公衆浴場のシャワー室で、手首を切って死ぬ。

> 彼は [鏡の中の] 両目の周りに固まった細かいしわを見て、ここには収まりきれない倦怠があることを知った。それは思春期の不機嫌で気まぐれな倦怠ではなく、生の条件そのものとしての倦怠であった。[2]

労働者の心中の描写はあるが、それは印象派風のスケッチであって、心理分析ではない。どうして彼は死ぬのか。彼が死を選んだ直接の理由は語られない。彼が虚無の世界へ持って行く最後の記憶は、浴場へ入る前に彼が見た日常風景としての橋や人物や建物である。それほど彼の世界は薄っぺらである。とはいえ、まったく透明ではない。彼がダブリン育ちであることぐらいは語られる。浴場へはスコットランド人やトリニダード人などが訪れることも語られる。人物の最小限のアイデンティティを残しながら、疎外状況を描き出すのである。「ソロモン氏は泣いた」("Mr. Solomon Wept")では、「今日は競馬の日だ」とあっても、アイルランドの小説なら必ず語られるはずの酒に酔いしれる群衆の姿はなく、あちこちで立てられるテントの遠景、海にかがよう光、遠くのざわめき、そして酒場で1人ウィスキーを飲む人物があるばかりである。彼の心の中には、妻に去られたあとの言いようのない寂寥感がある。次の一節は、海の波を見つめる人物の描写である。

> ソロモン氏はそれらが白い馬であることを知っていた。しかし今日は、レースを連想した。女の首に巻かれたレースであった。その下には青

い服の下に隠れたふくらんだ胸があるのだ。[3]

「白い馬」は神話の世界である。主人公は神話的想像力を拒否して、あえて官能的な女体を思い浮かべ、現実との落差から生じる寂寥感に身をゆだねるのだ。ここには、伝統的な想像力と一線を画そうとする作者の意図がある。

舞台は「最後の儀式」をのぞいてすべてがアイルランドのようだが、ことさらにアイルランドらしい情景は描かれず、どこの国であってもよいかのようである。しかし、ほとんどの場合、ほんのついでのように地名が洩らされたり、ティンカーが登場したりすることで、アイルランドであることが暗示される。これは何を意味するのか。作者はアイルランドにも現代的疎外の状況がみなぎりつつあることを示しているのである。かといって、彼はアイルランド文学の伝統を頭から否定しようとはしない。最小限の伝統的要素を保持しながら、そこへ新しい時代の気分を注ぎ込もうとする。

「チュニジアの夜」は、ある夏にダブリン近郊の海辺の町へやってきた父親と息子、娘3人の物語である。といっても、場所はダブリン近郊である必要はなく、アイルランドである必要すらない。それほど場所の感覚は希薄であって、この短編集を貫くコスモポリタンの感覚がここにもある。息子は思春期に入って、少年仲間との猥雑なやりとりから、しだいに大人の世界に近づいて行く。そして彼らの大人ぶりを学ぼうとする。

そして大人の世界の不思議な憂鬱も。それは彼らがホンダのようにまたがって、白い線を1本引いた無意味だが避けることのできない道を走ろうとしている世界だった。[4]

これまた、場所を超えた世界共通の少年の世界である。父はテナーサックス奏者で、毎晩ジャズバンドで働いている。彼のバンドは昔を知るオールドファンたちのために、40年代にはやった曲を演奏している。息子はピ

アノをひくが、当世風の曲ばかりで、これが父親の気に入らない。

　　彼が弾く曲が父親の気に障った。
　　「頭に来るな」と父親はいつも言った。「お前はもっとうまくなれるのに。」
　　しかし、彼は復讐気分になって、しょっちゅうそういう曲を弾き、安っぽい流行歌さえ歌った。「いつかはぼくも」と彼は歌った。「お月様にお話ししよう、クライング・ゲームのことを。お月様は教えてくれるだろう」と彼は歌った。[5]

その上、彼が息子に練習させようと思って買ったアルトサックスに、息子は手を触れようともしない。息子はこの前に来たときにも会った、娼婦という噂の17歳になる娘のことが気になる。これがもう一つの主題であって、父と子の主題と、からみあうと言うよりは、かわるがわる登場する。しかし14歳という年齢の主人公にとっては、性のうずきが昇華することもなく、水のように淡い体験として、娘も謎のままに終わる。この少年を変えたのは、ラジオで聴いた一つの演奏であった。それはまるで流れ落ちる水から発するような、父親も遠く及ばない速さで奏でられ、しかもその奥にはゆっくりと流れる河のようなメランコリーを秘めた音であった。「これ誰？」と父親に聞いたとき、アナウンサーの声が、チャーリー・パーカーの名を告げる。40年代のジャズを変えたアルトサックスの名手である。その2日後、少年はパーカーのレコードを聴く。それは「チュニジアの夜」であった。作者はパーカーと同時代に活躍したトランペット奏者ジョン・ギレスピーである。

　　その音色は高く舞い上がるかと思うと降下し、少年の周りの世界を消滅させ、次々に弧を描いて飛び回り、ある場所を指し示していた。あるいは場所でなく、心の状態を示していたのかもしれない。彼は目を

閉じて音楽が自分を満たすのに任せ、その場所を思い浮かべようとした。彼には小さな丘のある風景が見えた。それは無限の彼方まで広がり、水のようにひたひたとうち寄せる黄色い光に包まれていた。彼はこう決めた。これは自分がいつもそこにいながらいつもたどり着こうとしていた場所であり、いつもそこへ着こうと歩き続けながら決して着けない場所だったのだ、なぜならそれはいつもそばにあったのだから、と。

「いつもそばにあったのだから」が鍵なのだ。彼が父親の音楽を無視し続けたのは、それがあまりに近くにあったからであり、心の底にある父への憧憬の念に触れるのを恐れていたからにほかならない。それを意識した彼は初めてアルトサックスを手に取って吹き始める。音を聞きつけた父親がやってきて、手ほどきをしてやる。かくして子は父を継承することになる。父と子を結びつけるのがジャズであり、それも一昔前のそれであるところに、ジョーダンの特質がよく現れている。彼は30年代からの短編小説には、決別している。しかし、ポストモダン的な新しさを求めることはない。いわば彼は中間に位置しているのである。

さきにも触れたように、そしてテレンス・ブラウン（Terence Brown）が「アイルランド小説における父と子の永遠の葛藤」[6]と言うように、父と子の葛藤は、アイルランドの文学の重要な主題であり続けた。これには二つの大きな理由が考えられる。カトリック教会の神父の権威が絶大であって、これがキリスト教が本来持っている父権性をいっそう強めたこと。[7]そして、圧倒的に多い零細百姓の生活において、分家もできない大家族の中での父親の権威が必然的に強くなったこと。次に取り上げる『夜釣り』もこれを主題としている。夜釣りと訳したが、nightlinesとは、夕方の干潮時に、海岸線と平行に2本の竿を立て、その間に渡した綱から針先に餌を付けた糸を数本垂らしておく。やがて潮が満ちてくると魚が食いつき、それを朝になって集めるという、きわめて素朴な漁法である。本編では、

これが父と子をかろうじてつなぐ役割を果たしている。

　父と子の間に女が介在すること、やはり音楽がモチーフとなっていることなど、「チュニジアの夜」との類似点は多いのだが、決定的に違うことがある。それは「チュニジアの夜」においては、子が父親を継承するところに重点があるが、『夜釣り』においては父親への裏切りが強調される。と言うよりは、この作品の最大のモチーフは裏切りであるといってもいいだろう。「裏切り」という言葉の使用が20回に及ぶことからも、作者がいかにこれにこだわっているかが推測できる。いくつか例を挙げよう。

> ぼくには自分がユダのように見える。自分に期待されているのはそれだけだと漠然と気づいているがゆえに裏切るあのユダに。[8]

> そしてぼくは気づくのだ。裏切りという奴は、庭の雑草のように、勝手に種が落ちて繁殖するものだということに。[9]

> 父はプロテスタントの家に生まれたのに、結婚のときにカトリックに改宗したのだ。つまり、裏切りは父から始まったのだ。[10]

> ぼくは白髪頭のかつての闘士が、自由国をののしるのを聞いた。そして、共和国や労働者階級を含めたあらゆるものへの裏切りだと言うのを。[11]

>　こういう事件では偽名を使うことになってるんじゃないんですか。ぼくは尋ねた。
>　こういう事件って何だね？　彼が尋ねた。
>　裏切りの事件ですよ。
>　君は誰を裏切っているのかね？　彼は尋ねた。
>　ほとんどみんなです。とぼくは答えた。[12]

ひょっとしたら、とぼくは帰りの汽車の中で考えた。ある一つの道徳的選択に作用する力の係数は、ただ裏切りにのみ向かうのではないだろうか。では裏切りの行為が今や道徳的行為となるのだろうか。……ぼくは裏切ってやろう。ほかに道はないのだから。[13]

　ぼくは彼女に言った。ぼくの行動はすべてが何かへの裏切りであって、裏切りをやめようとすること自体がまた裏切りになるのだと。[14]

こうなると、さきに引用した「最後の儀式」の倦怠のごとく、裏切りは時、所を超えてどこにでもあるもの、まさに「生の条件そのもの」のように思える。しかし、この作品はアイルランドの歴史に密接にかかわっている。あとで言うように、アイルランド史のパロディーだとも言えるのである。そもそも裏切りという文字はアイルランドの現代史に大文字で書き込まれている。20年代初めのアイルランド自由国成立当時のことである。このことはジョーダン自身が書いた映画『マイケル・コリンズ』(*Michael Collins*)の脚本が語っている。

デ・ヴァレラ：われわれはアイルランドの人びとに選ばれたのである。その人びとは、われわれが共和国樹立を支持すると言ったとき、われわれがうそをついていると思っただろうか。
　　　　　　（アーサー・グリフィスが立ち上がる。）
グリフィス：交渉に先立って［イギリス側と］交わした書簡には、アイルランド共和国の承認を要求するとは、一度も述べていない。たとえ要求しても、拒否されることはわかっていたのだ——
　　　　　　（カハル・ブルーアがぱっと立ち上がる。）
ブルーア：それではコリンズ君は外国の王への忠誠の誓いと、この国の東北部の分離を容認せよと言うのか。[15]

8 父と子と——ニール・ジョーダンの作品から

ブルーアが言うように、イギリスの宗主権と北アイルランドの分離をめぐって、これまで一致してイギリスのブラック・アンド・タンと戦ってきた人びとが二つに割れて、お互いを裏切り者と呼び、お互いの血を流すようになる。オーデンは「狂ったアイルランド」がイェイツに詩を作らせたと言ったが、イェイツにとっても、この内戦こそ、「狂ったアイルランド」の最たるものであった。デ・ヴァレラ（Eamon de Valera）は共和国を要求し、イギリスとの交渉団の団長として協定に調印したコリンズは自由国の首脳となることによって、袂を分かつのだ。

　主人公ドナル・ゴアの父親はＩＲＡに属していたが、自由国成立時にボスのデ・ヴァレラを裏切って、政府の要職に就く。そもそも、さきの引用に見られたように、彼はプロテスタントであったのに、結婚するためにカトリックに改宗したのだった。つまり、裏切りはすでに父親から始まっていたのだ。そして、1932年の総選挙に立ち、敗北する。しかし、選挙に勝って政権を握ったデ・ヴァレラは意外にも彼を外務次官に登用する。やがてスペインの内戦が起こると、息子は父親に相談することもなく、志願して人民戦線側に付く。これは父への裏切りであった。

> 志願したんですよ、とぼくは彼に言った。ぼくは父の心を一番傷つけそうな行動をとったのです。ぼくは父が最も恐れ、さげすみ、憎みそうな人間になったのです。2人の間の会話の最後の燃え残りを、永久に消したかったのです。ぼくは父が捨てた共和国運動に加わり、何でもいいから、父を恐怖で満たすような政治思想を支持したのです。[16]

父親は自由国の政府の要人となったときから、それまでの革命主義を捨てて、体制側に立った。息子が人民戦線に志願したことは、許せぬ裏切りであった。そのことを息子は承知している。この小説は、主人公が捕らえられて、ナチス・ドイツの将校ハンスから取り調べを受けているときから始まるのであって、彼は今尋問に答えているのである。一方では、捕らわれ

147

仲間のスペイン人やウェールズ人らが、毎日のように銃殺されてゆく。その緊張感の中で、フラッシュバックのように、これまでの経緯が語られる。そして、息子の裏切りの要因が恨みにあることが明らかになる。父親は幼くして母に死なれた息子のピアノ教師として、ローズという若い女性を雇う。そして、彼女を慕う息子の気持ちを無視して、彼女を後妻に迎える。2人の結婚が確実となったときに、息子は家を出る。伝統的な抑圧者としての父親への裏切りという一般的なモチーフが、一方ではこのような個人的な形に凝縮するとともに、他方ではやはり具体的な形で社会的に拡大される、ここにこの作品の特徴がある。
　捕らわれた息子を助けるために、父親のもとから抗議の外交文書が届く。ドナルは父親の恩恵を受けることを拒否するが、結局、ある条件の下に釈放される。それは、帰国後にハンスに情報を提供することであった。これは彼の釈放が、すでに裏切りを前提としたものであることを、示している。ここからはフラッシュバックでなく、リアルタイムで物語は展開する。帰宅した彼を待っていたのは、植物状態に近い父親の姿であった。息子の出奔後すぐに発作を起こしたのだ。抗議文を出したのは、ローズであった。自分を見ても何の反応も示さない父親を見つめるうちに、どうやら自分は父親を愛していたらしいことに気づくのである。彼は父親を浜へ連れ出す。かつて2人でやった夜釣りを、今はほかの誰かがやっている。

　　　あれをやったときのこと覚えている？
　　　風が父の白髪を揺るがせるのが答えだ。
　　　引き潮どきにスコップとゴカイを持って、ズボンをまくり上げて。
　　　覚えてないの？
　　　風が父のあごひげを真ん中から少し分ける。
　　　朝にまた潮が引くと、カレイやタラやツノザメなんかが紙ヤスリみたいにひらひらしてるんだ。
　　　楽しかったよ、と私は言う。向こうでもよく思い出したよ。

スカーフがふたたび彼の顔をなでる。
　お父さんのことよく思い出したよ。まさかぼくが出て行ったせいじゃないだろうね。[17]

　今度は車椅子がきしむ。父親がどこまで我が子を認識しているのか、それは謎のままである。目は動くが、何の表情も見せない。しかし、すべてがわかっているのではないかという疑惑も消すことはできない。すべてを左右するようなこの重大な疑問に、風や車椅子に答えさせる作者の技法によって、この場面はきわめて暗示的となる。夜釣りは父と子を結ぶ最も原初的な絆であった。それを思い起こさせることによって、父親の目に何かの光がよみがえることを息子は期待したのだが、それはむなしかった。しかし、一抹の希望が残ったのである。このように多くの重要な疑問が未解決のままに残される。しかも、いくつもの手がかりを残して。
　やがてハンスから暗号の手紙が届く。すでにそれは警察によって開封されている。彼は出頭を命じられ、そこで今後何かの連絡があれば、報せることを約束する。これは、ハンスへの裏切りであった。裏切りを命じた人間を裏切るのだ。当時は第2次世界大戦中で、アイルランドは中立を守ったが、共和国主義者にとっては、イギリスの敵はアイルランドの味方という昔からのことわざに従って、ドイツは味方なのだ。しかし、今や自由国の首相となったデ・ヴァレラにとっては、中立を守ることがすべてなので、それを危うくする動きはすべて阻止する必要があったのだ。デ・ヴァレラはすでに体制側である。かつては部下であった共和国主義者たちを、彼は捕らえなければならない。彼もまた裏切り者となった。
　ある日の午後、舟で漁に出たときに嵐となり、命からがらずぶぬれになって帰ったドナルは、心配して待っていたローズと結ばれる。父への最大の裏切りである。

　何か罪の意識を感じた、と言えば言えるが、それは嘘になるだろう。

それはよくある後から考えた嘘なのだ。ぼくは何の罪の意識も感じなかった。毎朝、違った高揚感があった。起きて、駅のそばの売店へ歩いて行って、『アイリッシュ・タイムズ』を買い、海の向こうの空襲の記事があれば読む。ミルクとパンとベーコンを買って、太陽がゲームセンターを照らすころに戻る。彼女はぼくが帰るころには起きていて、父の洗顔を済ませていたので、2人で台所まで車椅子で連れ戻し、ぼくがひげや髪の毛に櫛を入れてやり、彼女が父の——ぼくらの——朝食を作る。父はかわいく見えた。ぼくらの存在を完成する子供、ぼくらが持っていなかった子供のように。[18]

これをもし幸せというなら、それはつかの間の、薄氷の上の幸せであった。それは彼を愛する者たちに囲まれた一家の主の姿にも見えるのだが、息子にとっては、父の目にあるのは、すべてを知っている知性とも見えるし、あるいは絶望、あるいは希望、あるいはローズへの静かな献身とも見える。例によって、父親の状態は謎のままである。

　やがて、ドイツから手紙が届き、その直後に、反英運動の秘密組織に属しているらしい3人の男が密かに訪ねてくる。彼らが打ち明けた計画というのは、イギリスの心臓部を破壊すること、即ち、首脳陣が揃っているところへ爆弾を仕掛けようというのだ。それはどこなのか。

　　王室から、戦時内閣、そこへ古狸のチャーチルまで一つ屋根の下にいるのはどこだ？　と彼が聞く。[19]

見当が付けられないでいるドナルをさんざんじらしたあげく、相手は声を潜めて、「マダム・タッソーだよ」と言う。蠟人形館なのだ。彼らの目的はシンボリックな破壊なのである。あまりのアンチクライマックスに、ドナルはしらけてしまう。しかし、このような非現実性は、アイルランドの歴史に付き物なのである。1848年の青年アイルランド党の反乱は、華々し

く語り伝えられる割には、指導者のオブライエンが信じられないほど無能であったために、たちまち鎮圧されてしまったし、1916年の復活祭蜂起の際は、その直前まで市民軍や義勇軍は、旧式の武器を使って訓練を続け、嘲笑の的となっていた。中央郵便局を占拠して本部としたのも、どれほどの意味があったのか。もしイギリス側が首謀者を早々に処刑することがなかったら、歴史にこれほど象徴的な位置は占めなかっただろう。たしかに、アイルランドでは、反乱はつねに象徴的な意味しか持たなかったのである。しかし、象徴がつねにアイルランド人の心に大きな意味を持ってきたことも忘れてはならない。それに、このアンチクライマックスがあればこそ、その直後の衝撃的なクライマックスが効果を持つことになる。ドナルは当然、警察へ行く。組織からハンスへ送られるはずの手紙を持って。そしてハンスが西海岸の沖へ潜水艦でやってくるという情報を伝える。それはスペインの無敵艦隊の生き残りの者たちが流れ着いたというスペイン岬の沖なのだ。

　　マダム・タッソーか、彼は考え込んだ。本気じゃなさそうだな。
　　かもしれませんね、とぼくは言った。全然違った目的があるのかな。
　　ひょっとしたら、と彼が言う。何か象徴的な効果を見ているのかもしれんな。爆薬をスペイン岬で荷揚げか。フランシス・ドレイクの蠟人形をそれで爆破する。
　　それで、あなたはどうするんです？　とぼくは尋ねる。
　　手紙を送ってやるさ。象徴的であろうとなかろうと、奴らが動けば、おれたちも動くぞ。

　　しかし、どちらも動かないうちに、父が動いた。[20]

この1行でこの章は終わり、新しい章となる。ある朝ドナルはいつものように父を台所へ連れていって、朝食をテーブルに並べる。そのとき、麻痺

しているはずの父の手が動き、砂糖壺まで伸びていって、それをひっくり返す。こぼれた砂糖の上に父は指で字を書く。"Kill me"と。

　父は知っていた。見ていた。聞いていた。感じていた。ドナルは父を散歩に連れだし、詫びる。自分とローズとの間のことが、あのようなやり方で、あのようなときに起こったことについて。

　　でも起こったこと自体については、謝るわけにはいかないんだよ。ぼくの言いたいことがわかる、お父さん？　車椅子が濡れたセメントの上でしゅっと音を立てて答えた。[21]

さきの風と車椅子の答えはあいまいであったが、今度は明らかである。
　ドナルは組織のメンバーから、スペイン岬の沖合で落ち合うことになったハンスの顔を知っている唯一の人間として、立ち会いを頼まれ、警察に連絡した上で、ローズと父親を連れて、岬からやや離れた、温泉で名高いホテルに向かう。温泉に入る前に、ホテルのすすめで、奇跡を起こすことで知られた少年に会い、父親を見てもらう。そして当日、父親の車椅子を押しながらスペイン岬の海岸へ行く。息子は、今こそほかのすべての時間がこの1点に向かって凝縮してきたまさにその時なのだ、と父親に言う。彼は何かを予感しているのだ。落ち合った組織の3人とともに暮れてゆく水平線を見つめていると、「見ろ」と誰かが言う。「誰が言ったんだ？」「爺さんだぜ。」父は口が利けない。「イルカだ」と同じ声が言う。「お前の親父だぜ。」やはり父の顔はこわばったままである。そのとき、

　　ぼくは水が下からの巨大な圧力に押されるかのように、泡立つのを見た。最初に砲塔が現れた。それからなめらかな黒い船体が現れ、骨から皮がはがれるように、水が流れ落ちた。
　　ぼくは父から出現しつつある怪物へと目を移し、また父を見た。父の唇はふるえていた。あたかも言葉を発しようとしているかのように。

潜水艦だ、お父さん、とぼくは言った。言ってみなよ、潜水艦と。唇はふるえた。しかしいかなる音も発しなかった。[22]

　潜水艦でのハンスの出現はいかにも大仰で、これまた復活祭蜂起を思わせる。首謀者の１人ロジャー・ケースメント（Roger Casement）は、ドイツで入手した武器を積んだ潜水艦で入国しようとして逮捕されたのだ。ジョーダンは、アイルランドの歴史の宿命であるかのごとく随処に見られるおかしさ——大仰な身振り、言葉と、それに伴うアンチクライマックス——をいつも意識しているようだ。この作品は半ばそのパロディーと言ってよい。ハンスも上陸する暇もなく、捕らえられてしまう。ボートでこぎ出たドナルが海岸に戻ってみると、車椅子だけあって、父親の姿はない。ここでまた作者は、謎を読者に突きつける。絶対に動けないはずの父親がどうして姿を消したのか。あの少年が奇跡を起こしたのか。これに対する答えはない。

　ローズは故郷へ帰り、ドナルは毎晩ウィスキーを飲んではあれこれと思いに耽るが、最も合理的な結論、父親はもういないという結論だけは受け入れることができない。父親はつねに彼の空想の中に現れる。しかもつねに魚とともに。やはり、息子は夜釣りによって父親と結びついていたのだ。ここには裏切りはない。そして、ある満月の夜、さび付いた竿を取り出して、夜釣りの仕掛けをする。彼はこれによって、父親の幻に決着を付け、彼を永遠に眠らせようとするのだ。ところが、ここでも作者はこれを単なる儀式的な行為に終わらせはしないで、父親を呼び出してしまうのだ。朝になって仕掛けを上げに行くと、見たこともない奇妙な魚がかかっている。目が飛び出し、チューリップのような口をした、角のある大きな魚である。

　　ぼくはこの魚の正体を確かめようと思った。その奇妙な体は、海の上の朝日にシルエットとなって浮かび上がっていた。そのときぼくは何かほかのものがその背後の水の中から出てくるのを見た。チューリッ

プの口の向こうから、もの憂げに波打つ潮の彼方から出てくるのを。[23]

ズボンをたくし上げて波の中から出てきた姿は、まさしく彼の父親であった。彼は息子と一緒にあの奇妙な魚を食べながら、今までのことを語る。彼がスペイン岬で姿を消したのは、あの少年が起こした奇跡のためではなかった。単に彼が歩こうという意志を持ったからであった。そして彼が海の中へ歩いていったのは、きわめて自然なことであった。それから彼は海の中を歩き続けて息子のもとへ帰ってきたのだ。魚を食べ終えたときには夕方になっていた。父親は息子を誘って夜釣りの仕掛けに出かけ、そのまま海の彼方に消える。いつしか現れた母――息子が幼いときに死んだ――の姿と腕を組んで。

　父の再現のくだりはなくもがなのように思える。とくに最後の情景は臆面もないメロドラマである。ここにも作者は伏線を用意している。1人で暮らすようになってから、ドナルは毎晩ウィスキーを飲み、酔いがまわるとさまざまな空想に耽るようになる。したがって、父の再現をまったくの空想に帰することもできる。しかし、それまで何度も手がかりを残しながら、未解決のままにしてきた疑問のことを考えると、この推測は成り立たない。むしろ、これらの未解決の疑問こそが、結末への伏線であったのではないか。多くの重要な疑問を未解決に残し、しかも信じがたい手がかりを残すことによって、最後のありえない結末に対しても、コールリッジの言う「不信の留保」を要求しうるのである。

注
1) *Night in Tunisia* (Brandon, 1982), p. 1.
2) *Night in Tunisia*, p. 13.
3) *Night in Tunisia*, p. 39.
4) *Night in Tunisia*, p. 53.

5) *Night in Tunisia*, p. 51.
6) James Acheson, ed., *The British & Irish Novel since 1960* (Macmillan, 1991), p. 161.
7) これを和らげる要素としてのマリア信仰との関係は興味深いが、ここでは触れるにとどめる。
8) *Nightlines* (Random House, 1994), p. 16.
9) *Ibid.*
10) *Nightlines*, p. 38.
11) *Nightlines*, p. 57.
12) *Nightlines*, p. 122.
13) *Nightlines*, p. 113.
14) *Nightlines*, p. 152.
15) *Michael Collins* (Plume, 1996), p. 183.
16) *Nightlines*, p. 62.
17) *Nightlines*, pp. 88-9.
18) *Nightlines*, p. 130.
19) *Nightlines*, p. 133.
20) *Nightlines*, p. 135.
21) *Nightlines*, p. 139.
22) *Nightlines*, p. 166.
23) *Nightlines*, p. 181.

〈ニール・ジョーダン作品一覧〉
・小説
Night in Tunisia and Other Stories, 1976.
The Past, 1980.
The Dream of a Beast, 1983.
Mona Lisa, with David Leland, 1986.
Nightlines (originally published as *Sunrise with Sea Monster*), 1994.

・映画
Danny Boy, 1984.
Mona Lisa, 1986.

High Spirits, 1988.
We're No Angels, 1989.
The Crying Game, 1992.
Interview with the Vampires, 1994.
Michael Collins, 1996.
In Dreams, 1998.

9 二つの世界の間で:コルム・トビーン

伊 藤 範 子

はじめに

　The South(1991年の The Irish Times/Aer Lingus Prize 受賞作)[1] で文壇に登場したコルム・トビーン(Colm Tóibín, 1955-)は、アイルランドの中堅現代作家である。彼は、アイルランド東南ウェクスフォード州、エニスコーシーの出身であるが、ここは、1798年、イギリスの弾圧に民衆が決起したところとして有名である。アイルランドは、過去と現在が渾然一体となった土地で、200年前の出来事を今もなお思い起こさせるヴィネガー・ヒルを見晴るかし、蜂起の指導者マーフィー神父とクロッピー・ボーイの像が、町の中心マーケット・スクエアに立つエニスコーシーは、トビーンの小説の主たる舞台となっている。生まれ育った土地に対する愛着とその顕彰という、アイルランド作家の帰属性を示すと同時に、トビーンの精神的背景としてもつこの地の重要性は、どれだけ強調してもしすぎることはない。ちなみに、帰属意識というのは現代アイルランド文学の中心問題の一つであるが、それを超えるあるいは、超えられないまでも解剖すべき対象としてトビーンは、異なる二つの世界の双方向性をつねに考える作家である。

　アイルランド作家の常としてトビーンもまた、過去に対する関心が強いが、とくに、現在はどのように過去によって形成されたかが、つねに中心

のテーマとなっている。例えば、第1作の *The South*、第2作の *The Heather Blazing*[2] は、アイルランド近・現代史を背景にアイルランド人の精神が形成される過程を描いているし、第3作の *The Story of the Night*[3] は、舞台がアルゼンチンという異質の空間ではあるが、過去と現在の時間的境界に焦点が合わされている点では共通したものをもっている。自我の形成過程を探求する第4作の *The Blackwater Lightship*[4] は、まさにこのテーマの解題そのものである。

　トビーンだけでなく、すべての現代アイルランド作家に共通した上に述べたような創作のスタンスは、伝統を踏襲するというよりは、世界の急激な変化と連動して新しい価値観の形成と実践にかかわろうとするものであることは言うまでもない。トビーンをはじめ今の作家は、ほとんどが50年代以降の生まれで、中等教育の無償化(1968)が生んだ新しい世代であり、彼らが生き、描く世界は、ジョイスの20年代、あるいはフランク・オコナー、ショーン・オフェイロンの3、40年代のそれとはまったく異なる新しいものである。教育改革がアイルランド社会にもたらした影響の大きさについて、代表的な現代作家の一人であるダーモット・ボルジャーが、彼の『現代アイルランド小説選集』[5] の序文でつぎのように述べている。

　　この選集中の作品の一番早い出版年が1968年で、この年にアイルランドで中等教育が無償とされた。これが新しい作家と読者を生み出すことにつながり、その影響力は、北アイルランドにおいて「イギリス教育法」がもたらしたと同じほど大きなものであった。[6]

　技術の急激な進歩につれて世界、それとともにもののとらえ方が大きく変貌した20世紀後半は、従来アイルランドの特質と考えられてきたものも含め、すべての点で見なおしが迫られるようになってきた。教育改革はその一つであるが、現代アイルランド文学では、とくに歴史の現在性つまり、人間の意識の中で過去は現在の中に組みこまれているという表現が普通に

なっていると言える。彼らにとって過去とは、消去できない事実なのである。

　サミュエル・ハインズの表現を借りるならば、ハーディが「取り消しのきかない過去の過去性」にとりつかれているとすれば、アイルランド作家は「取り消しのきかない過去の現在性」というものにとりつかれているのだ。[7]

　アイリッシュは過去を振り返り、反芻し、再現する。従って、私たちがアイルランド文学を読むときには、彼らの意識に刻みこまれた、その長い過去を考慮に入れることが重要である。アイルランド現代文学に特有のこのような歴史感覚を、トビーンがどのように表現しているかに注目しながら、1章〜4章で彼の作品の解説と解釈を行っていこうと思う。

1　*The South*──アイルランドとスペイン

　「なにかが起こることを期待しているかのように、結婚してそのまま凍結したような体の線を保った32才の」[8]ヒロイン、キャサリン・プロクターに私たちが出会うのは、1950年のことである。プロテスタント・アセンダンシーの出身であるキャサリンは、湿っぽいウェクスフォード州の風土の中で、1922年内戦のとき焼き討ちに遭った後父が建てた家で、夫のトム、息子のリチャードと平穏に暮らしていた。ある日、夫が今係争中の隣家の女が、彼女と話がしたいとやってきて動こうとしなかった。動揺した彼女は、訴訟を取り下げてやってくれと頼むが、夫は耳を傾けなかった。裁判の日彼女は、二度と帰らぬ覚悟で家を出た。自分の帰属する場に疑問を抱いていたキャサリンは、国境を越えるという行為で、人生を大きく転回させたのである。今までの人生は自分で選び取ったものではなかったと感じ、子を捨てて独自の生き方を探るというキャサリンの姿勢には、新旧価値観

の境界を探る作家の意識があると見てよいであろう。

　アイルランドと対照的な風土スペインで、本当に帰属する場所を彼女が見つけたのは、バルセロナに来て間もなくのことだった。

　　バルセロナに来て1週間ほどたった頃のこと突然、そう突然だった、ずっと探し求めていたものを見つけたと感じたのは。世界の聖なる中心地。ふたつの小道を出たところにある薄暗いこの広場、誰もいない、真中に噴水、木が二本、教会と付属の建物、それだけのこの広場がそれだった。[9]

　バルセロナに落ち着いて数日たった頃、彼女は誰かの強い視線を感じた。「なにかにとりつかれたものを感じさせる、中心に寄った黒い目、歯並びのいい大きい口元の」[10] 画家ミゲルだった。キャサリンと彼は、激しい恋に陥る。カタロニア人のミゲルは十数年前の内戦時、フランコ将軍に抵抗する人民戦線の闘士で、教会の焼き討ちをしたり、警官の子供を殺害したりするなど、非道の限りを尽くした。そのことをキャサリンに語る彼は、今なお当時の苦しみの影を引きずっていた。過去に生きるミゲルと、そこから抜け出ようとするキャサリン。恋と芸術の中で繰り広げられるピレネー山上の孤絶した生活が、二人の間に生まれた娘イソナとミゲルの事故死で終止符が打たれるまでの一年間が、この緊迫した物語りの前半で、後半は、ミゲルの死後彼女がアイルランドに帰り、捨てた息子家族に受け入れられ、画家としても著名になっていく過程が描かれている。背景にはいつも、宗教とナショナリズムという二つの境界が見え隠れし、人物の意識に上り、かれらの行動を左右する。

　キャサリンの人生で重要な男性が、夫のトム、恋人のミゲルのほかにもう一人いる。それが、アイリッシュの画家マイケル・グレイヴズである。「30代なのに髪の毛がグレイで、病み上がりみたいな黄ばんだ肌のやせた

男」[11] マイケルは、キャサリンの後半生に大きな部分を占める人物である。ところで、結婚には至らなかったマイケルに対するキャサリンの気持ちは、階層差ということもあるとはいえそれほどはっきりしない。だが、ミゲルという不可解な人物のどこに彼女がひかれたのかはもっと不透明である。「ミゲルがどうやって生活しているのか分からない。ほかにもはっきりしないことばかり。彼を理解するにもぜんぜん脈絡なしなんだから」[12]と彼女は思う。人には誰でも、どうしても分かり合えない部分があるものだが、彼女は、ミゲルとマイケルという同じ階層に属する二人の男性を観察し、自分との境界を意識し、どこまで超えられるかをいつも意識しているかのようだ。

冷静なキャサリンを動かす情動の一つは、過去への強い好奇心である。思いがけないところでふと耳にした言葉から、過去の真実が暗示されるということもある。まだキャサリンがスペインへ行く前のことだが、親子三人である日散歩をしていた。とある家の敷地へ入って行った。この家の男がキャサリンに、家のものが何人も結核（ＴＢ）で死んだと言う。

> 「結核ですよ」男が言った。「４人の娘がみんな結核にやられて死にました。一人も残ってないんです、母親だけがあとに残されましてね」
> 「なんのことですか、分からないけど」キャサリンが言うと、
> 「最後のがこないだ葬式で、．．．あれいつだったかな。そうそう、先週の金曜日の２週間前だった」
> 「なにが起こったんです？　どうしてみんな死んだんですか？」
> 「結核ですよ」男は言った。「もうちょっとで国民まるごとやられちまうとこだったですよ」[13]

この場面から私たちは、結核が猛威をふるった50-60年代のアイルランドの悲惨な状況を想像させられる（結核は、第２作、第４作にも出てくるモチー

フである)。これはカトリックの家の敷地であったから、プロテスタントの彼女とは宗教的、文化的に対立する。それが理由であろうが、夫は不法侵入だと言って中に入ろうとしない。ここで私たち読者は、二つの宗教のボーダーを越えるキャサリンの行動が、沈黙のアイルランド史に新しい光を当てるものであることを知るのである。ここで思い起こされるのは、ミゲル、マイケル・グレイヴズとキャサリンとの関係に象徴される、被抑圧と抑圧の歴史である。カトリックが弾圧にあえいだのも本当なら、「土地のカトリックたちが私たちに襲いかかった」[14]のも本当なのであり、相互殺戮の歴史は厳然たる事実で、どちらがどうの問題ではないのだということが示唆されているのである。問われているのは'変化'であり、それは、歴史の新しい受け止め方の実験としてのキャサリンにゆだねられているのである。

　トビーンはいつも物語の結末で、主人公たちが、いかにして今まで離反していた外界と折り合いをつけるかを興味深く描くのだが、キャサリンはスペインからアイルランドへ帰り、自分が捨てた家族と和解する。この結末は、トビーンらしい寛容と希望に満ちたものであるが、二つの領域の葛藤には明確な解答があるわけではない。宗教、政治、芸術そして人間関係すべての境界は依然としてそこにある。暗示されていることは、両者はつねに和解への途上にあるということである。

2　*The Heather Blazing*——エニスコーシーとダブリン

　エニスコーシーを中心としていることからこの作品は、動きは少ないが、じっくり腰をおちつけた安定感がある。エニスコーシーはすでに触れたように、1798年蜂起の中心地の一つで、民衆が決起したとき使用した主要武器、パイク(長い柄のついた矛)が、11世紀のノルマン人の建造物で、現在は歴史資料館になっているエニスコーシー城に展示されている。エドモンド・スペンサーが、アイルランド総督として赴任するはずだったこの城を

9　二つの世界の間で：コルム・トビーン

資料館にする計画は、作者の父、マイケル・トビーン氏の尽力によるところ大であったが、彼がランサム＝作中ロシター＝神父と協力して城を資料館にしたいきさつが、この小説に詳しく出てくる。

　主人公エーモン・レドモンドは、エニスコーシー出身のアイルランド高裁判事で、順調な人生をすごし引退を目前に控えている。彼の取り扱う事件はまさに新旧価値観の入れ替わる境界に起こる事柄ばかりで、例えば、未婚の母の問題、医療介護と公費助成の問題、ＩＲＡ関係など多岐に互る。総選挙のときフィアナ・フォイル党の支持演説をした過去をもつ彼は、とくに同党とのつながりが強いのだが、その時々の政府御用裁判官として働いた彼は、独立から80年代までの激動のアイルランド史そのものを体現する人物であると言えるであろう。

　少年期を過ごした40年代は、まだアイルランドが現代の洗礼を受ける前であり、政教一致のキリスト教国家という理念が生きていた頃である。彼の祖父は1916年のイースター蜂起、父は独立戦争および独立後の内戦に自らかかわった。しかしエーモンは、50年代末以降の変わりゆく現代アイルランドの、揺れ動く境界をとまどいながら通過していくうちに、宗教も政治もそして家庭も、よりかかる堅固な岩足りえないと感じるようになっていく。未婚の母裁判の審議中、これは人間の生き方や世界観をも問うものだということが分かったとき、彼は、自分は善悪の判断も確固たる信念で下せないことを思うのだったが、彼の迷いは、アイルランドの伝統と近代化の葛藤とも重なり合うものである。

　　確信を持つということは、何と難しいことだろう！単にこの訴訟と、
　　それの提起する社会と道徳についての問題というに止まらぬ、こうい
　　うことが起きる世界、相対立する価値観が、互いに、かくも接近して
　　共存している世界そのもの、それがエーモンを不安にした。どちらが
　　是とされ、弁護され得るのか？[15]

一方、このような社会の激しい変化にもかかわらず、例えば次のような部分に表されているように、エニスコーシーという空間は、なにも変わっていないと思えるほどに悠久の様相を示しているのである。

　　この長い年月、ここにはまるで何の変化もなかったかのようだ。適度
　　の湿りと日差しに恵まれて、いらくさは高く生え、ピンクの野ばらは、
　　昔と同じように格子窓に絡まって揺れている。[16]

　さて、主人公エーモンは、自己と対話する真摯な魂の持ち主であるが、生まれてすぐ母が亡くなったため、幼少時から外界と自然な交流を欠き、厳格なカトリシズムの影響もあって孤独な人間に育ち、だれとも決して心から打ち解けたことがなかった。彼のこれまでの人生は順風満帆と言いたいところだが、実は仕事も家庭も思った通りには運ばない。娘のニーヴは未婚の母、息子ドーナルは、自分の関与する政治理念と反対の立場で活動するというありさまである。なかでも、妻カーメルとの夫婦生活は、意思疎通がほとんどないままで、カーメルの死が目前となってはじめて、彼女が不満を持っていたことを知り愕然とするのである。家庭の中の境界を彼が乗り越えるのはやっと、彼女が亡くなってからなのである。あまりにも遅すぎる覚醒であった。
　妻の死後、からっぽの心を抱えて毎日歩き回ったバリコニガーの浜、そこの崖っぷちに立つキーティング家の半壊の家。目にはそれと見えないくらいの、しかし確実に崩れていくこの崖の浸食のために、ぼろかかしよろしく崖にへばりついているこの家は、すべてのものは壊れ、過ぎ行くことをいみじくも象徴している。つぎにあげるような、深く沈潜した文体で描かれたトビーンの文章には、たしかに私たちを魅了するものがある。

　　この浸食ときたら実に遅々たるもので、目に見えて変化するというの
　　ではなく、石ころまじりの土塊が、波が押し寄せるごとに少しずつゆ

るみ、気の遠くなるような時間の流れの中で、いつのまにか崩れていく。長い年月の間に徐々に崖の輪郭が変わっていっているのだが、それがあまりにも緩やかなので、例えば、マイクの家が崩れ落ちるといったような、何かはっきり目に見えることが起こらないと分からないのだ。[17]

　苦しみもしかし、いずれ時がたてばいやされる。思い出が襲うので足を踏みこむこともできなかった家に、エーモンはやっと入り、眠った。二人の子供とのぎくしゃくした関係も改善されていき、日に日に生きる方向を向き出した彼は、やがて、ニーヴとその子マイケルとの平和な日常を楽しむようになる。海に孫のマイケルをつれて入ったエーモンが、連綿として続く生命の循環を感じて終わるところは、私たちに再生の希望を抱かせる、いつものトビーンの深い配慮を読み取ることができる。
　一人の人間の歴史とアイルランドの近・現代史とが一体化されているとも言えるこの作品において、エニスコーシーと都会的なダブリン、プロテスタンティズムとカトリシズム、南北アイルランド、ヒューマニズムと物質文明など、エーモン・レドモンドというスポークスマンによって解説される各種の対立項は、第1作におけると同じように、呈示され、和解が暗示されることで終わっている。歴史は刻々と織り成され、途切れることなく明日に続く。この小説が永久の海で終わっているのは、その意味でもきわめて象徴的である。

3　*The Story of the Night*[18]　――ノーマライゼーションの可能性

　トビーンの3番目の小説は、前2作よりさらに幅広く、現代世界のいろいろな境界を考えさせる作品である。舞台はアルゼンチンで、この国の近代化を背景として、性（ホモセクシュアル）と国籍（イギリス人の母、アルゼンチン人の父）など、ボーダーに生きる主人公リチャード・ゲアレイの世界

を描いている。リチャードは、「ある年齢になったとき、世界が自分と離れたものというふうに見るようになり、自分の周りのものと自分がなんのつながりも持たないという感じ。. . . だれも自分を愛していないという感じ(エーモン・レドモンドも同じ感覚を持っている)」[19] を抱いていた。大学を出てから、外語学校で英語を教えるかたわら、土地の有力者カネット家の長男ホルへに個人教授をしている。当時アルゼンチンは、独裁者ペロン後の流動的な政治状況の中で、次期大統領選挙というホットな話題に沸きかえっていた。

　70年代のアルゼンチンは、大量虐殺の時代である。中学生から18才位の少年少女たちがある日突然警官に連れ去られ、家族の必死の捜索にもかかわらず、失踪した彼らの姿は二度と見られなかった。すべての真実が闇に葬り去られたこの暗黒の時代を、具体的に裏付けるものがある。トビーンのノン・フィクション、*The Trial of the Generals*[20] (1990) がそれで、この本に、1973年——この年の19人から一時は3850人(1976)にも上った——から1983年までの10年間に起こった失踪の責任を問われた将軍、フィオラ、フィデハ、ガルティエリ3将軍の裁判の模様が描かれている。狂気の70年代について、当時警官であったアルマンド・ルチニの語るところによれば、拘留所の公安部員の中にはナチ的傾向のものが多く、当時ナチと反ユダヤ主義文学があふれていたという。明らかにこれは、スペイン内乱をはじめ多くの国で見られた、ファシズムとデモクラシーという対立する二つの領域の、もう一つの例である。

　熱狂的なイギリスびいきの母と違い、半分イギリス、半分アルゼンチンのあいまいさを持ちつづけていたリチャードだが、突如として起こったフォークランド戦争は彼に、アルゼンチン人であるというアイデンティティーを決定させることとなった。ちょうどその頃、大統領選に食指を動かすカネット氏の働きかけもあり、CIAであろうフォード夫妻から、アルゼンチンの政情探索という仕事を彼は持ちかけられる。大統領選のほうは、いまひとつ人気が出ないカネット氏に対抗して、メネムという、地方で知事

をやったというだけがとりえの無名の新人候補がのし上がってき、民衆受けがすると感じたフォード夫妻が彼に熱を入れ始め、アルゼンチン全体がメノム旋風に一気に飲み込まれていくという経過をたどる。

　結果的には、支配と被支配の境界を超えるという試みは成功せず、アルゼンチンの敗北に終わることになったフォークランド戦争であるが、この戦争は、ナショナリズムを激しく燃え上がらせたという意味では大きな意味を持つ。どんなことにも、ガラス一枚へだてたクールな対応をするリチャードでも、このときばかりは同国同胞意識に酔ったのである。

> ．．．群集と声を合わせて叫んだ、マルヴィナスはわれわれのものだ！と。わが同胞国民と一緒になって、声を限りにぼくは叫んだ。長い長い屈辱の被支配、だがそれをついにまたわれわれの手に取り戻すことができるんだ、この町角を、あの通りを。結果がどうだろうと、このデモに参加したことを悔やむ人間は絶対に一人としていない。あの晩、デモ隊に加わったらだれにでも話しかけられた。それは今までにない、まったく新しい何かだった。ぼくは決して忘れない。[21]

　この作品は一見、ホモセクシュアリティが中心であるように見え、書評でもそのような取り上げ方がされることが多いようであるが、それは、人間探求の新しい領域という限りでであり、トビーンの他の作品と同じくこれが、政治的、社会的側面を強く持つことを見逃してはなるまい。いきさつをなぞることになるが、例えば、権力闘争で埋め尽くされた血の歴史という背景において、ペロン亡き後のアルゼンチンが、第１作のスペイン、第２作のアイルランドと重なり合うと取ることは不自然ではないだろうし、また、フォークランド戦争の仲介者が、イギリスやヨーロッパではなくアメリカであるところとか、一部の特権階級が没落し、新人メネムが大統領選の有力候補にあがってくるという、新旧二つの価値の交替する現代が表現されているところなどからも、そう言えるのである。境界線はいつも定

167

かではない。対立する二領域が交錯して、新しいものが古いものと入れ替わるときの足音は、耳をすましていないと聴こえないくらいかすかである。ヒースに火がつけられたときを、地下牢の囚人が暗闇で絵を描いたときを、また、彼らがその夜、拉致され、拷問にかけられ、抹殺されたときを私たちは想像する。絶え間なく削り取られていく崖のように見えないし聞こえもしないが、その瞬間は、研ぎ澄まされた感覚だけがとらえうる、境界線を示すエンブレムとして私たちに息苦しく迫ってくるのである。

　アルゼンチンはたしかに民主主義化の途上にあった。はっきりと見えるわけではないし、主人公の孤立性が、外界の変化にすぐ気づくことを難かしくさせてはいたが、しかし、変化は確実に起こっていたのである。リチャードは、自分のことにかまけている間に、世界が大きく変化していっていることに気がついたとき愕然とする。一歩遅れて歩いていることの不安が、あちこちに'驚き'として表現されている。

　　アルゼンチンの過去ばかり、独裁政権と戦争とメネムなんてのばかりに頭がいってしまっていて、自分もその一部であるものを見逃してたんだ。パブロに会ってからというもの、スーザンやドナルドともあまり会っていなかったんで、アルゼンチンでなにが起こっているかなんてことも話してないし。ブエノス・アイレスへ帰ったら、もっと彼らに会わなくては。各省へ足を運んで、この変化が確かかこの目で見なくては。[22]

　外的行動と内的心理などのように、人は誰でもつねに二領域の境界線上に生きているが、ホモセクシュアルのリチャードのばあい、公私二つの領域の間にある境界は明確で、それゆえ普通よりも困難なハードルを彼は乗り越えなければならないことになる。彼がときどき行く闇の空間サウナ、そこにうごめく人間たちは、じつに静かにルールを守って抑えた動きをする。秘匿性に囲われた自我の世界で孤立し、「だれかぼくみたいな不安感

じたりするかなあ。毎朝、同じ調子で静かな勇気をかきたてられるのかしら。今日もまた窒息しそうなタイつけるのか．．．」[23]と思うリチャードは、外見ははなやかで活動的に見えるが、ときに自分にも分からない無力感、絶望感にとらわれるという複雑な側面を持つのである。このように屈折した彼の心理は、この作品を理解するカギとして重要であると思われる。

最後にこの作品について、私たち傍観者の位置にいるものが見過ごしがちな大事な問題、つまり、北アイルランドにあったと同じような恐怖と日常性の同居が、この物語に描かれていることを指摘したい。恐怖や無関心の結果として、言葉を失った状況というものがこの作品に描かれているのだが、それは、第1作、第2作、第4作にも見られる、トビーンの主要モチーフの一つなのである。

　　ここには社会がなく、ただ国全体に重くのしかかる恐ろしい孤独があるだけ。誰かが目の前で引っ張られていく、だのにそれに気がつかないってこともありうる。なんというか核心を見そこなうというか、あの当時そう、ぼくだけじゃなくって、ぼくのような境遇だと同じようなことが起こったんだ。なんにも見えない、なにもなかったんじゃなくて、見ようとしないようにしたから見えなかったんだ。[24]

彼の秘匿性は、あまりにも知りすぎることへの予防という一面と同時に、真実を避けようとしているのではなく、知ろうとしても知り得ない当時の社会的圧力ゆえであったということも言える。彼の現実認識はたしかに相当ずれている。だが、この作品を意味あるものとしているのは、ずれている認識の間隙を、文化的辺縁のアウトサイダー、リチャードが埋めようと努力するところにあるのだと言える。

宗教的抗争やナショナリズムなどは、対立する境界を持続させるものでしかなく、寄りかかれる安住の支えとはなり得ない。そのことを暗示するかのようにこの物語は、政治は背後に姿を消し、エイズという悲劇がある

ことはあるが、最後は人間の愛と希望で終わっている。たしかに、このような結末は安易かもしれない。エイズは会話を根絶するという疑問も出てこよう。にもかかわらず、物語の終末が必ずしも暗くないのは、自己のアイデンティティーを、政治ではなく、人間愛によって達成しようとする主人公が、絶望に引き裂かれながらも、必死に孤独から這い出ようとするところに、かすかな希望が残されているからである。エイズ、それは次作に続く切り札である。

4　*The Blackwater Lightship*——家族のしがらみと永遠へのまなざし

　中等学校の校長であるヒロインのヘレンは、ウェクスフォード州の出身、今は夫ヒューと二人の息子カハルとマヌスとともに、ダブリン郊外に住んでいる。複雑さを持たない夫と屈折した心理の持ち主である彼女との間は、必ずしもすべてうまくいっているとはいえないが、幸せな家庭を築こうとそれぞれに努力している。そこへある日突然、弟のデクランの友人によって、彼女に重大な知らせがもたらされる。彼がエイズで、それもかなり悪いというのだ。物語はここから始まり、すべてがデクランの病気を中心に急展開していく。

　ヒロインのヘレンは娘時代、母、祖母との不和を経験し、大学卒業後独立してからは、結婚式に家族も呼ばない独立独行の生活を送ってきた。祖母、母、彼女、3人はいずれも互いに不和のままで行き来もほとんどなかった。だが、デクランが家族の支えを必要とするようになり、カッシュ（第2作の主要舞台）の祖母の家へエイズ末期の療養のためにやってきたことから、状況は一変する。彼の残された命がどれだけか誰も知らないが、彼のゲイ友達とともに家族が彼を介護する辛い日々が始まり、彼を中心にして、仲たがいした娘、母、祖母は、変化する状況に否応なく巻き込まれていく。それは、刻一刻と死に近づくことを意識しつつ耐える凄絶な戦いの日々であった。

この小説が他の3つの作品と異なるのは、エイズの展開する空間における人間関係が広げられていることだけではない。ストーリーは主にヘレンの心理分析によって展開するため、全体としては動きが少なく、政治的なものは脇に取り除けられ、宗教的なものは習慣の一部として存在するだけであるという背景の中で、エイズにより人間関係はどのように変化するかという中心テーマが、構造の展開そのものになっていることなのである。そしてそれが、ホモセクシュアルとヘテロセクシュアル、普通の感性と深く拠る感性など、二つの異なる境界上で追跡されるのである。その意味では、同じようにウェクスフォード州を舞台にするとはいえ、第2作とは内容、もしくは視点の置き方にかなり違いがある。興味深いことは、同じくホモセクシュアルを扱った前作と比べても、また、いろいろな点でかなり違っていることである。たとえば、その事実が当事者二人以外にはすべて秘密で、家族にも知らされていなかった前作と比べ、ここでは家族や社会が取りこまれて、ボーダーをかなり超えている点が注目される。しかし、ボーダーを超える試みというものは非常に困難で、人間関係が近接したアイルランドではとくに難しい。第2作にも描かれていたが、互いが知り合いであるようなアイルランドの地方社会では、すべてがつつぬけであり、詮索好きのおせっかいはあっても、偏見なく受け入れる心の広さを見ることは少ないのである。デクランのことは、祖母デヴルー夫人の知人マッジ、エシー姉妹など、他人のプライバシーに鼻をつっこむことに生きがいを見出しているようなうるさい連中の口から、すぐに近所に広まるであろう。

　　「私がなんて言ったか聞いてただろ。今ごろは二人とも怒り狂ってることだろうよ」．．．「今聞いたばかしのことを、道行く人皆とっつかまえてはしゃべりまわるんだろうて。あの家に電話がないだけが救いだね」[25]

しかし、その懸念はほのめかされているが、ユーモアで笑い去る余裕もこ

こにはうかがえる。とは言え、家族の間でさえエイズを受容することがいかに困難かということは、表面的にはすべて認めているように見えるデヴルー夫人の、つぎのような矛盾した態度からも明らかである。デクランの病勢が悪化して、土地の医者の往診を頼まなければならなくなるときがやってくる。医者が往診に来たとき祖母は、彼の親を知っていることもあり、顔を出したがらない。

　　祖母は玄関に出て医者を迎えようとはしなかった。そわそわと台所で待っていた。それでヘレンには分かったのだ、医者に見られて自分が誰か分かるのを好まなかったのだということが。[26]

デヴルー夫人は、理解があるように見えるのだが、その実心は狭いのである。つぎの引用にもあるように、ホモセクシュアルの体験を告白するラリーに対する彼女の反応が、それをよく物語っている。

　　「変だね、暗闇だと話しやすい」ラリーが言った。「まるで告解に行くみたいだ、告解室に灯台はないけどね」．．．「全部聞いたよ」老婦人の声は硬く、まるで聖なる力の代行者であるかのように必要以上に大きかった。「それくらいが限界だね、まったく、あんたの母さんが聞いたらなんと言うか」[27]

ヘレンは、祖母の言葉に絶望を覚え、人間の限界を感じる。しかし一方で彼女は、穏やかな夫のヒュー、息子のカハルとマヌスに囲まれた幸せな家庭生活を送る女性であり、その確たる安心感から、人間性に対する信頼を取り戻すこともできる。明と暗、この一見途方もなく乖離した状況が意味するものはなにか。考えようによっては、これは、彼女のあまりにも複雑に入り組んだ心理的問題を設定するために、絶対に必要な条件であるのかもしれない。それほどまでに彼女の問題の深刻さ、複雑さは尋常ではな

い。「祖母や母といつまでもこんな関係ではだめ、それは分かるのだけど、どうしてもまともに向合うことができなくて。．．．でもこう言ったからといって同情を求めているのではないのよ。同情や援助は、デクランにこそ必要なんだから」[28] と言うヘレン、彼女の母リリー、祖母デヴルー夫人の三つ巴の確執を読む側の私たちは、つくづく人間というものの業の深さを思わないではいられない。しかし、そのような葛藤も、デクランの絶対悲劇の前には平凡である。

　さて、以上のようにこの作品は、悲惨な現実を背景として人間の恩讐心理の隅々までを探ったものである。すべては厳然たる事実である。しかし、それでもこれらはすべて人間的問題にすぎない、と言えないこともない。この作品が今までと異なると言えるのは、別の観点からである。それは、人事に対する自然の特徴的な取り扱い、つまり、人間を一部とするこの世界のすべてを、存在そのものの無化にまで推し進めているという点である。

　　想像、共鳴、苦痛、渇望、偏見、それらすべて、厳として変わらぬ海
　　に比べれば、風雨にさらされ、絶え間なく削り取られていく崖土に比
　　べれば、無だ。冷たい夜明けの、この胸つきあげる暗い美に、なんの
　　衝撃も与えはしない。人間なんて最初からいなかったほうがよかった
　　かもしれない、この輝く海、朝のさわやかなそよ風を、記憶し愛でる
　　人間がかくもはかなき存在であることを思えば。[29]

　すべてを包み込み、すべてを凌駕する時の流れの凝視。悠久の海を究極の存在として、すべてのものが崩れる一瞬に目が注がれ、さらに、自然すらいずれ風化し存在しなくなる点まで見据える虚無的な視点。

　だが、この作品もまた他の作品と同様、虚無だけで終わっているのではない。虚無的だからこそ、今日という一日、今という一瞬に集中し、小さないさかいなど捨て去って生きようとすることへのいざないがあるのである。灯台の光と闇の交錯は時を刻むリズムであるが、題名に象徴される人

173

間の愛、それが最後のよりどころとして提示されているところを見れば、作者の意図はおのずと知られよう。ちなみに、The Blackwater Lightship についての言及が第1作 The South に見られる。

　「ブラックウォーター灯台船は、タスカーロック灯台より光は弱かった。．．．灯台船がいつも必ずそこにあるものと私は思ってたの」．．．つぎの光線がくるころだとヘレンは思うのだが、いつも計算違いでちょっと遅れで明るくなる。．．．「ブラックウォーター灯台船が忠実な女、タスカーが強い男で、愛の交信をしているのだと思っていたの。それは本当じゃなかったけどね。お父さんは永遠にいるものと、私は本当に思ってたのよ」母が言った。[30]

物語は暗い結末に近づきつつ終わるが、人間も世界もそこで終わりではない。ここで私たちは、暗闇なのにもかかわらず、ブラックウォーター灯台船のように、常に変わらぬ人間の愛の存在と、悠久な自然をすら超えて続く時間の止まらない流れとを感じとり、永遠に抱かれるのを感じるのである。

む　す　び

　トビーンは、50年代以降生まれの作家たちの一人として、ジョイスなどを中心とする過去の文学遺産を引き継ぎ、かつ新視点から過去を見なおすという、現代アイルランド作家の多くに共通する姿勢と、中心と周辺、過去と現在の相関関係などアイルランド文学の根幹をなす問題とを共有する。そして、ふつうは対立項目としてとらえられることが多い国境、宗教、ナショナリズムなどの問題を、拮抗する二つの領域の間を行き来して、背後に潜む人間共通の自由と平和への希望を探り、冷めた傍観者の姿勢を崩さず観察する。ボーダーを超えようとするこういう彼の姿勢には、今までにない新しさが見られる。

9　二つの世界の間で : コルム・トビーン

　アイルランドの作家は、それぞれ独自の背景から自分の抱くビジョンを語る。歴史と現在、アイルランドの固有性、変化する社会とそこに生きる人間の感性などについて、たとえばトビーンは、地方都市のインテリ層の声で、ドイルはダブリン・サバーブズの下層ミドルクラスの声でというふうに、彼らは異なる声で語る。独自の手法と視点を持った作家のいろいろな声が、現代アイルランド文学を形作っている。今までとくに光が当てられなかったものであるが、サバーブズからの声は、中でも一番力強い。
　サバーブズからの声というのは、単に地域的なものではなく、従来の価値の枠を取り払い、新しい視点で過去の見なおしを迫る重要な文化的マニフェストであり、現代アイルランドの声そのものであるという意味合いにおいて、トビーンもそのグループに入る。その傾向と意識の基本精神を、筆者は試みにサバーバニズムと名づけてみたのだが、アイルランドにおけるこのような思考方法の転換は、実は全世界的傾向でもあって、それは、情報化社会を土台として発展しつづける現代に追いつき、新しい可能性を探ろうとする人間の姿勢そのものなのである。
　トビーンの世界は、スペイン、アイルランド、アルゼンチンと舞台は異なるが、時間的にはいずれも、第二次大戦後の混沌から自由民主主義へ、さらに東西の冷戦構造とその終結へと移行する、地球的規模で人間が大きく変化を迫られていく過程を背景とするものである。そのことを念頭にトビーンを読むならば、彼は正しくその変化を描いているのだということに気づかざるをえないし、4つの作品の背景をなす時間と空間の重層構造は、それゆえにこそ興味深いものがある。これからの発展がまことに楽しみな作家ではある。

注

1) Colm Tóibín, *The South* (London: Serpent's Tail, 1991).
2) Colm Tóibín, *The Heather Blazing* (London: Picador, 1992).
3) Colm Tóibín, *The Story of the Night* (London: Picador, 1996).
4) Colm Tóibín, *The Blackwater Lightship* (London: Picador, 1999).

5) *The Picador Book of Contemporary Irish Fiction,* ed. by Dermot Bolger (London: Picador, 1994).
6) Ibid., ix.
7) Edna Longley, *The Living Stream* (Newcastle upon Tyne: Bloodaxe Books, 1994), p. 150.
8) *The South,* p. 46.
9) Ibid., p. 12.
10) Ibid., pp. 10-11.
11) Ibid., p. 26.
12) Ibid., p. 26.
13) Ibid., pp. 154-5.
14) Ibid., p. 90.
15) *The Heather Blazing,* p. 90.
16) Ibid., p. 55.
17) Ibid., p. 32.
18) Colm Tóibín, *The Story of the Night* (London: Picador, 1996).
19) Ibid., p. 14.
20) Colm Tóibín, *The Trial of the Generals* (Dublin: The Raven Arts Press, 1990).
21) *The Story of the Night,* pp. 67-8.
22) Ibid., p. 245.
23) Ibid., p. 110.
24) Ibid., p. 7.
25) *The Blackwater Lightship,* pp. 129-30.
26) Ibid., p. 218.
27) Ibid., p. 136.
28) Ibid., pp. 176-7.
29) Ibid., pp. 249-50.
30) Ibid., pp. 180-1.

参考文献

John Ardagh, *Ireland and the Irish* (Penguin Books, 1995).
Dermot Bolger ed. *Invisible Dublin* (The Raven Arts Press, 1991).

9 二つの世界の間で：コルム・トビーン

Dermot Bolger ed. *Finbar's Hotel* (Picador, 1997).
Dermot Bolger ed. *The Picador Book of Contemporary Irish Fiction* (Picador, 1994).
Richard Breen, Damian F. Hannan, David B. Rottman, Christopher T. Whelan, *Understanding Contemporary Ireland* (Gill and Macmillan, 1990).
Paul Brennan & Catherine de Saint Phalle eds. *Arguing at the Crossroads* (New Island Books, 1997).
Terence Brown, *Ireland's Literature* (The Lilliput Press, 1988).
Chris Curtin, Hastings Donnan and Thomas M. Wilson eds. *Irish Urban Cultures* (Institute of Irish Studies, The Queen's University of Belfast, 1993).
Luke Gibbons, *Transformations in Irish Culture* (Cork University Press, 1996).
Edna Longley, *The Living Stream* (Bloodaxe Books, 1994).
F. S. L. Lyons, *Ireland Since the Famine* (Fontana Press, 1985).
Micheál Tóibín, *Enniscorthy―History & Heritage* (New Island Books, 1998).
Colm Tóibín ed. *Seeing is Believing―Moving Statues in Ireland* (Pilgrim Press 1985).
Colm Tóibín, *The Trial of the Generals* (The Raven Arts Press, 1990).
Colm Tóibín, *Homage to Barcelona* (Simon & Schuster 1990, Penguin 1992).
Colm Tóibín, *The South* (Serpent's Tail 1990, Viking 1991, Penguin 1992).
Colm Tóibín, *The Heather Blazing* (Picador 1992, Viking 1993).
Colm Tóibín ed. *Soho Square VI: New Irish Writing* (Bloomsbury 1993).
Colm Tóibín, *Bad Blood―A Walk along the Irish Border* (Vintage, 1994).
Colm Tóibín, *The Sign of the Cross: Travels in Catholic Europe* (Pantheon 1994, Vintage 1995).
伊藤範子訳『ヒース燃ゆ』(Colm Tóibín, *The Heather Blazing*), 松籟社, 1995.
Colm Tóibín ed. *The Kilfenora Teaboy―A Study of Paul Durcan* (New Island Books, 1996).
Colm Tóibín, *The Story of the Night* (Picador 1996, Henry Holt 1997).
Colm Tóibín, *The Blackwater Lightship* (Picador, 1999).
Colm Tóibín, *The Irish Famine* (Profile Books, 1999).
Carmen Callil & Colm Tóibín, *The Modern Library* (Picador, 1999).
Colm Tóibín ed. *The Penguin Book of Irish Fiction* (Viking 1999).

177

10 創られた「過去」との葛藤
――ディアドラ・マッドンの小説――

虎 岩 直 子

　あらゆる現象を絶えず変化していく相対的な関係の中からとらえようというポストモダニズム的視点は、「中心」対「周辺」の関係を様々な角度から見なおすことを促した。その二者の境界から生まれてくる「新しいもの」を肯定的に模索するポストコロニアリズムの立場から論じた、「アイルランドのアイデンティティは英国との関係性の中でつくりあげられた(invent)部分が大きい」という主旨の Declan Kiberd の主張は説得力を持つものである[1]。ある地域が別の地域の支配下から抜け出ようとするとき、「対話」により、「征服」により「反抗」「反論」により絶えず揺れ動いているに違いない「関係」によって「つくりあげられた」様々なアイデンティティの中から、当然のことながら、「独立」の根拠となるものを求めることになる。アイルランド文芸復興運動を促した19世紀末の独立への動き以来、アイルランドは熱心にこの「独立」の根拠となるアイデンティティを、さらに正式に共和国となった1948年以来、国家としての文化的・政治的支柱となるそれを懸命に「つくりあげ」ようと模索してきた。アイデンティティを求める、という作業は、当然自己を同一化できるオリジンやルーツを探る、ということと結びつく。英国からの支配の歴史に苦しみつづけてきたアイルランドにおいては、アイデンティティ探求が「正当なルーツ」の探求、被支配以前の過去の奪還を求める、ということに繋がる。「土地」ばかりでなく「言語」さへも剥奪されたという思いを持つ人々にとって、自分たちの言葉、伝説、源を取り戻し、自分たちのアイデンティ

ティを認識するために、「過去」を探求する、ということに非常な重要性が置かれたのである。1944年ダブリンに生まれた詩人 Eavan Boland は、大使の娘としてロンドンに住んでいた50年代にイングランドに暮らしながらその土地との違和感を絶えず意識していたことを思いだしながらアイルランドが当時経験していた変化を語って、次のように書いている。

> わたしが後にしてきた国が、自国のアイデンティティを、熱くなって慌てて主張しなおすことに夢中になる、などということをしなかったほうがよかったのではないかと思います。アイルランドは、何世紀もの葛藤の後、ようやく共和国になったのでした。教科書は書きかえられていました。通りの名前。法律。教育課程といったものが。[2]

国は変化の渦中にあった、が、同時に、ボーランドは続ける、

> それでもなお、この国は外面的には愛国主義に大変近いものをいまだに支持していました。お祭りや記念式典がありました。新聞はなにかというと過去に言及しました。街のいたるところに、英雄がそこで死んだ、といわれる建物、街角、小道、がありました。[3]

アイルランドのこのような愛国主義的アイデンティティを支えてきた過去のイメージとは、支配者であった英国のアングロ・サクソン、プロテスタントのイメージに対する極めてケルト的、カトリック的なものである。国家のステロタイプ的イメージ自体、カトリック神話の聖母マリアに代表される忍耐強い処女であるか、ケルト神話の闘争的な母親像である[4]。このような一見両極にあるように見えるアイルランドのイメージは、それぞれ、ノスタルジックであるとしても美しく慰撫を与えてくれるもの、あるいは力を奮い立たせてくれるもののシンボルとして、民衆の意識をまとめるという役割を果たしては来たが、現実に歪曲をあたえるものでもある。

10 創られた「過去」との葛藤

　Ailbhe Smyth はアイルランド文化とアイルランドの女性たちにとってのアイデンティティの関係の問題点を論じ、「女性性が国家のシンボルである土地で、女性たちは自分自身を消すことなしに、いかにそのシンボルを装えるというのでしょうか」[5] という疑問を提示している。本論文では、北アイルランド出身の Deirdre Madden の小説を取り上げて、アイルランドの女性たちにとって、国家のオリジンと繋がる「純粋な過去」（などはあるはずもないのだが）、たとえば Seamus Heaney が若い時代に、自分も父祖に倣って「掘り起こそう」と決意した「よい土壌」に比喩されるアイルランド民族のルーツと結びついた「過去」が、人々の心を固める「創造」として一旦は必要なものであったにしても、いかに今、とりわけシンボルとの重なりを持つ女性にとって重荷となっているか、国家のアイデンティティと自分自身のアイデンティティ、あるいはアイデンティティ探しというオブセッションの中で女性たちが経験している葛藤について論じる。

　デァドラ・マッドンは北アイルランドのアントリム県、トゥームブリッジ（County Antrim, Toomebridge）出身である。県は異なるが、ヒーニーが生まれ育ったベラーヒ（Bellaghy）の村がそう遠くない場所にある。異なった宗派に属しているとされる人々が隣り合って暮らしている北アイルランドは、アイルランド共和国よりもさらに、自己がどこに帰属するのか、自己のアイデンティティは何か、ということを強く意識しないではいられない土地だ。ベラーヒやトゥームブリッジは小さく静かな、一見、暴力的気配など感じられない村だが、すぐ近くの少し大きな町マニモー（Moneymore）に行けばたくさんのユニオンジャックが翻ったりしている。マッドンはダブリンのトリニテイ・カレッジおよびイングランドのイースト・アングリア大学卒業である。それぞれアイルランド島という土地、あるいはUKという政治国家を共有している大学とはいえ、彼女の故郷の北アイルランドとは異なった政治国家、異なった文化圏にある場所で青年期を過ごしたことになり、この経験はアイデンティティの探求と結びつくエグザイルの意

181

識に影響を与えたといえるだろう。マッドンは1986年、『潜在的病症』(*Hidden Symptoms*)[6] という中篇小説を出版して以来五作の短めの小説を書いており、どの作品も主題は「過去」とアイデンティティの関係の探求である。

処女作のタイトル『潜在的病症』とは「紛争」という明らかな形になる以前の Ulster が抱えていた緊張感を直接的には意味している。日常化した紛争の影が重い雲のように垂れ込め、緊張と圧迫のもとに人々が暮らす80年代始めの Belfast で、大学3年の Theresa は「子供の頃からずっと、ベルファストが"普通"の状態から現在のような状態に沈んでいくのを見てきたので、このようなベルファストに対処できた。幼い頃の普通の状態とは、繁栄の表向きの下に差別や不公正が隠されているものだったので、この新しいベルファストのほうが受け入れやすく」(p. 13)思える。そして、こんな風に感じている。

> 幼い頃、重い病気にかかって医者からはしかと診断された(どういうわけか発疹が出そこなっていた)のとまさに同じように、1969年以前のアルスターは病んでいたのだ、目に見えない潜在的病症をかかえて。(p. 13)

ベルファストの病巣は「紛争」によってむしろ明らかになって、その街の表層的様相とその下の現実はさほど差異のないものとなったのかもしれないが、マッドンの作品中の人々、特に女性たちは精神的な葛藤を抱え、その病の潜在的症状に苦しんでいる。テリーザは、生まれたときから時間を共有し、彼女の記憶を確認し明確にしてくれていた双子の兄 Francis が紛争の無差別殺戮の被害者となった後、現実感覚について自信を失う。自分の「過去」の証人となりうるものを失ったとき、彼女は「すべてが混乱している」と感じ、「目覚めているときの記憶が正確であるのか、あるいは夢こそ、年月が経過したあと、表面に浮かび上がってくる真実であるのか」(p. 32)途方にくれている。テリーザの友人 Kathy も「過去」と葛藤している人

物である。彼女は母親から、父親は死んだと、聞かされて育ったが、実は父は生きていて家族の歴史はうそであった、ということを知る。キャシーのボーイフレンド Robert も死んだ母親のカトリック的道徳観の記憶に圧迫されている。そして、それぞれ、密かに孤独な葛藤を続ける——ロバートは「高級男性化粧品」(p. 18)で家族のにおいを取り除こうとしているし、キャシーはベッドを共にするロバートにも家族の問題を明かさず、テリーザは友人たちに自分の悩みを隠している。なんら異常のない日常生活を送っているように見せてはいるけれど、彼らは皆それぞれの家族が抱えてきた記憶に患い、'hidden symptoms' に苦しんでいる。「家族」とは個々を繋ぐもっとも直接的・普遍的な社会の単位であり、マッドンは個別的な「家族」の過去に縛られた人々の葛藤を描くことによって、人々が属している社会を圧迫している「過去」の束縛を露にしようとしている。だが、ここで、「個別的」とは書いたが、彼らのどの個別的家庭の状況も作品中でリアリスチックに、そして詳細に描かれることはない。彼らはそれぞれ「カトリックの母」、「父を追いやり家族の中心となった強い母」という類型的な母たちの支配に特色付けられたアイルランドの「典型的過去」に苦しんでいる。

処女作は「過去」こそがアイルランドの抱えている「潜在的病症」だと提示した。マッドンの二作目、『無垢の森の鳥』(*The Bird of the Innocent Wood*)[7] は、家族の記憶というかたちの過去のオブセッションを、さらに複雑に発展させる。構造自体が過去と現在を対位法的に描く重層的なものになり、前作では抑圧される子供の視点のみであったが、ここではさらに母娘の関係も探られているので、詳しく分析する。

作品は荒涼とした土地の孤立した農場で暮らす双子の姉妹とその母親の抑圧された生活の物語となる。その抑圧は、閉鎖的な「場所」によるものだけではない。二世代の女性の抱えている「過去」が「現在」を圧迫している。マッドンは、母親の娘時代と娘たちの物語を1章ごとに交互に物語ることによって、「過去」の圧迫を増幅していく。娘たちにとっては「過

去」である母親の「現在」と、娘たちの現在があたかも同時に進行しているように描きだされ、「過去」の抑圧が「現在」を支配しているように見えてくる仕掛けとなっている。

　双子の母親ジェインの物語は幼年期の記憶から始まる。彼女の幼い頃の状況は悲劇的かつロマンチックなものだ。父親も母親も、2歳の幼女だったジェインが重い病気で入院している間に、家を焼き尽くしてしまった大火で焼死してしまう。ジェインは少女の頃からすでに「過去」のオブセッションを抱え、「ときどき、自分に起こったことはよく出来たお話で、いつかもっと幸せなほんとうのことが明かされることになる、と考えて自分を慰めるので」(p.1)ある。成長するにつれて彼女は同じ年頃の少女たちを自分の傍らに呼んで自分の不幸な幼い頃の話をする、という習癖を身につける。ジェインにとって「過去」は次第に作り話のようになり、やがて「過去の物語」と「現実」の間にギャップがあることを意識するようになる。彼女に両親の居場所を聞かれた修道院のシスターは「もちろんあなたにもおかあさんとおとうさんがいるのですよ……天にまします神がわたしたちのお父様、そしてマリア様がわたしたちの聖なるお母様、」(p.4)、と話して聞かせるが、ジェインは「神」についての記憶がないのと同様に両親についての現実的な記憶がなく、ひどく落ち込む。「両親のことを何ひとつ覚えていないということが彼女をひどく重い気分にした……いい匂いのする髪ひとすじ、細い青い血管網におおわれた温かい手を思いだす、いや思い描くことさえできたら、何もかもずいぶん違っていただろう」(p.7)。シスターのやり方は懸命ではなかったかもしれない。おかげでジェインには「神」も「両親」も実感のない作り話の世界に住むものという印象をもってしまったのだから(「両親がいないのだから神様もいないのだ」p.10)。マッドンはこのようにして、ジェインの作り話のような過去とキリスト教神話と、双方の物語の虚構性を暴いてみせるということになる。

　やがて、ジェインは「作り話のような過去」の罠から抜け出そうともがき始める。けれど彼女には「子供の頃からずっと入念に作り上げてきた仮

面を壊すやり方がわからない。……幼い頃は、自分の苦難を全部あがなってくれるハッピー・エンドがある筈だという信念を持っていたのだが、今や現実と向き合わなければならなかった」(p. 11)。そして、学校を卒業して世話になり始めた叔母の家の寒寒として浴室で、ある晩ジェインは自分の裸体を物質的現実として認識し、若い娘としての具体的物質的現実と過去の抑圧に侵されている自分との間にどうしようもない開きを感じる。ヴァージニア・ウルフの『ダロウェイ夫人』的この「鏡像経験」[8]の後、ジェインは、「過去の物語」から脱出し自分の現実感覚を手に入れるために「未来」を求めようと決心する。だが皮肉なことに、新しい未来を作るために彼女が道具として使うのは、彼女を圧迫しつづけてきた「過去」なのだ。ジェインは「新しい自分の未来」を作るために結婚しようとするが、夫となる James の気を引く道具として、彼女は自分の「悲劇的な過去の物語」(p. 56?) を用いるのである。つまり、ジェインは「過去の仮面」・「虚構的アイデンティティ」のもとであたらしい生活を始めようとする。彼女の「新しい未来」の作り方はいかにも怪しげで危なげだが、それは、もしかしたらアイルランドが国家として積極的にすすめてきた態度、また「北」に住む人々のルーツへの拘り、と似ているかもしれない。「新しい未来」を作っていくために、「過去」に根拠を求め続ける、というのは、果たしていい方法であるのか。「根拠」といっても、それは「独立」を支持する必要から「捏造」されたものかもしれない、という疑念を、このようなかたちでマッドンは示唆している。

ところで、残念なことに、ジェインの新しい家族、夫とその父親もまた、ゴシック・ストーリーのような過去の重荷を背負っている。その「過去」には、どうやら、彼らの農場の近くに住んでいる音楽教師 Ellen も関わっているようだが、次のような事情以外は明らかにされない。エレンは近隣のビッグ・ハウスの一人娘として生まれたが、両親とも悲惨な死を遂げている、父親は多額の借金を抱えて銃で自殺し、母親は焼死。

人は皆それぞれ過去を抱えている。それ自体は当然のことである。この

中編小説で特異な点は、それぞれの過去が極めて虚構的である、ということだ。しかも、独立したひとつひとつの物語として語られるに値するほど、それぞれ充分「虚構的」であり、なおかつどれも明確にも詳細にも語られない。ジェインの過去もエレンの過去も、「火事」「謎の事故死」「ビッグ・ハウス」「崩落」と、ステロタイプ的にアイルランド的であり、そのパターンだけ示して物語を展開させないことによって、マッドンは「過去」の物語の「虚構性」ばかりを浮き上がらせることになる。その結果、読者は、登場人物たちが実態を欠いた「作り話のような過去」に圧迫されている、という印象をもつ。ここで重要なことは、なによりも「過去の重圧」が描き出される、ということであろう。ジェインはひとつの過去の重圧から別の過去の重圧下へと動いただけだ。彼女が鏡の前で切望した「現実感」は、手に入らない。ただ、一度だけ、それに近い経験をジェインが味わう時があるが。それは、義父(夫の父)の死後しばらくの時間で、彼女は、そのとき初めて、精神と肉体の両面で、夫との一体感を得る。ある日の午後、肘掛椅子で眠り込んでいたジェインは、その直後に「まるで誕生のようだ、無から時間と空間のある一点へと落ちていく、まるで彼女の全人生が完全な個人の歴史になったようだ……彼女の過去が、彼女が生きてきたものではなく、彼女をなだめ、他の人のようにするために、意識の中に置かれた物語であるかのようだった」(p. 81) と感じる。これは確かに幸福な瞬間だ、が、「ひとつの完全なかたちの個人的な歴史」が、過去を排除した真空空間のような場所に存在しているかのように見える、一種の幻想である、という弱点を持つ。個人のアイデンティティが絶えず「過去」に抑圧を受け、侵略される、という状態は健全とはいえないが、「社会」であれ「個人」であれ、その本質から「過去」を排除することもできない。ジェインの「過去」に対する態度は、「過去」に支配されるか、自分の全歴史を支配下に置くか、どちらかしかない。彼女は生涯を「過去」との支配・被支配の葛藤に費やし、「権威的虚構的過去」を嫌悪しながらも、「支配」ということに拘るがゆえに、彼女自身、抑圧的支配的な力になっていく。

死の直前、母親ジェインは「娘たちについて苛立たしいことは、自分はなにがなんでも娘たちを理解していなければならないのだ、と感じてしまうことだ、そしてたいてい、殆ど娘たちのことはわかっているのだと感じはするけれど、どうしても「殆ど」の域から出ることが出来ない」(p. 136)と考え、満ち足りない。ジェイン自身、死後に娘たちを抑圧する「過去」になっていくのである。

　ジェインの双子の娘たち Sarah と Catherine は対称的な性格である。「記憶」について、セアラは様々なことを憶えているが、「キャサリンはなにもかも忘れてしまう」(p. 23)。

　記憶力が悪いキャサリンは日記をつけているが、彼女が自分の過去を保存しておこうとしているその日記は「大理石模様の見返しがついた台帳のように頑丈」(stout as a ledger, with marbled endpapers. p.23)である。'marble' という語は、その石材によって自分たちの権威を永遠にしようと立派な寺院や宮殿、墓所を建設してきた王や大司教達を思い起こさせ、文字によって自分の過去を永遠のものとしたいという切望を感じさせる。セアラは、そんなキャサリンの行為を見ながら、「あんなに何もかも日記につけていく、というのはいい考えかもしれない、おかげでキャサリンは自分の人生をある程度支配している、という感覚が持てるのだから」(p. 23)と考える。母親ジェインと同様、娘たちもまた、自分たちの「人生」やアイデンティティを支配しようとする力を意識している。人々の「生」を支配する力というのは一体何なのか。もしそれが「記憶」なら、それをコントロールしようと努めることには意味があるかもしれない。キャサリンは「もし忘れることが出来ないとしたら、そしてなにもかもまったく正確に憶えているとしたら、記憶が人生そのものになってしまうのだろうか」、「だとしたら記憶というのは安らぎを与えてくれるものではなく罠になってしまうだろう」(p. 84)と考える。力はいつも束縛や抑圧を結果としてもたらす。記憶力のいいセアラもまた「自分は罠に掛かっていると自覚している」(p. 22)ものであり、どちらの娘も「記憶」に侵され、抑圧されている。そして彼

187

女達の「過去」への態度の差異は、それぞれの母親との関係に象徴されている。母親に「驚くほど似ている」キャサリンは、母親と同様、エレンとエレンのお上品なコッテージを嫌っているし、母親の死を激しく嘆く。セアラは、キャサリンとは違い、エレンの小さな家を好み、母の死後、安堵と大きな開放感を得て、「母親の霊的存在を感じることも想像することさえも出来ないし、感じたいとも思わない」(p. 31)と告白する。また別の場所で彼女は、「'redemption' とか 'resurrection' という観念から自分の想像力をしっかり遠ざけておくことが出来る」(p. 146)キリスト教的慰撫を拒絶する人物として描かれている。このようにマッドンはかなり図式的に、双子のひとりを「過去」「母親」「キリスト教信仰」に抵抗する人物として示し、もうひとりのキャサリンを、自分のアイデンティティの根拠として「過去」「母親」を振り返り、不治の病に掛かっていなかったなら修道院に入っていたであろう人物として提示している。この極端に対称的な性格造形は、マッドンが双子をリアリスチックな表現対象として、というより、現代アイルランドの二つの大きな流れを表すものとして描いているからである。そして、キャサリンを命の長くない娘として描くことで、自己を支えるために「過去」を拠り所とすることの不毛があきらかに示唆されている。しかしながら、ここで強調されているのは、「過去」に対する双子の対称的な差異よりも、むしろ、「過去」に依存するにしろ否定するにしろ、執拗なまでの「過去」への拘り、ということであろう。母親のジェインも、その双子の娘たちも、「過去」あるいは「過去という観念」に、取りつかれている。彼女たちが暮らしているのは閉鎖的な小さな村の農場であるが、それは、アイルランドという国のひとつの典型であるかもしれない。たしかに1980年代以降アイルランドは経済的に大きく成長し、いわゆるグローバル化していく世界の動きに呼応して、様々な面で現代化をしたが、「過去」、アイデンティティへの閉じた拘りが相変わらず社会を覆っているのであるから。

　マッドンの最初の二作品の背景となった、いやむしろ主題とも言うべき

場所は、アイルランドである。そして、「ここで生まれたものは、決して他の場所に属すことは出来ない」(p. 22)というセアラの言葉に現われているように、人々は「逃れなければならない、と強く感じながら」、その国から——それはベルファストのような都会でも、辺鄙な農村でも同じなのだが——罠にかかったようにどうしても抜け出せない。「記憶」で窒息しそうになりながら、人々はそれぞれの状況の中で救いようもなく葛藤している。三作目、『光と石を思い出しながら』(Remembering Light and Stone)[9] の主題は「脱出」「流浪(エグザイル)」である。語り手の Aisling は、マッドン自身しばらく暮らしたことがあるイタリアに「脱出」して翻訳・通訳をして暮らしをたてている。ところで、「アシュリング(Aisling)」という名は、実際現代のアイルランドで人気のある名前のひとつだが、アイルランド語で「夢」「ヴィジョン」という意味を持つ。そして、アイルランド語詩の伝統において Aisling といえば、「ヴィジョン、あるいは夢の中に美しい乙女が現われ、名を訊ねられると、——わたしはアイルランド、そしてわたしには誠を尽くす男らしい夫がいないので病んでいるのです——という類のことを答える」というモチーフを指すわけで、示唆的な「名」である。Clair Wills は「女性作家と詩の伝統」についての議論で、イーヴァン・ボーランドの詩 'Mise Eire' ('I am Ireland') に言及して、「ボーランドは、アイルランドの男性の民衆に、自分たちの国を取り戻したかったら英国と戦わなければならないということを思い起こさせる一般的理想化された Aisling に代って、孤独な移民女性の物語を語る」[10]と論じている。ボーランドは、'Mise Eire' で、「詩の伝統」を逆手にとって、国の「アイデンティティ」「理想」という観念を覆そうとしている。マッドンがしていることも同様だ。彼女はアシュリングを「流浪者(エグザイル)」として提示することで理想化された「アシュリング像」を転覆しようとする。祖国を象徴する名をもつ女性がそこから脱出しているわけで、彼女の名前自体がアイデンティティの混乱を暴き出す。

物語は、イタリアに暮らし恋人のアメリカ人美術史家とアメリカを旅行

するアイルランド出身の女性が、自分のアイデンティティ、彼女自身を理解し、受け入れようとする過程を語る。物語冒頭ではアシュリングは「北、というと暴力や詩を連想する、わたしはそれから逃れるために南へきたのだわ」(p.2) と言う。ここで「北」というのは表面的には北ヨーロッパのことだが、言うまでもなく、間接的に北アイルランドを意味する。彼女は幼い頃からずっとアイルランドから逃げ出したいと思いつづけてきた、と何度も繰り返し、「故郷での生活はあまりにも均質的である、という感じがした。わたしが知っている殆ど誰もが地元の尼僧院附属女学校へ通い、彼らの経験はある限界領域から外に出ることはない、わたしはそれが嫌だった」(p.37) と理由を述べる。アイルランドでの生活を、彼女は息詰まるほど小さく閉鎖的である、と感じている。そして、どうやらさらに個人的な理由もあるようだ、「わたしはアイルランドであまりにも多くの不幸を経験してしまった、わたしは自分自身とあの場所の間に距離をおきたかった」(p.37)、「わたしは父とは全然うまくいかなかったが、母のことはいつも好きだった。母に与えた痛みについてはまったく申し訳ないと思っているが、それではどのように違ったかたちがありえたか、というと、わからない」(p.42) と、述べているから。だが、これらの個人的事情はあまりにも曖昧で細部に欠けている。前作と同様、再びマッドンは、実際に経験したある特定の状況よりも、ここで問題となっているのは、アシュリングという女性の語り手が「過去」に抑圧されているということである、ということを印象付ける。そしてここでもまた、女性の語り手は、アイルランドを後にしたにもかかわらず、過去の記憶に傷つき、罠に嵌ったように身動きならない。アシュリングは言う。

わたしはあの暗黒を自分と一緒に運んできてしまった。それはわたしと共にある、わたしの目の色と同じように取り返しようもなく。そしてわたしを苦しめる悪魔たちは暑い気候に馴染んで落ち着いてしまったようだ(p.32)。

前作との差異は「距離」である。ベルファストと孤立したアイルランドの田舎の農場が前二作のヒロインたちの故郷だった。その土地は彼女たちをいたぶり、脱出を希求させる「過去」を保存してきたのであった。土地の名、通りの名、歴史的記念碑、というかたちで。アシュリングはアイルランドをすでに脱出し、母親の、死ぬ前に戻ってきて欲しい、という願いにもかかわらず、戻らない。南の太陽の下に暮らしていても執拗に彼女を苦しめる「暗黒」に彼女が苦しんでいるとしたら、「距離」はここでどのような意味を持つのだろうか。この「距離」によって、「流浪(エグザイル)」の意味、あるいは「故郷」と「アイデンティティ」の関係がクローズアップされた、といえるだろう。ボーランドは 'A Fragment of Exile' というエッセイの中で以下のように述べている。

　祖国離脱者(エクスパトリオット)は「国」を捜し求めている、そして流浪者(エグザイル)は「自己」を捜し求めている。彼あるいは彼女は、レトリックとリアリテイの間で、それ自体のしきたりや精神的慣習、優先的発話法や厳密な創意工夫などを持ったそれ、「自己」を探す方策を学ぶのである[11]。

ボーランドの流浪者(エグザイル)の定義は、アシュリングを始め、マッドンが描く女性像に共通する苦境を説明する。エグザイル、というのは物理的な場所よりむしろ精神的な問題なのだ。テリーザ、ジェイン、セアラ、キャサリンはそれぞれの生まれ故郷で過去と葛藤していたが、アシュリングは「南」へ行ったところで幼年期に由来するらしい不幸を癒すことはできないのだ、ということを悟る。生まれ故郷に住んでいてもどこか外国で暮らしていても、彼女たちはアイデンティティを捜し求めるエグザイルなのである。この作品で「北」「南」という語は当然ながらいつも二重の意味を持つ。冒頭で述べたようにアイルランド共和国出身のものたちももちろんこのアイデンティティ神話に抑圧されているが、「北」出身で「南」のトリニテイで学んだマッドンは、アイルランド島内部での祖国離脱(エクスパトリオット)を経験したのか

もしれない。

　マッドンの3作目の作品は、このように、最初の中篇小説(ノヴェラ)以来、彼女がずっとエグザイルについて書いて来たのだということを明確にする。そして、女性たちがとりわけ自分たちをエグザイルであると感じざるを得なくしている根拠が、以下に述べるとおり、前作よりもはっきりと提示されている。アシュリングはアメリカ人のボーイフレンドTedが彼の祖母を表層的に、「彼の父方の祖母は、よく知っているその祖母（母親の母親）とおなじくらい、どの点を取ってもタフだった」と説明すると、「過去の嘘の数々！　女性についての神話と現実の間の矛盾にはいつだって驚かされる」（p.52）と思う。マッドンの描く女性たちは受容されている「過去」と現実の間の食い違いをいつも感じている。彼女達にとって「過去」は彼女たちの「本当のアイデンティティ」を脅かす「混乱」であり「虚構」であり「虚偽」でさえある。「過去」は「現在」の中に現実に存在し得るわけではない。「過去」は様々な形——言葉や絵画や音楽という形——で表象され得るだけである。そして、権力を持つものによって選ばれたものが残っていく。すなわち現存している過去のヴァージョンは「権威」と結びついているもので、大変単純に言えば、一般的に、父権的キリスト教社会の抑圧のもとにいた女性たちは、今度は権威的過去に苦しめられることになる。ヨーロッパの殆どはキリスト教的社会と類別できる。そしてそれぞれ、女性参政権運動などと結びついて今世紀の初め頃から、さらに60年代70年代の避妊・中絶の自由を求める運動に具体化した動きを見せながら、父権的権威からの解放を実現、あるいは思想を発展させてきたのだが、アイルランドは、20世紀末のヨーロッパにおいても極端にキリスト教的である。少なくとも、アシュリングはそのように考えている。20世紀の芸術の形態を振り返りながら彼女は以下のように語る。

　　20世紀芸術の形態がいかに必然的なものであるか、そして、それらの芸術が、同時代の人々の考え方、生き方、物の見方を表現するため、

つまり世界の現状を表現するために、どのようにして存在するように
なったか、わたしにはわかる。大抵のひとよりはもっとはっきりとわ
かるのだ、なぜかといえば、わたしはそこに属していないのだから。
人間性は1910年頃に変わったのかもしれないけれど、まだ変わってい
ない場所、あるいはようやく変わりはじめた、という場所が少しある。
わたしが育ったアイルランドはそのような場所なのだ。いつも思った
ことだが、このことをもっと早くにわかっていたら、多くの痛みを感
じずにすんだかもしれない、今となっては確信はないけれど。...
ずっとそうに違いないと考えてきたことだが、大きな差異はアイルラ
ンドは第二次世界大戦に巻き込まれなかった、だからわたしたちはニ
ヒリズムという経験すべきものを経ていないのだ、神だけに限らずあ
らゆる権威に対する信仰の喪失という経験を。(pp. 130-131)

　1910年はポスト・インプレッショニストの展覧会がロンドンで開かれ、
Virginia Woolfによって「人間性に大きな変化が起きた年」と言われた。[12]
ウルフは展覧会を、個々人がそれぞれ独自の見方で物を見ることが認めら
れたことの象徴、すなわち「権威」的視点の死を示す例と考えた。一方、
ヨーロッパの他の国々が「神の死」を経験しているころ、アイルランドは
まさに「神（キリスト教に限らず）の権威」を補強したのである。上の引用
中では、アシュリングの葛藤の対象が明らかに提示されている。つまり、
アイルランドの独立に際して国家の「権威」を支え、また紛争においては
それぞれの宗派の大義名分を保証する力を持ったキリスト教の全能の神と
関わるイメージ、またはもっと古い「過去」から拾い上げてきたケルト神
話のもつ「権威」を表象するイメージ、そのような、アイルランドにおけ
る「権威」的視点、諸外国ではすでに放逐する、ということを経験し始め
た「権威」というものに対して、アシュリングは自分独自の視点、アイデ
ンティティを求めて葛藤しているのである。
　アシュリングがテッドとその家族の招待を受けてアメリカを訊ねてみる

のも、「過去」と結びついた曖昧な「不幸」を癒すためであった。「たとえ一時にしても、過去の重みから逃れたいと思った」(p. 136)と彼女は言う。しかし「新世界」アメリカで、アイルランド移民二世のテッドの母親に会って、彼女は落胆する。テッドの母親は、アシュリングの目には、精神的なもの内面的なものを持たない、「混じりけのない目的意識以外なにもない」(p. 143)女性、伝統に支えられた作法を欠いたものとして映ってしまう、たとえば食事を分けるに際にも、母親は、「食べ物が入ってきたボール紙容器の山に囲まれていても気にかけない」(p. 146)。また、フェイク・アイリッシュ・パブを見て、同様の空虚さを感じて落胆する。そしてアシュリングはあらためて、「この空っぽの空虚に相対させることが出来るのは故郷の記憶のみである」(p. 158)と考える。これらのアメリカの生活描写は浅薄でステロタイプ的なものである。リアルであるはずがない。しかし、それでも、アシュリングは、あるいはマッドンは、自身の故郷へ帰り、ふたたび自分のアイデンティティを理解しようともがく為に、この浅薄な相対物を経験しなければならない。

　小説の終わりで、アシュリングはアイルランドへ戻ろうと考える。今度は逃げようとせず、故郷とその過去を違った見方で見ようと決心をする。そのことが彼女自身を理解する助けになるであろうと。「今度は違ったものになるだろう。わたしは兄のジミーのこと、父や母のことを考えた。父母はもう亡くなってしまっている、けれど、彼らも、わたしが知る必要のあるものの中で彼らの役割を持っていたのだ。欠片はみな手元にある、ただどんなふうに寄せ合わせればいいのかわからないのだ」(p. 158)。アシュリングは自分自身の過去、彼女自身の歴史、彼女自身を、彼女自身の手の中にある記憶を使って構築して見る方法を学ばなければならない。

　過去の歴史が作り出してきた葛藤の「病弊」を抱える人々の住む都市ベルファスト、様々な因習により「過去」に抑圧されているアイルランドの農村、そしてそこからの脱出の次は、帰還である。マッドンの4作目『ナッシング・イズ・ブラック』(*Nothing is Black*)[13]のテーマは「帰郷」だ。ア

シュリングにとって「故郷へ帰ること」は「彼女自身を知ること」と結びついていたが、『ナッシング・イズ・ブラック』の女性主人公のひとりNuala も母親の故郷をたずねることになる。ここでは二作目と同様、母・娘の関係を探ることと女性が自己を見出そうとすることが連続しており、それと故郷帰還がパラレルに語られる。

　物語の中心人物は二人のいとこ同士の女性である。そのひとり Claire は画家で、イタリアや他の国々で外国人としての生活をした経験があるが今はドニゴール（Donegal）で静かに暮らし、'form' と 'feeling' の融合を達成しようと励んでいる。彼女は、未婚のまま妊娠、流産を経験し、母親から同じような経験をしたことがある、と聞いて以来、安定した静かな生活を営むことが出来るようになった女性だ。クレアは「自分が妊娠しなかったら、母の人生のそうした面は、自分に対して閉じられたままであっただろう」(p. 55) と考えている。彼女は母親の人生の「ばら色でない側面」、「キリスト教的母」ではない部分を知って始めて、自分自身を受け入れられるようになったのだ。

　ヌーラは、裕福で、「アイルランドの家庭料理」を売り物にしたレストラン経営で成功した女性。金、夫、子供、すべてを持っている。「精神的安定」を除いては。自分に欠けている、と感じているものを求めて、ヌーラは大好きだった母親の故郷ドニゴールへ向かう。ヌーラの死んだ母親は「学校を終えるとすぐダブリンへ出て結婚し、訛りを変え、そして、「あの田舎では」と故郷のドニゴールをばかにした口調で呼び、そんな土地で暮らしたことなどないと、自分自身をも含めて皆を納得させようとしていた」(p. 15)。母親は、他人にも自分自身に対しても自分のルーツを隠しながら生きていたのであった。ヌーラは母親の死の直後に娘を産むが、「母親のことをきちんと知ることがなかった、という考えに取りつかれるようになる」(p. 37)。そして彼女は「自分の子供は自分のことを本当に理解することなどあるのだろうか」「彼女は夫をどれだけ知っているのか」(p. 37)と、他者を知ることの不可能に圧倒される。「面食らって」(p. 36)、ヌーラ

195

は母親をもっとよく知るためにドニゴールへと出かけていく。彼女は夫に「母はドニゴールをとてもよく知っていたのだわ、だからわたしももっとよく知ったほうがいいのだと思うのよ。あの土地の出のお母さんが経験したもの...好きにしてもそうでないにしても、それはわたしの背景の一部なのだから、知っておいたほうがいいのよ」(p. 116)という。しかしドニゴールで、ドルメンや環状列石(ストーンサークル)を見ても、ヌーラは格別なにも感じることはない。

> 彼女は周りの風景を好きにならなければいけないと感じた...だがドニゴールの風景は、母親を退屈させたのと同様、ヌーラを退屈させた。そして、やっと、こんなふうに母親と繋がろうとすることが、どんなに愚かなことであるか悟った。彼女は目を閉じて母親の像を呼び起こそうとした。美容院のドライヤーの下に座っている母親。バックリーで肉屋と同じ口調でラムの脚から何人分の食事が取れるか議論している姿、サンデー・ランチの前にジントニックを楽しんでいる母親が見えた。(p. 121)

ヌーラは母親の故郷から母について知るものが格別ないと悟るわけだが、古代アイルランドの遺跡が残るドニゴールはヌーラの母の故郷であるだけでなく、旅行パンフレットにしばしば「本物のまじり気のないアイルランド」('real, authentic Ireland')として紹介されるアイルランドの西部の地域である。すなわち、ここで問題となっているのは 'real' 'authentic' という語の意味なのだ。自分自身を知るために母親の現実の人生を知ろうとしたヌーラは、「過去」や「土地」にまつわる理想化された権威ある物語に依存することの無意味を理解する。ドニゴールは、彼女の母の実像もアイルランドの真の姿も見せてくれるわけではない。

しかしこのような「幻滅」は必要なのものであった。ヌーラは「理想」への「幻滅」を経験して初めて、母親の本当の姿というのは彼女自身の個

人的な記憶——買い物、美容院にいる母——に保存されているのだ、ということを知るようになるのだから。「自分自身」を知るために、理想の土地、正しい歴史、本当の過去というのは役に立たない。重要なことは、自分自身で生きている生を、きちんと把握していくということである。完全なものなど、この世にはない。世界には「真っ黒なものなどない」。クレアはヌーラに物語の終わりで次のように言う。

　絵を描いていくということは人生みたいなものなのよ．．．そこにただ座って考えているだけではだめなの。キャンヴァスに絵の具を載せなければならないのよ。結果が気に食わないかもしれないし、初めに考えていたことや期待していたものにはならないかもしれない、実際、たいていはそんなものなのよ。だけど、すくなくともそこに何かできるのよ、すくなくともそれはリアルなものだわ。(p. 142)

キャンバスの上に一筆載せる度に絵が変化していくのと同じように、人生、個人のアイデンティティ、あるいは「過去」の意味さえも刻々と変わっていく。デアドラ・マッドンは四作品を通して、アイルランドの女性たちが「権威的」「虚構的」過去から自己を解放し自分自身の「生」を生きていく過程を描き出したのである。

　最後に少しだけマッドンの五作目の小説『ひとつひとつ闇の中で』(One by One in the Darkness)[14] について触れておこう。この作品も中心登場人物は三人の姉妹、女性であり、1994年8月のIRA休戦宣言直前の北アイルランドと姉妹たちの幼年、少女期、1960-70年代の「過去」が交互に語られる、という二作目の構造と近い形を持つものである。だが二作目と圧倒的に違うところは、語られる「過去」が表層的で努めて「虚構的」であった前作に較べて、北アイルランドの農村部の、公民権運動そして紛争勃発までの平穏と、それがかき乱されていく様子が極めてリアリスチックに描

かれていることである。この作品の「過去」は否定されるべき理想化された葛藤の対象としての「過去」ではなく「現在」と密接に結びついている等身大の「過去」となっている。そして、娘たちの親の世代は否定されるべき「抑圧」の象徴ではなく、これまでマッドンの作品にはなかった詳細な性格描写でリアルに表現された父母である。さらに、注目すべきことは、これまでマッドンの作品で希薄だった「父親」との結びつきがここでは詳しく描かれていることだ。前四作品で「母親」のイメージに集結していた「虚構的過去」との葛藤を通過したマッドンは、「虚構」ではない「過去」、「神話」化された「父親」「母親」ではない、前の世代の代表である父母との関係を暖かい視線で見なおしながら、その影響下でつくられた自己のアイデンティティをひき受けていこうとしている。「父親」との関係の見直しは、マッドンの「過去・歴史」という時間の深さとの関係を探求した後の「社会」という広がりへの視線の向きを示す。穏やかな積極性が感じられる力強い作品である。

注

1) Declan Kiberd, *Inventing Ireland* (Vintage, Reading, 1996)
2) Evand Boland, *Object Lessons* (Carcanet Press, Manchester, 1995), p.40.
3) ibid., pp. 57-58.
4) たとえば18世紀の Aisling 詩の作者たちは受動的な乙女のイメージを国を象徴するものとして喚起した。またケルト神話・伝説には Queen Maeve を始めとして戦闘的な強い女性たちが多く登場する。W.B.Yeats の Catheleen ni Houlihan は両方のイメージの混成としても見ることができるだろう。
5) Ailbhe Smyth, 'The Floozie in the Jacuzzi,' *Irish Review,* 6 (1989), p.12.
6) Deirdre Madden, *Hidden Symptoms* (Faber and Faber, Reading, 1986). 以下この作品からの引用は括弧内にページのみ記す。
7) Deidre Madden, *The Birds of the Innocent Wood* (Faber and Faber, Reading, 1988). 以下この作品からの引用は括弧内にページのみ記す。
8) 多くの現代女性作家が Woolf の影響を受けていることは明らかであるが、ディアドラ・マッドンはこの部分のほか、後述の4作目の作品中で画家 Claire

に 'form' と 'feeling' の融合を目指す、と語らせ To the Light House の Lily Briscoe を仄めかすなど、明確な影響の後を示す。このことはやはり後述の3作目に示されている、「アイルランドはこれから絶対的な視点の死を経験しなければならない」という作家の意識と関連しているだろう。

9) Deirdre Madden, *Remembering Light and Stone* (Faber and Faber, St. Ives, 1992). 以下この作品からの引用は括弧内にページのみを記す。

10) Claire Wills, *Improprieties* (Clarendon Press, Oxford, 1993), p. 58.

11) Evan Boland, *Object Lessons,* pp.50-51.

12) Virginia Woolf, 'Mr. Bennett and Mrs. Brown,' *The Captain's Death Bed* (The Hogarth Press, London,1950), p.91.

13) Deirdre Madden, *Nothing is Black* (Faber and Faber, St. Ives, 1994). 以下この本からの引用は括弧内にページのみ記す。

14) Deidre Madden, *One by One in the Darkness* (Faber and Faber, Chatham, 1996).

現代アイルランド小説案内書誌

John Ardagh: *Ireland and the Irish* (Penguin 1995)
Richard Breen et al: *Understanding Contemporary Ireland* (Gill and Macmillan '90)
　　Paul Brenan & Catherine de Saint Phalle eds. : *Arguing at the Crossroads* (New Island Books 1997)
Dermot Bolger ed. : *Invisible Dublin* (The Raven Arts Press 1991)
　　　　: *Finbar's Hotel* (Picador 1997)
　　　　: *The Picador Book of Contemporary Irish Fiction* (Picador 1994)
Terence Brown: *Irelnad's Literature* (The Lilliput Press 1988)
　　　　: *Ireland: A Social and Cultural History* (London rev. ed. 1985)
Susan and Thomas Cahill: *A Literary Guide to Ireland* (Charles Scribner's 1973)
James M. Cahalan: *The Irish Novel; A Critical History* (Gil & Macmillan 1988)
　　　　: *Modern Irish Literarue and Culture—A Chronology* (NY 1993)
Chris Curtin et al. eds. : *Irish Urban Cultures* (Institute of Irish Studies, The Queeen's Univ. of Belfast 1993)
Seamus Deane: *A Short History of Irish Literature* (Hutchinson 1986)
　　　　: *Nationalism, Colonialism and Literature* (Minneapolis 1990)
J. W. Forster: *A Changeling Art; Fictions of the Irish Literary Revival* (Dublin 1987)
Luke Gibbons: *Transformations in Irish Culture* (Cork U. P. 1996)
M. Harmon & P. Rafroidi eds. : *The Irish Novel in Our Time* (Lille 1976)
R. Hogan ed. : *Dictionary of Irish Literature* (Westport 1980)
Richard Kearney: *Postnationalist Ireland—Politics, Culture, Philosophy* (Routledge 1997)
B. Kiely: *Modern Irish Fiction—A Critique* (Dublin 1950)
Vera Kreilkamp: *The Anglo-Irish Novel and the Big House* (Syracuse UP 1998)
G. Levine: *The Realistic Imagination; English Fiction from Frankenstein to Lady Chatterley* (Chicago 1981)

Edna Longley: *The Living Stream* (Bloodaxe Book 1994)
F. S. L. Lyons: *Ireland Since the Famine* (Fontana 1985)
P. MacCana: *Literature in Irish* (Dublin 1980)
Christina Hunt Mahony: *Contemporary Irish Literature* (Macmillan 1998)
A. Martin ed. : *The Genius of Irish Prose* (Dublin 1985)
Roger McHugh & Maurice Harmon: *Short History of Anglo-Irish Literature* (Wolfhound 1982)
M. NicEoin: *An Literioght Regiunaach (Baile Atha Cliath 'Dublin'* 1982)
F. O'Connor: *The Mirror in the Roadway; A Study of the Modern Novel* (NY 1956)
: *A Short History of Irish Literature—A Backward Look* (NY 1967)
D. O'Muirithe ed. : *The English Language in Ireland* (Dublin 1977)
Norman Vance: *Irish Literature—A Social History* (Blackwell 1990)
Alan Warner: *A Guide to Anglo-Irish Literature* (Gill and Macmillan 1981)
R. Welch ed. : *The Oxford Companion to Irish Literature* (Oxford 1996)

あ と が き

　ケルトからアイルランドへの文化の連続性を探る研究会を組織して三年、その成果の前半を先に『ケルトの名残とアイルランド文化』として出版することができた。今回も文部省科学研究費出版助成の一環としてその後半を世に問う幸運に恵まれた。
　先もそうであったが、仲間の殆どは文学研究に従事して来たがこのところの文化論への移行の中で多少ともより広い文化的コンテキストの中の文学を考えようとしている。そのより広い文脈とは近現代アイルランド人の中に見られる（ケルト的）伝統の問題である。アイルランドはご承知のとうりローマ進攻の脅威、ヴァイキングの侵入、ノルマンの支配などの危機を部分的に留めることで、ケルト的民族性を比較的長く保持し得たと言われる。しかし十七世紀いらいのアングロ・サクソンの支配には再度融合するか、改めて民族的純化の方向を模索するかしかあり得なかったように思われる。
　しかし考えて見れば、異文化接触にはどちらかの文化に片寄る傾向は避けられないにしても、相互に影響を吸収して、双方が従来とは違ったものにならざるを得ない。1922年の独立達成以来、民族の自立、アイリッシュ性の主張、identity, ethnicity などが最重点課題となって来たきらいがある。しかし、後に述べるようにこのところの傾向は必ずしもそのような国家的枠組みを必要としない方向に向かっている。
　先の論集の場合も同様であったが、指揮者のタクトの振り方があまり明確でなく、各論者の自由な発想に頼り過ぎた結果、論の進め方にいささか統一を欠く面を露呈する結果となったことは編者の力不足としておわびしておくほかない。

最初の四編、井勢、赤井、ケリ、吉田四氏の論文は時代的まとまりからすれば今の国家的アイデンティティの確立にたいして疑惑を抱く必要のない時代の産物である。その意味で古典的と言える。事実、赤井論文は研究会としては先のシリーズの中で発表されたものである。しかし今回はアイルランドの小説の優れた伝統を考え、近現代の想像力におけるアイルランド人のとらえかたを見ようとする試みとして、ここに加わっていただいた。それにしても井勢論文にあるように「自由国成立を一つの区切りにして」というのが四氏に共通の性格とすれば、それ以後のものとの相違は明らかかもしれない。（オコナーはもう少し先までスパンを延ばして考えるのが妥当であろうが、次に述べる世代とは明らかに異なる。）つまり一種「古典的」と言う性格の中身は、農村的人間関係を濃厚に残した社会を基盤にしている事である。この点ではケリー論文は多少例外で、緊密な「共同体意識」という伝統的でロマンチックなイデオロギーに対して、その崩壊を予想させる異分子が顔をのぞかせる。つまり従来の人間関係に批判的な要素の登場に着目して居る点で、後のグループと橋渡しをする位置に有ると言えよう。前者の世界では勿論世代間の葛藤はあるにしても反発は共通の価値の存在を認めたうえでのことである。それに比べるとベケット以降はそうした「古典的」性格から明らかに一線を画している。

　ベケットの人間の描き方は一種の超歴史的次元にあるため、いずれの場所・時代・機会にも対応する柔軟性のある一方、どの時代や場所にも属さぬ不透明さを有している。したがって彼は「自由国成立」を一つの区切りにする規定からは自由であるし、もっとさかのぼれば、ケルト的伝統、農村共同体的規律などからも自由である。しかしケルトの文様の旋回し回帰しまたデフォルメする抽象的性格はジョイスを経てベケットに至る間違いなくアイルランド的性格であり、その無規定性、無国籍性もまた忘れてならないこの国の特性である。

　そして先の「古典的」特性からマックガハーン、トビーン、ジョーダン、マッドンなどは明らかに異なるのは次のような理由による。彼らは大なり

あとがき

小なり過去の重圧への批判、国家と民族（nation の二つの意味）からの何らかの離脱を基本に据えている。民族主義とその理念を成立させる社会の共通項に対し、個体の地位と自由をどのように確保するのかが最大の関心事に思える。それは個人よりも国家的・民族的アイデンティティの確立を優先させて来たアイルランドの歴史の一つのつけかもしれない。しかしそうした一国の動向とは別に、今日の世界の動きそのものの中にある「国家」的枠組みへの懐疑が彼らを動かしているところもありそうである。

　この同時代作家を論じて、歴史の「非現実性」（佐野）、「存在そのものの無化」（伊藤）、過去の「虚無性」（虎岩）、選択の相対的価値（風呂本）などの言葉が出て来たのは、別の筋道を通り各自が自由に発想した議論であるにもかかわらず、同じ目的地にたどり着いた観がある。それがすぐにポストモダーン、ポストコロニアリズムの指標となるかどうかはもう少しじっくり見極めなければならないが、彼らがそのすぐ前の先輩たち、ショーン・オフェイロン、フランク・オコナー、リーアム・オフラハティ、あるいはメアリ・ラヴィンなどとは以上のような特徴で大きく違っているのは一読して明らかであろう。そしてこの点ではアイルランド社会の変質が急速に進んでいることを逆に証明しているかもしれない。

　今上げた作家のうちモア、オコナー、ベケットは既に日本でも可成の翻訳・紹介もあり著書目録を省略したが、その他の現代作家たちは未だ日本ではあまり読まれていないので、彼らに関する書誌を付加した。その点では体裁として多少のいびつさを感じさせるかもしれないが、それも少しは読者のお役に立てば幸いという願いの現れと御理解いただきたい。

　もう一点付け加えることを許されるなら、先のやや不統一な議論の進め方の問題である。或る論者は一人の作者の今の時点での総体的な作家像を提示すべく、主な作品を可能な限り取り上げようとした。たとえば、トビーンがそれであり、マッデンがそうである。また別の論者は一つないし二つの作品を中心にその作者の特性に迫ろうとした。マクナマラ、マックガハーン、ジョーダンがそうである。またベケットとマーフィは作品の多さ

から見ても当然後者の方法を余儀なくさせるものである。
　いずれにしてもこのささやかな努力が従来のアイルランド文学・文化研究の伝統を引き継いでアイルランドの未来を志向する現代作家たちをこの国に紹介する多少のよすがともなれば執筆者一同の願いは果たされよう。
　終わりになったが渓水社の木村逸司社長にお世話になったことへの御礼を申し添えたい。社長ご自身も英文科出身なので、さまざまなところへの目配りは執筆者の側からなされていて、安心できる。これで三回も同社の好意に甘えることとなったが、いずれも言わば研究的な性格のもので、同社の負担は増えるばかりなのが心苦しいところである。

　　1999年11月

　　　　　　　　　　　　　　　　　　　　　　　　　西宮にて
　　　　　　　　　　　　　　　　　　　　　　　　編　者

執筆者一覧

井勢 健三	英知大学教授
赤井 敏夫	神戸学院大学助教授
Richard Kelly	神戸大学外国人教師
三宅 伸枝	四天王寺高等学校教諭
吉田 文美	徳島大学助教授
森 尚也	神戸女子大学瀬戸短期大学教授
Ralph Bosman	関西外国語大学教授
池田 寛子	京都大学大学院博士課程在学
風呂本 武敏	龍谷大学教授
佐野 哲郎	神戸親和女子大学学長・京都大学名誉教授
伊藤 範子	帝塚山大学教授
虎岩 直子	明治大学助教授

(執筆順)

編 者

風呂本　武敏（ふろもと・たけとし）

昭和10年6月9日生れ
龍谷大学文学部教授
元日本アイルランド文学協会会長

編 著

『アングロ・アイリッシュの文学——ケルトの末裔』（1992年、山口書店）
『W.H.オーデンとその仲間たち——1930年代の英国詩ノート』（1996年、京都修学社）
『土居光知　工藤好美宛書簡集』（編　1998年、渓水社）
『ケルトの名残とアイルランド文化』（編・著　1999年、渓水社）

近・現代的想像力に見られるアイルランド気質

平成12年2月25日　発行

編　者　風呂本　武敏
発行所　株式会社　渓　水　社
広島市中区小町1－4（〒730-8691）
　　　電　話　（082）246-7909
　　　FAX　（082）246-7876
　　　E-mail: info@keisui.co.jp

ISBN4-87440-582-7　C3098
平成11年度科学研究費補助金「研究成果公開促進費」助成出版